[redacted]

[redacted]

CDV

Diana Wynne Jones

DER FLUCH DES RINGES

Deutsch von Ingrid Weixelbaumer

Cecilie Dressler Verlag · Hamburg

Umschlag von Tilman Michalski

Die englische Originalausgabe erschien bei Macmillan
London Ltd unter dem Titel *Power of Three*.
Gesamtherstellung: Clausen & Bosse, Leck
Printed in Germany 1982
ISBN 3 7915 1026 6

1. Kapitel

Dies ist die Geschichte von den drei Kindern Adaras – von Ayna und Ceri, die beide ungewöhnliche Gaben hatten, und von Gair, der glaubte, er sei ganz gewöhnlich. Aber da alles, was später auf dem Moor geschah, auf ein und dieselbe Begebenheit zurückgeht, soll die Erzählung auch damit beginnen. Es war an einem Sommertag, als Adara selbst erst sieben Jahre alt war und ihr Bruder Orban jene Tat beging, die die Geschichte ins Rollen brachte.

Das Moor war niemals ganz nebelfrei. Sogar am hellen Mittag dieses strahlenden Sommertags hing Dunst um die Bäume. Man hätte das Moor für sein eigenes Spiegelbild halten können: eine grüne Landschaft, die sich in einem ihrer trägen, verschlammten Kanäle widerspiegelte. Das kam daher, daß das Moor eine eingesunkene Hochebene war, nahezu vollständig von niedrigen grünen Hügeln umschlossen, ein Sumpf, aus dem die Sonne ständig Dunstschleier zog.

Orban schlenderte einen schnurgeraden Pfad entlang, weg von Otmound, das als sanfter Grasbuckel hinter ihm lag. Schräg gegenüber zu seiner Linken erhob sich, gleichsam als dessen Gegenstück, der Haunted Mound, was soviel wie der Verwunschene Hügel bedeutet.

Auf seiner Spitze saß – niemand wußte, warum – ein mächtiger Felsblock.
Orban drehte sich um und rief seiner Schwester über die Schulter zu, sie solle sich vor Sümpfen und stehenden Gewässern in acht nehmen. Er ärgerte sich, daß Adara hinter ihm herlief, doch wollte er sich nicht nachsagen lassen, daß er nicht auf seine kleine Schwester aufpaßte.
Der Weg, den sie entlanggingen, war eine alte Straße der Riesen. Durch das Gras, das darüber wucherte, konnte man die riesigen Pflastersteine erkennen. Riesen mußten auch in der Nähe sein, denn er hörte ihre dröhnenden Stimmen.
Eines Tages, dachte Orban, würde er es vielleicht mit ein paar Riesen aufnehmen. Er hatte ein glänzendes neues Schwert, das schwang er kühn und tastete gleichzeitig nach dem breiten goldenen Ring, den er um den Hals trug und an dem man den Häuptlingssohn erkannte. Orban war zwölf Jahre alt, und eines Tages würde er selbst Häuptling werden.
„Lauf, sonst kriegen dich die Tümpler!" rief er Adara zu.
Adara, die erst sieben war, fürchtete sich mehr vor den Riesen als vor den Tümplern. Doch Orban sollte nicht merken, daß sie Angst hatte. Darum holte sie ihn ein und ging dicht neben ihm weiter.
Orban hatte allein sein wollen mit seinem neuen Schwert und seinem Gefühl, einzigartig zu sein. Aber weil ihm Adara nun einmal nachgelaufen war, sollte sie auch erfahren, wie großartig er war. „Ich weiß zehnmal soviel wie du!" sagte er.
„Das weiß ich", antwortete Adara bescheiden.
Orban runzelte die Stirn. Es paßte ihm gar nicht, daß sie seine Überlegenheit für so selbstverständlich nahm. Das verdarb ihm den Spaß.

„Ich wette, du weißt nicht, daß der Haunted Mound bis obenhin mit den Geistern toter Tümpler vollgestopft ist", sagte er. „Die Otmounder haben sie getötet, vor vielen hundert Jahren. Nur ein toter Tümpler ist ein guter Tümpler."

Die Sache war allgemein bekannt. Deswegen schwieg Adara.

„Die Tümpler sind ein elendes Gesindel", fuhr Orban, durch ihr Schweigen aufs neue verstimmt, fort. „Ein erbärmliches, kaltblütiges Gesindel. Sie können weder singen noch weben, weder kämpfen noch Gold schmieden. Sie liegen einfach nur unter Wasser und warten darauf, daß sie dich hinunterziehen können. Wußtest du, daß die Hälfte der Hügel rings um das Moor früher einmal dicht besiedelt war – bis die Tümpler die Bevölkerung nahezu ausgerottet haben?"

„Ich habe geglaubt, das war die Pest", sagte Adara schüchtern.

„Du bist dumm", sagte Orban. Adara sah ein, daß es ein Fehler gewesen war, ihm zu widersprechen, und gab zu, daß sie dumm sei. Das paßte ihm auch wieder nicht. Er überlegte fieberhaft, wie er auf Adara Eindruck machen konnte. Ihm fiel so gar nichts ein, und auch die Umgebung bot keinen Anlaß.

Der Weg führte durch endloses Binsendickicht in nebelhafte Ferne. In Sichtweite waren eine Hecke und ein Graben zu erkennen. Ein Nebelstreif lag über einer Wegsenke, und von dort aus beäugte sie eine spindeldürre Amsel. Die Amsel würde herhalten müssen. „Siehst du die Amsel dort?" fragte Orban.

Die Stimmen der Riesen schienen näherzukommen, und Adara konnte ihre Angst nicht länger verbergen. „Laß uns heimgehen", sagte sie.

„Geh nur, wenn du willst", sagte Orban. „Aber falls die Amsel in Wirklichkeit ein Tümpler ist, kann ich ihn dazu bringen, daß er sich in seine wahre Gestalt zurückverwandelt. Ich weiß die Worte. Soll ich sie sprechen?"

„Nein. Laß uns heimgehen", wiederholte Adara. Sie fror.

„Baby!" sagte Orban. „Paß auf." Und er ging auf den Vogel zu, sprach dabei die Worte und schwang im Takt dazu sein Schwert.

Nichts geschah, weil Orban nicht die richtigen Worte gesagt hatte. Es wäre überhaupt nichts geschehen, hätte sich Adara nicht eingemischt und die Worte richtig gesprochen.

Kalte Luft blies ihnen aus der Mulde entgegen und ließ die beiden erschauern. Sie waren vor Schreck wie gelähmt. Die Amsel flatterte ein paarmal wild mit den Flügeln, wie um sich zu wehren, und löste sich dann in grauen Dunst auf. Das Dunstgebilde wirbelte und quirlte und nahm schließlich wieder feste Gestalt an, jedoch viel größer als zuvor. Es war – daran gab es keinen Zweifel – die bleiche, schuppige Gestalt eines Tümplers. Er kauerte, auf ein Knie gestützt, in der Mulde und starrte sie entsetzt an. In den Händen hielt er einen gewundenen goldenen Halsring, der Orbans oder Adaras Halsring nicht unähnlich war.

„Schau, was du angerichtet hast!" zischte Orban seiner Schwester zu. Dann stellte er fest, daß der Tümpler wirklich nicht sehr groß war. Er hatte gehört, daß ein Tümpler für gewöhnlich einen erwachsenen Mann um Haupteslänge überragte. Der hier reichte ihm höchstens bis ans Kinn. Außerdem wirkte er ausgesprochen schwächlich und dünn. Er schien keine Waffe bei sich zu haben, und – das wichtigste von allem – Orban wußte, daß der Tümpler nun bis Sonnenuntergang in seiner richtigen Gestalt verharren mußte. Er hatte keine Chance, sich in eine Giftschlange oder einen Wolf zu verwandeln.

Orban fühlte seinen Mut wachsen. Das Schwert drohend erhoben,

ging er auf den Tümpler zu. Der Tümpler stand zitternd auf und wich ein paar Schritte zurück. Er war noch kleiner, als Orban angenommen hatte. Verächtlich betrachtete er das traurige Geschöpf.
Der Halsring, der zwischen seinen bleichen Fingern glitzerte, hatte es Orban angetan. Es war ein sehr schöner Ring. Hufeisenförmig wie sein eigener und ebenfalls aus Grüngold geschmiedet, jedoch doppelt so breit und zu kunstvollen Mustern verschlungen. Die verdickten Enden, die bei Orbans Ring nur glatt und rund waren, schienen Eulenköpfe darzustellen. Orban wußte, daß die Kunst, einen solchen Ring zu schmieden, vor vielen Jahren verlorengegangen war. Kein Wunder, daß der Tümpler so erschrocken war. Sie hatten ihn mit einer kostbaren Antiquität ertappt.
„Was machst du mit diesem Ring?" fragte Orban drohend.
Der Tümpler blickte ihn mit seinen seltsamen gelben Augen furchtsam an. „Ich sonne ihn nur", sagte er entschuldigend. „Man muß Gold der Sonne aussetzen, sonst verfällt es wieder zu Staub."
„Unsinn", sagte Orban. „Ich habe meinen Ring noch nie im Leben gesonnt."
„Ihr lebt mehr an der Luft als wir", erinnerte ihn der Tümpler.
Orban zuckte verächtlich die Schultern. „Woher hast du den Ring?" fragte er streng.
Die Frage schien den Tümpler zu überraschen. „Von meinem Vater natürlich! Hast du deinen etwa nicht von deinem Vater?"
„Doch", sagte Orban. „Aber mein Vater ist Häuptling Og von Otmound."
„Dann ist er wohl ein sehr wichtiger Mann", bemerkte der Tümpler höflich.
Orban verschlug es vor Zorn fast die Sprache. „Mein Vater", stieß er

hervor, „ist der Oberhäuptling auf dem Moor. Und dein Vater ist ein Dieb. Er hat den Ring irgendwo gestohlen."

„Nein, das ist nicht wahr. Er hat ihn anfertigen lassen!" entgegnete der Tümpler empört. „Er ist kein Dieb! Mein Vater ist der König."

Orban starrte ihn an. Wenn das stimmte, dann war dieses elende, magere, schuppige Wesen mehr als er selbst. Das konnte – das durfte nicht sein. „Alle Tümpler sind Lügner", sagte er zu Adara.

„Ich habe nicht gelogen!" protestierte der Tümpler.

„Ich bin sicher, daß er die Wahrheit sagt, Orban", versuchte Adara ihren Bruder zu beschwichtigen. „Komm, laß uns heimgehen."

„Er lügt", beharrte Orban. „Tümpler können kein Gold schmieden. Alles, was er sagt, ist Lüge."

„Nein, du irrst. Wir haben sehr gute Goldschmiede", sagte der Tümpler. Da er merkte, daß Adara ihm glaubte, wandte er sich eifrig an sie. „Ich habe zugeschaut, wie dieser Ring geschmiedet wurde. Sie haben die Worte für Macht, Reichtum und Wahrheit hineinverwoben. Wie ist das mit deinem?"

Adara war sehr beeindruckt. Sie tastete nach ihrem eigenen schmaleren und schlichteren Halsring. „In meinem steckt nur das Wort Sicherheit. Und in Orbans Ring ebenfalls."

Orban wollte von all dem nichts hören. Er streckte gebieterisch die Hand aus. „Los, gib her!"

Der Tümpler verstand ihn nicht gleich. Als er begriff, weiteten sich seine gelben Augen. Den Ring an seine schmale Brust gepreßt, wich er einen Schritt zurück. „Aber er gehört mir! Ich habe es dir doch gesagt!"

„Orban, laß ihn in Frieden!" mahnte Adara. Orbans Verhalten beunruhigte sie.

„Gib mir den Ring!“ forderte Orban. „Wenn du es nicht tust, dann töte ich dich.“
Der Tümpler war starr vor Entsetzen.
„Lauf weg!“ rief Adara ihm zu.
„Versuch's nur!“ knirschte Orban. „Du entkommst mir nicht. Und habe ich dich, so töte ich dich, und dann nehme ich mir den Ring sowieso. Also gib ihn lieber gleich her.“
Der Tümpler wußte, daß er mit seinen kurzen Beinen gegen Orban keine Chance hatte. Er rührte sich nicht vom Fleck. Am ganzen Leib zitternd, preßte er den Ring noch fester an sich. „Ich habe nicht einmal ein Messer“, sagte er. „Und du hast es mir unmöglich gemacht, mich vor dem Abend zu verwandeln.“
„Das war meine Schuld. Es tut mir leid“, sagte Adara.
„Sei still!“ zischte Orban. Er grapschte unbeholfen nach dem Ring. „Gib schon her!“
Der Tümpler wich zur Seite. „Ich kann nicht!“ rief er verzweifelt. Und flehend, zu Adara gewandt: „Sag ihm, daß ich das nicht tun kann!“
„Orban, du weißt, daß er's nicht kann“, sagte Adara. „Überleg doch, wie es umgekehrt wäre. Nur über deine Leiche könnte dir jemand deinen Ring wegnehmen.“
Das bestärkte Orban nur darin, daß er den Tümpler töten mußte. Er war schon zu weit gegangen, um jetzt noch zurückstecken zu können. „Ich hab gesagt, du sollst schweigen“, herrschte er Adara an. „Außerdem ist der Ring gestohlen. Das verändert die Lage. – Gib ihn her!“ Er trat dicht an den Tümpler heran.
„Weh dir! Ich werde den Ring verfluchen. Er soll dir kein Glück bringen.“

Statt einer Antwort streckte Orban wieder die Hand nach dem Ring aus. Der Tümpler entwischte zur Seite. Mit zitternden Fingern legte er sich den Ring um den Hals.
Und dann begann er, den Ring zu verfluchen. Adara staunte über die Kraft dieses Fluchs, und selbst Orban zuckte zusammen. Mit schriller, erregter Stimme beschwor der Tümpler den Ring. Er rief die in ihn eingeschmiedeten Zeichen und Muster auf, sich von nun an *gegen* seinen Besitzer zu wenden: das Zeichen für Macht solle sich in Leid, das Zeichen für Reichtum in Verlust, Wahrheit in Vernichtung verkehren.
Während er sprach, ließ der Tümpler seine bleichen Finger über die geheimnisvollen Muster des Ringes gleiten. Und jedem einzelnen wies er dabei seine gegenteilige Bestimmung zu: Fisch stehe hinfort für Trockenheit, Säugetiere für Landverlust, Blumen für verlorene Hoffnung, verschlungene Hände für verlorene Freundschaft, Früchte für Versagen und Unfruchtbarkeit. Zuletzt berührte er die Eulenköpfe an beiden Enden des Ringes und forderte sie auf, darüber zu wachen, daß der Ring seinem Besitzer als das wertvollste Gut dünke und er ihn wie seinen Augapfel hüte, entschlossen, sich nie von dem verfluchten Ding zu trennen.
Damit beschloß der Tümpler seinen Fluch. „Nun? Willst du ihn noch immer?" fragte er nach einer abwartenden Pause schwer atmend.
Adara war entsetzt. Der schöne Ring! Die ganze kunstvolle Handarbeit war nun verdorben, ihr Sinn ins Gegenteil verkehrt. „Nein!" sagte sie. „Und sorge dafür, daß du einen neuen bekommst – sobald du daheim bist."
Orban kam sich sehr schlau vor. Ihm war aufgefallen, daß der Tümpler keine HÖHEREN MÄCHTE angerufen hatte. Ohne SONNE,

MOND und ERDE würde selbst ein Fluch wie dieser nur mäßiges Unglück bringen. Das Bürschchen wollte sich wohl über ihn lustig machen!

Entschlossen stürzte Orban sich auf den Tümpler und krallte seine Finger um den begehrten Ring. „Her damit!"

„Nein!" Der Tümpler entwand sich Orbans Griff.

Orban erhob das Schwert.

„Nun denn!" rief der Tümpler. „Also rufe ich die ALTE MACHT, die MITTLERE und die NEUE MACHT an. Der Fluch sei unlösbar mit dem Ring verbunden und weiche nicht eher, als bis die DREI wieder versöhnt sind."

Orban, blind vor Wut über diese Doppelzüngigkeit, ließ das Schwert mit aller Kraft herabsausen. Der Tümpler gab einen schwachen Laut von sich und brach zusammen. Orban zerrte ihm den Ring vom Hals und reckte sich triumphierend.

Plötzlich war es ganz still. Auch die Riesen waren verstummt. Es war eine beklemmende Stille.

„Orban, was hast du getan!" rief Adara. Sie kniete sich ins Gras nieder.

Orban blickte verächtlich auf sein Opfer hinunter. Es erstaunte ihn ein wenig, daß das Blut des bleichen Tümplers leuchtend rot war und in der kalten Luft etwas dampfte. Doch dann erinnerte er sich, daß die Fische, die sie mit Netzen fingen, manchmal auch rotes Blut hatten, und daß verrottender Unrat auf einem Misthaufen ebenfalls dampfte. „Steh auf", sagte er zu Adara. „Nur ein toter Tümpler ist ein guter Tümpler. Komm."

Er wandte sich nach Hause. Adara lief unglücklich neben ihm her. Ihr Gesicht war blaß und starr, und ihre Zähne klapperten aufeinan-

der. „Wirf den Ring weg, Orban!" flehte sie. „Es liegt ein schrecklicher Fluch auf ihm."
„Lächerlich!" sagte Orban. „Er hat keine wesentlichen MÄCHTE angerufen. Wenn du mich fragst, war alles nur ein Bluff."
„Aber es ist ein Todesfluch!"
Orban tat, als hörte er nicht. Er steckte den Ring in seine Jacke und knöpfte sie fest zu. Dann putzte er mit übertriebener Gründlichkeit sein Schwert und pfiff dabei. Auf diese Weise versuchte er sich selbst zu beruhigen, denn so ganz geheuer war ihm die Sache nicht.
„Wir sollten lieber Vater wegen dieser anderen MÄCHTE fragen", meinte Adara verzagt.
„O nein, das werden wir nicht!" entgegnete Orban. „Wehe, du sagst zu irgend jemandem ein Wort darüber. Wenn du's doch tust, wende ich die stärksten Worte, die ich weiß, gegen *dich*. Los – schwöre, daß du kein Wort sagen wirst!"
Entsetzt über seine Grausamkeit, schwor Adara bei SONNE und MOND, keiner Menschenseele ein Wort über das Geschehene zu verraten. Orban war erleichtert, denn jetzt würde niemand erfahren, daß er wegen eines verfluchten Ringes ein wehrloses Geschöpf getötet hatte.
Adara war elend zumute. Sie wurde dieses Bild nicht los: die Hoffnung in den gelben Augen des Tümplers, als er sah, daß sie ihm glaubte – und dann die Verzweiflung. Adara fühlte sich schuldig. Wäre sie Orban nicht mit den richtigen Worten zu Hilfe gekommen, wäre der Tümpler noch am Leben und Orban kein Mörder, der einen Fluch heimbrachte. Adara könnte weiter an Orban und seine Einzigartigkeit glauben. Und nun wußte sie, daß er nichts als ein grausamer Tyrann war.

Sie war zutiefst enttäuscht von Orban. Nicht nur von ihm, von allen anderen in Otmound. Adara schaute sie an und hörte ihnen zu – und ihr war, als hätten sie alle ebenso gehandelt wie Orban. Adara nahm sich vor, nie, nie zu heiraten – es sei denn, sie fände jemanden, der ganz und gar anders war.

Noch schlimmer war, daß sie niemandem ein Wort von all dem sagen durfte. Sooft sie an den Tümpler dachte, kamen ihr die Tränen, aber ihr Schuldgefühl und ihre Angst verboten ihr sogar zu weinen. Zuerst wagte sie es nicht, dann stellte sie fest, daß sie gar nicht mehr weinen konnte. Adara wurde blaß und krank und konnte nichts essen.

Man steckte sie ins Bett, und ihr Vater war sehr besorgt. „Was ist mit dir? Woran denkst du, Adara?“ fragte er und streichelte ihre Wange. „Sag es mir.“

Adara antwortete nicht. Es war das erste Mal, daß sie vor ihrem Vater ein Geheimnis hatte. Sie rollte sich auf die andere Seite und zog sich die Decke über den Kopf. Könnte ich doch nur weinen! dachte sie. Aber ich kann nicht. Das macht der Fluch des Tümplers.

Og hatte eine unbestimmte Ahnung. Er fürchtete, jemand habe Adara mit einem Fluch belegt. Sein Kummer war groß, denn Adara war sein Liebling. Er ließ Lampen anzünden und die rechten Worte sprechen, um den Fluch zu bannen. Orban erschrak fürchterlich. Er glaubte, Adara hätte dem Vater alles erzählt. Er stürmte in das Zimmer, in dem sie lag.

„Hast du etwas ausgeplaudert?“ fragte er drohend.

„Nein“, antwortete sie traurig.

„Auch nicht den Wänden oder dem Herd?“ fragte er mißtrauisch. Er wußte nur zu gut, daß auf diese Weise schon so manches Geheimnis herausgekommen war.

„Nein“, sagte Adara. „Nichts und niemand.“
„Dank den MÄCHTEN!“ sagte Orban, und erleichtert ging er wieder.
Kaum war er draußen, setzte sich Adara im Bett auf. Orban hatte sie auf eine glänzende Idee gebracht. Wenn sie schon ihrem Vater – oder auch nur den Wänden oder dem Herd – nichts sagen durfte, wer hinderte sie daran, es den Steinen der alten Straße der Riesen anzuvertrauen? Sie waren Zeugen der Tat gewesen. Sie hatten das Blut des Tümplers gesehen. Wenn Adara den Steinen das Geschehene in Erinnerung rief, würde sie vielleicht wieder weinen können.
Mit Freude sah Og, daß es Adara besser ging. Am Abend schmeckte ihr das Essen wieder, und dann schlief sie die ganze Nacht durch. Am nächsten Morgen erlaubte er ihr aufzustehen, und tags darauf durfte sie hinaus ins Freie.
Darauf hatte Adara nur gewartet. Erst hielt sie sich eine Weile bei den Schafen auf, bis sie sicher war, daß ihr keine neugierigen Blicke folgten. Dann lief sie, so schnell sie ihre Füße trugen, zur alten Straße hinaus.
Es war ein heißer Tag. Die grauen Nebelschleier hingen schwer über dem Moor, und die Bäume waren dunkel. Als Adara schwitzend und außer Atem jene Wegsenke erreichte, war dort nichts zu sehen außer einem Mückenschwarm, der in der Luft tanzte. Keine Spur mehr von dem Tümpler. Adaras Erinnerung war jedoch so lebendig, daß das Schreckensbild sofort wieder vor ihr auftauchte, fast so, als läge der schuppige Körper tatsächlich noch da.
„Er war so klein!“ rief sie, ohne es zu wollen. „Und so dünn! Und er blutete so!“
Ihre Stimme hallte in der dumpfen Stille. Adara zuckte zusammen.

Hastig schaute sie sich um, ob sie auch niemand gehört hatte. Aber nichts rührte sich in dem Binsendickicht, das den Weg säumte, keine Vögel flatterten auf. Selbst von den Riesen war nichts zu hören. Hoch über Adaras Kopf stand die kleine weiße Vollmondscheibe im hellen Tageslicht. Adara wußte, daß dies ein gutes Zeichen war. Sie kniete sich nieder, und so, den Blick auf die Steine gerichtet, die durchs Gras schimmerten, begann sie ihr Geständnis.
„Ihr Steine", sagte sie, „es ist etwas Schreckliches geschehen, so schrecklich, daß ihr es nie vergessen dürft. Deshalb will ich euch jetzt daran erinnern." Und dann erzählte sie alles – was sie selbst gesagt hatte, was Orban gesagt hatte und was der arme, überlistete Tümpler gesagt hatte. Aber weiter kam sie nicht. „Nur über deine Leiche ..." hatte er gesagt. Da mußte sie weinen. Die Hände vors Gesicht geschlagen, wiegte sie sich auf den Knien vor und zurück, weinte und konnte nicht aufhören zu weinen.
Eine kleine gesprenkelte Grasschlange, die die ganze Zeit zusammengerollt in einem Binsenbüschel gelegen hatte, glitt auf die warmen Steine heraus und lag nun, zu einem S gekrümmt, abwartend neben Adara. In ihren gelben Augen glänzte es feucht. Da das Mädchen nicht aufhören wollte zu weinen, richtete sich die Schlange auf und zischte ganz sanft. „Hssst!" Adara hörte es nicht.
Die Schlange zögerte. Dann machte sie eine Bewegung, daß man hätte meinen können, sie schüttle den Kopf. Adara glaubte einen kalten Lufthauch zu spüren, und dann war ihr, als erhebe sich neben ihr ein Schatten – mehr konnte sie nicht erkennen.
Auf einmal sagte eine dünne, ungeduldige Stimme dicht neben ihr: „So rede schon endlich weiter! Los, nun mach schon. Was hat mein Bruder noch gesagt?"

Adaras Kopf fuhr herum. Sie sah sich Auge in Auge mit einem kleinen – einem sehr kleinen – Tümpler, nicht größer als sie selbst, der neben ihr auf dem Weg kniete. Seine Augen waren dunkler als die des anderen. Er trug einen schmalen glatten Goldring um den Hals, der sich für kleine Kinder eignete.

„Sprich weiter!" befahl der kleine Tümpler. Seine gelbbraunen Augen füllten sich mit Tränen. „Ich will wissen, was weiter geschah."

„Aber ich darf ja nicht!" rief Adara. „Ich habe Orban bei SONNE und MOND geschworen, keiner Seele ein Wort zu verraten, und wenn du mir zugehört hast, habe ich meinen Eid schon gebrochen. Die schrecklichsten Dinge werden geschehen."

„Nein", sagte der kleine Tümpler ungeduldig. „Du hast zu den Steinen gesprochen, nicht zu mir, und ich habe es nur zufällig mit angehört. Warum solltest du den Steinen nicht auch noch den Rest anvertrauen?"

„Ich wage es nicht", sagte Adara.

„Sei nicht dumm", sagte der Tümpler. „Ich komme jetzt fast einen Monat lang Tag für Tag hierher, weil ich herausfinden will, was geschehen ist, und jedesmal gibt es hinterher Krach, wenn ich heimkomme. Und jetzt willst du an der entscheidenden Stelle abbrechen. Schau." Sein langer bleicher Finger deutete zuerst auf die Erde, dann auf die weiße Mondscheibe und dann auf die Sonne, die hoch im Mittag stand. „Drei MÄCHTE sind gleichzeitig anwesend. Es war so *bestimmt*, daß du es sagen solltest, begreifst du nicht? Aber wenn du dich nicht traust, macht es auch nichts. Ich weiß, wer meinen Bruder getötet und seinen Ring gestohlen hat. Es kann nur dein Bruder Orban gewesen sein."

„Also dann", sagte Adara tonlos. „Steine, hört mich an. Es war mein Bruder. Ich versuchte ihn zurückzuhalten, aber er stieß mich weg."

„Hat mein Bruder weiter nichts mehr gesagt?" fragte der Tümplerjunge rasch.

„Doch, er verfluchte seinen Ring", sagte Adara. „Steine, ihr hört es."

„Aha!" rief der Tümplerjunge. „So etwas Ähnliches habe ich mir gedacht. Er war kein großer Kämpfer, aber er war sehr klug. Wie lautete der Fluch?"

„Ihr Steine ..." Adara zögerte. Sie wagte den Fluch nicht wörtlich zu wiederholen, obwohl sie den Wortlaut genau im Gedächtnis hatte; sie fürchtete, er könnte sich gegen sie selbst wenden. Stotternd versuchte sie, den Fluch mit ihren eigenen Worten wiederzugeben. „Und schließlich sagte er, die Vogelgesichter sollten ... äh ... darauf achten, daß der, der den Ring hat ... denselben nicht mehr lassen kann, auch dann nicht ... äh ... wenn er durch ihn alles verliert, was ihm lieb und teuer war. – Steine", schloß sie, froh, es hinter sich zu haben, „ihr habt es gehört."

Der kleine Tümpler neben ihr runzelte die Stirn. „Aber hat er denn keine MÄCHTE angerufen? Ich dachte ..."

„Doch, ihr Steine", sagte Adara. „Aber keine, die ich kenne. Und das hat er auch erst getan, als Orban versuchte, ihm den Ring wegzunehmen."

„Welche denn? SONNE, MOND ...?"

„Nein, nein, ihr Steine", Adara senkte die Stimme und kreuzte die Finger. „Die ALTE, die MITTLERE und die NEUE MACHT", flüsterte sie.

„Ah!" sagte der Tümplerjunge ehrfürchtig.

Er machte ein sehr zufriedenes Gesicht. „Also ist alles in bester Ordnung. Der Fluch wird sich erfüllen, und nichts wird ihn daran hindern."
„Außer, die MÄCHTE werden versöhnt", sagte Adara. „Kann ich nicht versuchen, sie zu versöhnen? *Ich* bin ja an allem schuld."
„Ich glaube nicht, daß das möglich ist. Nicht alle drei."
„Nun, so gelobe ich, alles daranzusetzen", sagte Adara.
Der Tümplerjunge schien von ihrem Entschluß nicht sehr begeistert. „Ich will aber nicht, daß du das tust." Er dachte einen Moment nach. „Wie heißt du?" fragte er dann.
Adara wußte nur zu gut, daß man Fremden seinen Namen nicht anvertrauen sollte. Schlimm genug, daß sie ihm Orbans Namen schon verraten hatte. Sie schwieg.
„Also gut", sagte der Tümpler gereizt. „Weißt du, ich mag dich nämlich. Und ich habe dich nur deshalb nach deinem Namen gefragt, damit ich nicht irrtümlich schwöre, dich zu töten. Mein Name ist Hathil – Ehrenwort. Und deiner?"
Adara schaute in seine gelbbraunen Augen und glaubte ihm. Schnell warf sie auch noch einen Blick auf seine Hände und überzeugte sich, daß seine Finger nicht gekreuzt, sondern gestreckt waren. Dann sagte sie: „Adara."
„Danke", sagte Hathil. „Jetzt kann ich getrost das Meine schwören. Du hast gelobt, daß du alles daransetzen wirst, den Fluch zu bannen. Nun denn, so gelobe ich, meinen Bruder zu rächen und alles daranzusetzen, daß sich der Fluch erfüllt. Bis zum letzten Tropfen soll Orbans Blut und das seines Stammes – nicht jedoch das Adaras – den MÄCHTEN geopfert werden. Diese rufe ich an, sich nicht versöhnen zu lassen, solange noch einer von Orbans Leuten auf dem Moor am

Leben ist. Die Steine seien meine Zeugen – und SONNE, MOND und ERDE."

Bestürzt hörte ihm Adara zu. Sie wußte ja, daß Hathil allen Grund hatte, Rache zu schwören. Aber sie fand es schrecklich ungerecht gegen all die anderen, die ihm nichts getan hatten. Als er schwieg, sagte sie: „Meinst du nicht, daß du noch ein bißchen zu jung bist, um so etwas zu schwören?"

„Bedanke dich bei deinem Bruder", sagte Hathil. „Ich habe meinen Bruder sehr gern gehabt. Er war klug, und er hat mir viel beigebracht. Er wäre der König geworden, nun muß ich es werden. Ich bin nicht zu jung, um so etwas zu schwören. Und als König kann ich befehlen, Orban zu bekämpfen!"

Adara seufzte. Sie sah nur noch einen Ausweg: soviel wie möglich zu lernen. Dann würde sie vielleicht einen Weg finden, Hathils Fluch zu bannen, bevor Hathil alt genug war, seinen Schwur in die Tat umzusetzen.

„Ich glaube", sagte sie, „du wirst einen schrecklich guten König abgeben." Hathil schaute sie mißtrauisch an. „Du scheinst ganz genau zu wissen, was du zu tun hast."

„Tja", sagte Hathil, „allerdings."

Adara ging sehr beruhigt heim. Und lernte von nun an soviel wie möglich. So wuchs sie heran und wurde für ihre Weisheit berühmt. Orban hingegen war ein echter Pechvogel, ein verdrossener junger Mann mit strähnigem roten Haar. Er brach sich zweimal das Bein. Er verursachte durch einen unglücklichen Zufall den Tod seines besten Freundes. Mit achtzehn verliebte er sich in die fürchterlichste Frau auf dem ganzen Moor. Ihr Name war Kasta. Viele hielten es für sein bisher größtes Unglück, daß er Kasta heiratete. Sie hatten mehrere Kinder, doch keins erreichte das erste Lebensjahr.

Das Unglück sprang von Orban auf ganz Otmound über. Schafe verendeten, mit der Jagd stand es schlecht, und andere Nahrung war knapp. Otmound geriet mehr und mehr in Not. Draußen auf dem Moor wimmelte es von Tümplern, die immer frecher und unverschämter wurden. Bald wagten sich die Otmounder nicht mehr allein hinaus, aus Angst, unter Wasser gezogen zu werden.

Das Unglück sprang von Otmound auch auf die anderen Hügel über. In Beckhill brach eine Feuersbrunst aus und eine Überschwemmung in Islaw. Und da es Adara, soviel sie auch lernte, nicht gelang, den Fluch zu bannen, breitete sich das Unglück immer weiter aus. Schließlich wurden sogar die Riesen davon betroffen, lange bevor Ayna, Ceri und Gair geboren wurden.

2. Kapitel

Ayna, Gair und Ceri wurden in Garholt geboren. Ihr Vater war Gest, und er war ein Held. Wie es kam, daß Gest berühmt wurde, ist ein Kapitel für sich.

Im Süden des Moors lag Garholt, nicht weit vom südlichen Ende der alten Straße der Riesen entfernt. Es war der größte unter den Hügeln und bei weitem der glücklichste. Während Sänger und weise Frauen auf dem ganzen Moor ratlos die Köpfe schüttelten und sich nicht erklären konnten, woher das wachsende Unglück kam, blieb Garholt viele Jahre von dem Fluch verschont.
Die Garholter sonnten sich in ihrem Glück, was freilich nicht sehr klug war. Sie hatten Gold, Wolle und Felle, ebenso Salz, Brennstoff und Wein. Ihre Schafherden waren größer und in besserem Zustand als irgendwo sonst auf dem Moor. Ihr Honig war berühmt. Ihre Häuser innerhalb des Ringwalls, den der Hügel bildete, waren mit Steinen gedeckt, und die fünf Brunnen, rund ummauert und mit Steinen abgedeckt wie die Häuser, waren vor den Tümplern und jeder anderen Gefahr sicher. Die Innenwände des Schutzwalls, unterhalb der großen Fenster, waren mit Teppichen in dunklen, kräftigen

Farben behängt. Und Garholt war in der Lage, innerhalb einer Viertelstunde eine Hundertschaft der kühnsten und bestbewaffneten Krieger des ganzen Moors aufzubringen.
Doch um diesen Wohlstand aufrechtzuerhalten, bedurfte es eines umsichtigen Häuptlings. Gart, der alte Häuptling, starb ganz plötzlich, und seine beiden Söhne kamen noch in derselben Nacht durch einen Unfall ums Leben. Sie waren auf der Jagd, als sie hörten, daß ihr Vater im Sterben lag. Um schneller heimzukommen, nahmen sie die alte Straße der Riesen, und dort geschah der Unfall.
So kam das Unglück auch nach Garholt, und Gest wurde Häuptling der Garholter. Er war Garts Neffe und wohnte in dem viel kleineren Hügel von Islaw. Es wurde sogleich nach Gest geschickt, obwohl die Garholter sehr bezweifelten, daß er auch der gute, umsichtige Häuptling sein würde, den sie brauchten. Die Leute von Islaw galten als etwas schrullig und verschlagen – jedenfalls waren sie irgendwie anders. Gests Vater war ein Dichter und Sänger gewesen, und Leute dieses Schlags waren ja bekanntlich schon von Haus aus ein bißchen wunderlich. Dann verbreitete sich die Nachricht, daß Gest seinen eigenen Dichtersänger, einen Mann namens Banot, mitbringe. Jetzt verwandelten sich die Zweifel der Garholter in gekränkten Stolz. Waren die Sänger von Garholt nicht gut genug für Gest? Oder was?
Als Gest eintraf, beruhigten sich die Gemüter. Er war ein hübscher, blonder junger Mann, fröhlich und in keiner Weise besonders, jedoch groß und stattlich, wie es sich für einen Häuptling gehörte. Aber er schien nicht sonderlich klug zu sein. Der Dichtersänger, Banot, wirkte genauso harmlos wie Gest. Bald war sonnenklar, daß Gest ihn nur mitgebracht hatte, weil die beiden die besten Freunde waren. Die Garholter atmeten erleichtert auf und begannen sogleich

Heiratspläne für Gest zu schmieden. Er sollte Tille, die Enkelin des alten Gart, heiraten. Aber daraus wurde nichts. Es war Banot, der sich in Tille verliebte und sie heiratete.
Gest war noch keinen Monat in Garholt, als ein Bote von Häuptling Og aus Otmound eintraf. Og begrüßte den neuen Häuptling und verlangte unverzüglich eine Schar Krieger aus Garholt zur Verstärkung seiner eigenen Truppen im Kampf gegen die Tümpler.
Die Garholter, allen voran der Goldschmied und der Imker, gaben Gest gute Ratschläge. Was fiel Og überhaupt ein, so einen Ton anzuschlagen? Das dürfe sich Gest auf keinen Fall bieten lassen. Und was die Tümpler betraf, dieses Gelichter, das von einer Gestalt in die andere schlüpfte, so tat man gut daran, sich gar nicht erst mit ihnen einzulassen. „Ihr kennt ja die Hinterhältigkeit der Tümpler", meinte der Imker abschließend.
„Nein, eigentlich nicht", sagte Gest entschuldigend. „Ich bin bisher nur ein einziges Mal einem Tümpler begegnet, und er ist davongerannt, bevor ich ein Wort mit ihm sprechen konnte."
„Dann müßt Ihr noch eine Menge lernen", sagte der Goldschmied, und der Imker pflichtete ihm bei.
Gest lächelte sein breites Lächeln. „Ich weiß. Deshalb wird es wohl am besten sein, ich rede einmal mit Og."
Und das tat er auch. Zusammen mit Banot machte er sich auf den Weg nach Otmound. Freundlich, aber bestimmt lehnte er alle guten Ratschläge ab. Die Garholter mußten feststellen, daß ihr neuer Häuptling der größte Dickschädel auf dem ganzen Moor war. Um so mehr lag ihnen daran, ihn heil zurückzubekommen. Sie nahmen Banot beiseite, und er mußte ihnen versprechen, gut auf Gest aufzupassen.

„Ich werde tun, was ich kann", sagte Banot. „Aber ihr kennt Gest nicht."
Damit mußten sie sich zufrieden geben.
Nach zwei Tagen kehrte Banot allein zurück. Er wirkte müde, fahrig und zerstreut. Alle drängten sich um ihn. „Wo ist Gest geblieben?" fragten sie durcheinander.
„In Otmound, nehme ich an", antwortete Banot unbestimmt. „Er hat mich heimgeschickt." Mehr war nicht aus ihm herauszubringen. „Gest hat immer seinen eigenen Kopf", fügte er hinzu. „Bringt mir was zu trinken."
Miri, die Frau des Imkers, brachte ihm schnell ein Bier, in der Hoffnung, es werde seine Zunge lösen. Tille half ihm, die Leier vom Rükken abzusetzen. Dabei öffnete sich der Kasten, und sie bemerkte, daß eine Saite gerissen war. Sie war durch eine seltsame, bläßliche Darmsaite ersetzt worden, die durchdringend nach Leim roch.
„Wo hast du diese merkwürdige Saite her?" fragte sie.
„Hm ja – ich mußte nehmen, was ich kriegen konnte", sagte Banot. Er trank einen Schluck und lachte ein bißchen. „Ich habe stundenlang gespielt, gesungen und geredet", fügte er hinzu. „Ich habe keine Stimme mehr, und jeder Knochen tut mir weh."
„Ist es in Otmound denn so lustig zugegangen?" fragte Tille.
Banot schüttelte den Kopf. „Nein, das war unterwegs, an der Straße. Wir haben da ein paar Freunde getroffen, Gest und ich – ihr kennt sie nicht, aber ganz famose Kerle. Und auf dem Rückweg hab ich noch mal bei ihnen vorbeigeschaut." Er lachte. „Die besten Freunde, die man sich nur wünschen kann."
„Aber wann kommt Gest?" Die Garholter ließen nicht locker.
„In ein, zwei Tagen", sagte Banot und gähnte. „Wenn überhaupt."

Darauf lachte er wieder ein bißchen, erhob sich gähnend und wankte zu Bett. Die anderen waren um nichts klüger geworden und wurden es auch am nächsten Tag nicht.
Gest kehrte spät in der darauffolgenden Nacht zurück. Hastig rief, nein, brüllte er die Worte, mit denen sich das Tor öffnete, das gegen Feinde versiegelt war. Rumpelnd hob es sich und schloß sich wieder mit dumpfem Knall. Die Garholter fuhren aus dem Schlaf und krochen aus den Betten. Und dann fielen ihnen vor Staunen fast die Augen aus dem Kopf. Gest hatte eine schöne junge Frau mitgebracht, groß und schlank, mit blassem Gesicht und pechschwarzem Haar. Die beiden waren bis an die Augenbrauen mit Schlamm bespritzt und völlig außer Atem. An Gests Hals fehlte der goldene Ring. Dafür glänzte am Hals der jungen Frau der schönste und kunstvollste Ring, den man in Garholt je gesehen hatte.
„Überzeugt euch, daß das Tor dicht ist!" stieß Gest keuchend hervor.
„Wer ...?" fragten die Garholter. „Tümpler?"
Gest hatte keine Luft mehr, er konnte nur noch den Kopf schütteln. Die junge Frau sagte schüchtern: „Nein, mein Bruder Orban. Ich bin Ogs Tochter, Adara."
Raunen ging durch die Menge. Es war bekannt, daß Og seine Tochter über alles liebte. Adara, so hieß es, sei die schönste Frau auf dem Moor und die weiseste, die jemals gelebt hatte. Und es sah ganz so aus, als ob Gest sie entführt hätte.
„Krieg", sagte der Imker düster. „Das bedeutet Krieg."
„Nein", entgegnete Gest, noch immer sehr kurzatmig. „Habe drei Aufgaben erfüllt, um sie zu gewinnen. Heirate sie morgen. Muß mich jetzt ausruhen. Bereitet ein Fest vor."
Miri und Tille brachten Adara zu Tilles Haus, wo sie diese Nacht

schlafen sollte. „Wie stellt er sich das vor?“ sagte Miri erbost. „Glaubt er, wir können in fünf Minuten ein Fest vorbereiten?“

„Natürlich nicht“, sagte Adara. „Er hat bestimmt nicht darüber nachgedacht. Ich geh zurück und sag ihm, er soll das Fest wieder abblasen, ja?“

„Nichts da!“ rief Tille. „Wir werden es schon schaffen.“

„Außerdem, wenn er Euch entführt hat, wäre es unpassend, länger zu warten“, sagte Miri.

„Er hat mich nicht entführt. Ich bin freiwillig mitgekommen“, widersprach Adara.

„Wie Ihr die Sache seht, zählt nicht“, sagte Miri ernst. „Geht jetzt ins Bett und ruht Euch aus. Wir kümmern uns um alles.“

In dieser kurzen Zeit hatten sie Adara schon liebgewonnen. Miri und Tille konnten verstehen, daß Gest sein Herz an sie verloren hatte. „Und den Kopf dazu“, sagte Miri. Adara war freundlich und mitfühlend und kein bißchen stolz, obwohl sie den Ruf hatte, die weiseste Frau aller Zeiten zu sein. Das schätzten Miri und Tille besonders an ihr.

„Ich kann weise Frauen nicht ausstehen, die einen ständig fühlen lassen, wie dumm man selbst ist“, sagte Miri, die auch eine weise Frau war und wußte, wovon sie sprach. „Trotzdem hätte sie erzählen können, was geschehen ist.“

Im selben Augenblick traf Orban mit seinen Männern ein. Ganz Garholt erbebte unter ihrem Lärm und Geschrei. Während sie mit den Fäusten ans Haupttor trommelten, schlüpfte Gest, durch einen kräftigen Schluck Bier erfrischt, mit seinen Männern durch die seitlichen Ausgänge hinaus. Im Vollmondschein trafen die beiden Heere aufeinander.

Drinnen in Garholt erwartete man den Beginn der Schlacht. Orban, der zu einem plumpen, mißmutigen jungen Mann herangewachsen war, blickte Gest finster an. „Ich will allein mit dir reden", sagte er. Und da Gest zustimmte, kletterten sie gemeinsam bis zur Kuppe des Hügels hinauf. Mit gemischten Gefühlen schauten ihnen die Garholter und Otmounder nach. Aber sosehr sie auch die Ohren spitzten, sie konnten nicht hören, was da oben auf dem Hügel geredet wurde. Orban redete unablässig auf Gest ein, und Gest schüttelte immer wieder den Kopf. Einmal griff er sich an den Hals, mit einer Bewegung, als wollte er seinen Ring abnehmen. Dann schien er sich zu erinnern, daß er ihn ja nicht mehr hatte, und ließ die Hände wieder sinken.

„Nein, den *anderen,* du Narr!" hörte man Orban plötzlich laut sagen. „Den, den Kasta ..." Da fiel ihm wohl ein, daß ihn die anderen hören konnten, und er senkte die Stimme wieder.

„Wer ist Kasta?" flüsterte jemand hinter Banot.

„Orbans Frau", flüsterte Banot zurück. „Schreckliches Weib ..."

Ein brüllender Aufschrei Orbans unterbrach ihn. *„Riesen!* Du ...!" Gest schrie irgend etwas zurück. Orban schien sich zu beruhigen. Einen Moment lang standen sich die beiden im Mondlicht reglos gegenüber. Dann, auf ein Wort von Gest, schüttelten sie sich zur allgemeinen Überraschung die Hände. Orban machte kehrt und kam beschwingt den Hügel herunter. Er wirkte sehr erleichtert. Lächelnd winkte er den siebzig Otmoundern, die am Fuß von Garholt warteten.

„Erledigt", sagte er. „Also gehn wir."

„Gehen? Ohne Adara?" fragte einer seiner Männer verblüfft.

„Jawohl. Sie kann bleiben. Immerhin hat er drei Aufgaben erfüllt, um sie zu gewinnen", sagte Orban vergnügt. Er führte seine Leute zurück auf die Straße. Widerstrebend und offensichtlich sehr verwirrt, trabten sie hinter ihm her.

So kam es also, daß Gest Adara heiratete. Wie es tatsächlich zugegangen war, blieb für die Garholter ein Geheimnis. Aber nach allem, was sie bis jetzt gehört hatten, stand für sie fest, daß Gest ein Held war. Mochten manche Leute, die es mehr mit der Vernunft hielten, sagen, was sie wollten. Drei Aufgaben! Die Garholter platzten fast vor Stolz und Neugier. Wie hatte es Gest nun wirklich angestellt, Adara zu gewinnen?

Aber weder Gest noch Adara wollte darüber sprechen, und falls Banot Näheres wußte, so schwieg er doch. Während der Hochzeitsvorbereitungen, beim Schmieden eines neuen goldenen Halsrings für Gest, beim Anfertigen der Kleider für Adara und während der tausend anderen wichtigen Handgriffe sperrten die Leute Augen und Ohren auf. Aber vergebens. Erst als das Fest schon in vollem Gange war, schnappte Miri ein paar Worte auf, die Adara und Banot miteinander wechselten. Miri wollte Banot eben einen Becher Wein reichen, als Adara von der anderen Seite zu ihm trat.

Adara war in ihrem Hochzeitskleid noch schöner als sonst. Aber sie schien besorgt. „Banot", sagte sie, „was wißt Ihr über die ALTE, die MITTLERE und die NEUE MACHT?"

Banot und die anderen Sänger waren vollauf damit beschäftigt, die Gäste zu unterhalten, zum Tanz aufzuspielen und zu singen. Banots Gesicht war gerötet und glänzte. Doch als er jetzt zu Adara aufschaute, sah Miri, daß er blaß geworden war. „Die haben mit den Tümplern zu tun", sagte er. „An einem Tag wie diesem solltet Ihr nicht davon sprechen."

„Sagt mir, ob Ihr wißt, wie man sie versöhnen kann", drängte Adara.
Banot wich ihrem Blick aus. „Soviel ich weiß, nur durch ein Opfer. Aber fragt mich nicht, was für eines, wenn Ihr nicht Eure eigene Hochzeit verderben wollt."
Adara wandte sich erschrocken ab. Es dauerte eine Weile, bis sie sich gefaßt hatte. Und Miri war genauso bestürzt wie sie. Sie hatte schon von den grausamen Opferungen der Tümpler gehört. War es möglich, daß Gest und Adara die MÄCHTE der Tümpler angerufen hatten, damit sie Gest halfen, die drei Aufgaben zu erfüllen? Miri brannte nun noch mehr darauf als irgendein anderer, zu erfahren, was in Otmound geschehen war.
Die Geschichte kam allmählich, Stück für Stück heraus – niemand wußte genau, wie. Anscheinend hatten sich Gest und Adara auf den ersten Blick ineinander verliebt. Gest hatte bei Og um Adaras Hand angehalten. Der erhoffte sich ja Verstärkung aus Garholt im Kampf gegen die Tümpler, also wollte er Gest die Bitte nicht rundweg abschlagen. Trotzdem war ihm der Gedanke, daß seine über alles geliebte Tochter auf die andere Seite des Moors übersiedelte, unerträglich. Was sollte er tun?
In einer schlaflosen Nacht kam Og die erleuchtende Idee. Er würde Gest drei Aufgaben stellen. Sein Gefühl sagte ihm, daß Gest, der ein Abenteurer war, darauf eingehen würde. Natürlich wollte er die Aufgaben so stellen, daß sie unmöglich zu erfüllen waren. Wenn er Gest richtig einschätzte, würde er hinterher nicht beleidigt sein, sondern ihm aus Fairneß dennoch im Kampf gegen die Tümpler beistehen. Wie Og gehofft hatte, war Gest entzückt, sein Glück für Adara zu wagen. Als er jedoch Ogs wahre Absicht durchschaute,

schickte er Banot heim, damit ihm niemand nachsagen konnte, er hätte sich von einem Dichter und Sänger helfen lassen.

Og hielt sich für sehr schlau. Als erste Aufgabe wollte er Gest Rätsel zu lösen geben. Es war sonnenklar, daß Gest ein Mann der Tat und kein Denker war. Gest konnte bestimmt keine Rätsel lösen, und wenn es um sein Leben ging. Dennoch – einen ganzen Tag lang stand Gest vor Og und löste unermüdlich sämtliche Rätsel, die Og und seine Berater, die Sänger, sich ausdachten. Vielleicht hatte die Liebe seinen Geist beflügelt.

Og mußte zugeben, daß Gest die erste Aufgabe erfüllt hatte. Dafür mußte die zweite um so schwerer sein. Gest sollte ihm den goldenen Halsring eines Tümplers herbeischaffen.

Da wurde Adara blaß. „Ich werde dich niemals heiraten, wenn du einen Tümpler tötest!" rief sie Gest zu. Doch Gest hatte sie strahlend angelächelt und war aufs Moor hinausgegangen, um sein Glück zu versuchen. In der Früh kehrte er mit einem überaus prächtigen Halsring zurück.

Og wurde es angst und bang. Die dritte Aufgabe mußte einfach ungeheuerlich sein. Und das war sie dann auch. Gest raufte sich vor Verzweiflung die Haare. Adara regte sich so auf, daß ihr Og zum Trost den prächtigen Ring schenkte. Og verlangte von Gest, daß er den riesigen Felsblock auf der Spitze des Verwunschenen Hügels abtrug und ihn auf die Spitze von Otmound, vierhundert Meter weiter, versetzte. Der Felsblock war so groß wie ein Haus und durch Worte an der Stelle festgebannt. Zehn, ja zwanzig Männer wären kaum imstande gewesen, ihn zu bewegen. Und doch – Gest hatte es geschafft. Gegen Mitternacht kehrte er zurück und forderte Og auf, sich zu überzeugen. Wirklich, da thronte er, der große Stein, hoch auf dem Otmound, und quer durch das Gelände waren die Spuren des Transports zu sehen.

Og war völlig außer sich. Er fürchtete sich vor Gest und wollte nichts mehr mit ihm zu tun haben. Er lehnte es glattweg ab, ihm Adara zur Frau zu geben. Gest gelang es jedoch – wie könnte es anders sein –, mit Adara zu fliehen. Ohne auch nur einmal zu verschnaufen, liefen sie fast den ganzen Weg quer übers Moor, mit Orban auf den Fersen.

Miri fand einiges an der Geschichte sehr merkwürdig. Seltsam genug, daß Gest Rätsel lösen konnte. Und dann die Sache mit dem Ring. Es war nicht anzunehmen, daß ihm der Tümpler den Ring freiwillig gegeben hatte, also mußte Gest ihn wohl doch getötet haben. Trotzdem hatte Adara Gest geheiratet und trug sogar den Ring. Er war schön und kunstvoll gearbeitet, ein Filigrangeflecht verschlungener Zeichen und Symbole, die in fein modellierten Vogelköpfen an beiden Enden ausliefen. Miri war überzeugt, daß er nicht von einem Tümpler stammte. Es war ein Ring aus alten Zeiten, wie ihn ein König getragen haben mochte. Miri vermutete, Gest habe dafür seinen eigenen Halsring eingetauscht.

Und schließlich die Sache mit dem Stein vom Verwunschenen Hügel. Miri erinnerte sich, daß Gests Vater ein Dichter und Sänger gewesen war. Vielleicht hatte Gest von ihm die zweifelhafte Kunst geerbt, Illusionen herbeizuzaubern. Sie hatte sehr gehofft, daß sich das Ganze als bloße Einbildung erweisen würde, eine Sinnestäuschung, die nicht lange vorhielt. Aber die Hoffnung war vergebens. Tag für Tag sah Miri mit eigenen Augen den Stein auf der Spitze von Otmound. Nun stand für sie fest, daß irgendwelche allerhöchsten MÄCHTE mit im Spiel gewesen sein mußten.

„Nun ja, was soll's. Wenn Og nur seine Freude dran hat", sagte sie. „Ich möchte jedenfalls kein so gefährlich großes Ding auf meinem Dach haben."

Ogs Zorn war bald verraucht. Kurz nach der Hochzeit verzieh er Gest und Adara großzügig.

Doch umgekehrt war Gest offenbar noch immer böse auf Og, denn er weigerte sich schlicht und einfach, Og im Kampf gegen die Tümpler beizustehen. Og und Orban mußten sich selbst helfen. Im Herbst griffen sie eine große Schar Tümpler an, die sich ostwärts über das Moor bewegte. Die Tümpler waren auf den Überfall nicht vorbereitet. Sie wurden überrumpelt und von den Otmoundern durch Worte daran gehindert, andere Gestalt anzunehmen. Die Tümpler stoben auseinander. Später sammelten sie sich wieder und zogen gegen Islaw. Als man sie herankommen sah, versiegelte man schleunigst die Tore. Aber die Tümpler griffen gar nicht an. Sie gingen in den Fluß, der in der Nähe von Islaw vorbeifloß, und das war für eine Weile das letzte, was man von ihnen sah. Das Moor erlebte friedlichere Zeiten, und das Glück schien nach Otmound zurückzukehren. Wohlhabenheit stellte sich ein. Orbans Frau Kasta schenkte einem Sohn das Leben, der nicht im Kindesalter starb. Sie nannten ihn Ondo. Er war ein kräftiger, gesunder Junge, aber Kasta stellte sich an, als wäre er das zarteste und zerbrechlichste Baby, das die Welt je gesehen hatte.

„Sie macht mich *krank*!" sagte Miri nach einem besonders anstrengenden Besuch in Otmound.

„Sie hatte davor schon vier Babys, die alle früh gestorben sind", erinnerte sie Adara.

„Trotzdem", sagte Miri, „wo steht geschrieben, daß er deshalb ein

Wunderknabe sein muß? Das wird sich ganz schnell ändern, wenn erst mal *Euer* Sohn da ist. Sie wird schon sehen!"

Aber als Adaras Baby zur Welt kam, war es ein Mädchen. Miri war sprachlos. Eine geschlagene Stunde brachte sie kein Wort heraus. Dann sagte sie: „Untersteht Euch, sie diesen Ondo heiraten zu lassen!"

„Keine Angst!" sagte Gest. Er war entzückt von seiner Tochter. Er nannte sie Ayna und trug sie stolz herum. Sie war rund und rosig und sah ihm sehr ähnlich.

Miri schluckte ihre Enttäuschung hinunter, hütete Ayna wie ihren Augapfel und wartete auf das nächste Baby.

Es kam ein Jahr später. Und es war ein Junge. Adara nannte ihn Gair.

„Ah!" sagte Miri stolz. „Nun seht ihn Euch an, Gest!"

Gest sah ihn sich an und erschrak. Gair war dunkelhaarig und blaß wie Adara und blickte ihn ernst, mit großen grauen Augen an. „Warum lächelst du nicht?" fragte Gest.

„Das tun sie am Anfang nicht", sagte Adara. „Auch Ayna hat nicht gleich gelächelt."

„Wahrscheinlich hast du recht", sagte Gest. Trotzdem hatte er eine gewisse Scheu vor dem seltsamen, ernsten Baby, auch später, als Gair alt genug war, um zu lächeln.

Zwei Jahre später gebar Adara wieder einen Sohn. Gest ging mit Ayna zu ihr, um ihn sich anzusehen. Miri gluckste vor Stolz, als sie den Kleinen auswickelte: ein Baby mit großen blauen Augen und dunklem Haar wie Gair. „Ceri", sagte sie. „Ist er nicht ein Wonneproppen?"

„Ist er nicht ein bißchen zu hübsch für einen Jungen?" fragte Gest zweifelnd. Ein zweites Mädchen wäre ihm lieber gewesen.

Die Kinder wuchsen heran, tobten herum und stritten sich im Sonnenschein, der nach Garholt hereinfiel. Es war eine gute Zeit, um aufzuwachsen. Gest erwies sich als der besonnene, umsichtige Häuptling, den sich alle erhofft hatten. Garholt blühte und gedieh, und die Nahrung wurde nicht knapp. Adara unterrichtete ihre Kinder. Miri verwöhnte sie alle drei, besonders aber Ceri. Am Abend erzählte sie ihnen Geschichten. Ihre Lieblingsgeschichte fing so an: „Eines Tages machte sich Gest auf, um drei Aufgaben zu erfüllen und damit Adara zu gewinnen ...“

3. Kapitel

Eines Tages, Gair war fünf und Ayna sechs Jahre alt, sagte Gair sehnsuchtsvoll: „Wann darf ich endlich mit auf die Jagd?"
„Beim nächsten Vollmond, natürlich", antwortete Ayna.
Gair schaute sie ungläubig an. Aynas Gesicht war feierlich und ernst. Sie machte also keinen Spaß. Er lief zu Gest und erzählte ihm, daß er das nächste Mal zur Jagd mitkommen werde.
Gest, der gerade eine Pfeilspitze am Schaft befestigte, schaute von seiner Arbeit auf und lachte. „Wie kommst du denn darauf?"
„Ayna hat es gesagt."
Ärgerlich wandte sich Gest zu Ayna, die Gair neugierig gefolgt war. Kopfschüttelnd fragte er sie, was ihr denn einfiel, Gair solchen Unsinn einzureden.
„Es ist kein Unsinn. Es ist die Wahrheit", entgegnete Ayna. Ihre Stimme klang vollkommen überzeugt.
Gest machte den Mund auf, um ihr zu sagen, was mit Kindern geschah, die Lügenmärchen erzählten. Aber Miri ließ ihn erst gar nicht zu Wort kommen. „Fragt sie etwas anderes!" sagte sie aufgeregt. Gest ärgerte sich grün und blau. Was fiel ihr ein, sich in seine Erziehungsmethoden einzumischen. „Frag sie doch selbst", brummte er.

„Also gut", sagte Miri. „Ayna, wer wird als nächstes nach Garholt kommen?"
Wieder machte Ayna ein ernstes Gesicht und antwortete feierlich: „Onkel Orban. Er hat sich verletzt."
„Beim ..." setzte Gest an.
Bevor er weitersprechen konnte, wankte Orban mit gebrochenem Arm zur Tür herein. „Bin einem Riesen begegnet", sagte er mit schmerzverzerrtem Gesicht. „Zu euch war es am nächsten." Als er Gests entgeisterten Blick sah, sagte er: „Ich bin kein Gespenst!"
Gest faßte sich und begrüßte Orban, wie es sich gehörte. Er begleitete ihn zu Adara, damit sie sich um seinen Arm kümmerte. Miri war völlig aus dem Häuschen. Für sie stand fest, daß Ayna die Sehergabe hatte, die in Garholt seit drei Generationen nicht mehr aufgetreten war. Gest und Adara ließen sich nicht so ohne weiteres überzeugen. Erst nach eingehender Prüfung glaubten auch sie, daß Ayna in die Zukunft blicken konnte. Gest machte sich auf den Weg zum Goldschmied, um den doppelt gewundenen Halsring anfertigen zu lassen, der Ayna jetzt zustand.
Die Neuigkeit sprach sich in Windeseile herum. Die Leute bestürmten Adara mit Fragen. Einige nahmen an, daß diese Gabe wohl in der Familie liegen müsse, und versuchten es auch mit Gair. Aber Gair konnte ihre Fragen nicht beantworten. Er schämte sich, denn nun wurde ihm klar, daß er ganz gewöhnlich war.
Adara bemerkte seine Niedergeschlagenheit und machte Gest darauf aufmerksam.
„Ich werde ihn zum Trost auf die Jagd mitnehmen", sagte Gest, ohne nachzudenken.
Aynas erste Prophezeiung hatte sich auch erfüllt.

Gair strahlte. Er durfte an einer richtigen Jagd teilnehmen! Voller Erwartung brach er auf, überzeugt, daß es ihm Spaß machen würde. Er strengte sich mächtig an, um mitzuhalten, trotz Muskelkater in den Waden, zerstochen von Mücken, fröstelnd, zitternd im nächtlichen Nebel. Der Moorboden unter seinen Tritten machte seine Stiefel dreimal so schwer wie gewöhnlich, und seine Füße fühlten sich taub an.

Die Jagd war für niemanden ein Vergnügen. Ständig mußte man auf Gair aufpassen, auf Gair warten, Gair suchen.

Der Vollmond ging unter. Gest hatte sich bereits geschworen, Gair nie wieder auf die Jagd mitzunehmen. Sie hatten so gut wie nichts erlegt, weil ihnen Gair dauernd im Weg war, wenn sie schießen wollten. Sie könnten längst wieder daheim sein. Doch sie mußten weiterjagen. Bis zum Morgengrauen hatten sie schließlich genügend Beute gemacht, dafür waren sie jetzt ganz weit draußen im Moor, und Gair war so erschöpft, daß er kaum noch weiterkonnte. Gest überlegte kurz, ob sie die Nacht abwarten und erst im Schutz der Dunkelheit aufbrechen sollten. Doch nein, noch einen Tag und eine Nacht hier draußen konnte er Gair nicht zumuten. Im Vertrauen darauf, daß die hohen weißen Gräser sie verbargen, traten sie den Heimweg an.

Am Vormittag trafen sie auf eine Gesellschaft von Riesen.

Gair begriff überhaupt nichts. Auf einmal schien der Erdboden zu beben. Rings um ihn herum flatterten aufgeschreckte Vögel auf. Und plötzlich war er völlig allein. Nichts als Gras, wohin er auch schaute.

Gest spähte, auf dem Bauch liegend, durch die Grashalme und sah Gair in voller Lebensgröße mitten auf dem Pfad der Riesen stehen.

Fluchend schnellte er vor, warf sich auf Gair und rollte mit ihm seitwärts ins Gebüsch.
„Was ...?" fragte Gair. Gest drückte sein Gesicht zu Boden.
Die Stimme eines Riesen dröhnte: „Was war das eben? Ein Tier?"
„Ein Kaninchen", vermutete ein anderer mit Donnerstimme.
„Zu groß", meinte ein dritter. „Eher ein Hamster. Vielleicht können wir ihn fangen."
Die drei oder vier Riesen waren mit dicken Stöcken bewaffnet und hieben damit brüllend um sich. Die Erde bebte. Schreckensbleich, fast ganz unter Gest begraben, lag Gair da. Die Lage war außerdem sehr unbequem. Einmal trat, dicht vor seinen Augen, verschwommen ein Fuß zwischen den Büschen hervor, gerade deutlich genug, daß Gair eine Vorstellung von der ungeheuren Größe des Riesen bekam.
Zum Glück hatten die Riesen die Stelle, wo Gest und Gair lagen, haarscharf verfehlt. Nach fünf Minuten wurde ihnen die Sache zu dumm. Lachend und polternd zogen sie ab. Gest erhob sich vorsichtig. Gair sprang auf, blaß vor Schreck und Enttäuschung, und brach in Tränen aus.
„Das waren Riesen! Warum hast du sie nicht getötet?"
Gest wußte nicht recht, wie er ihm das erklären sollte: daß es bei Riesen nur eins gab, nämlich sie in Ruhe zu lassen. „Die Riesen sind viel mehr als wir", sagte er. „Wenn wir einem Riesen etwas antun, töten sie uns alle."
Er hob Gair hoch und trug ihn den Rest des Weges auf seinen Armen nach Hause. Unterwegs versuchte er ihm die Sache mit den Riesen zu erklären. „Sie sind stärker als wir, Gair, und sie verstehen sich auf Zauberei ..." Deshalb sei es vernünftiger, sich nicht mit Riesen ein-

zulassen. Kein bißchen. „Und schon gar nicht mit den Riesen hier in der Gegend", fügte er hinzu. „Weißt du ... Sie stehen unter einem Fluch. Das macht sie womöglich noch gefährlicher."
„Warum?" fragte Gair und schlief ein, bevor Gest antworten konnte. Er wurde erst wieder wach, als Gest ihn in Miris Arme legte.
Gest fragte sich hinterher, ob Gair sich wohl an irgend etwas erinnerte. Er glaubte nicht. Aber er irrte sich. Gair dachte von nun an oft an die Riesen, wenn er auch nie ein Wort darüber verlor. Am meisten beschäftigte ihn der Fluch, den sein Vater erwähnt hatte – unsicher, beinah schuldbewußt.
Jedenfalls bat Gair nie wieder, auf die Jagd mitgenommen zu werden. Schließlich gab es in und um Garholt mehr als genug zu tun. Die Kinder spielten, pflückten Obst, halfen bei Festvorbereitungen und spielten wieder. Sie wurden von weisen Frauen und Sängern unterrichtet. Adara lehrte sie lesen. Gest kümmerte sich persönlich um ihre praktische Ausbildung. Ayna, Gair und Ceri lernten mit Waffen umzugehen. Sie lernten, wie man sich versteckte, wenn Riesen in der Nähe waren. „Rührt euch nicht und verlaßt euch auf die Tarnfarbe eurer Kleider", bleute ihnen Miri ein. „Riesen können nicht sehr gut sehen. Eure Mäntel haben die Farbe des Moors und der Sümpfe. Also laßt euch einfach nur fallen und bleibt ruhig liegen. Dann passiert euch nichts."
Alles, was sie sonst in dieser frühen Zeit lernten, bezog sich auf die Tümpler. Es konnte ihnen gar nicht oft genug gesagt werden, ja nicht in die Nähe von stehenden Gewässern zu gehen, außer sie waren durch Worte gesichert. Die ersten Machtworte, die sie lernten, waren jene zur Sicherung des Wassers. Sie mußten sie so lange wiederholen, bis sie sie im Schlaf noch wußten. Fast ebensooft hörten sie,

daß die Tümpler die Fähigkeit hatten, eine andere Gestalt anzunehmen, und daß sie daher keinem unbekannten Tier trauen sollten. Nur eins lernten sie nicht: die Worte, mit denen ein Tümpler in seine wahre Gestalt zurückverwandelt werden konnte. Adara hatte es verboten.

Mittlerweile wurde Aynas Sehergabe immer deutlicher. Voraussetzung war eine gezielte Frage. Ayna wurde viel und oft gefragt. Dabei war die Gabe für sie selbst genauso rätselhaft wie für jeden anderen. Oft unterhielt sie sich mit Gair darüber.

„Verstehst du, ich *kenne* die Zukunft nicht", sagte sie. „Erst wenn man mir eine Frage stellt, weiß ich die Antwort – ohne zu wissen, wie. Und dann weiß ich wieder nichts – bis mir jemand eine neue Frage stellt."

Gair nickte verzagt. Das zeigte ihm nur, wie gewöhnlich er selbst war.

„Das schlimme dabei ist", fuhr Ayna fort, „es kann passieren, daß mir eine Frage falsch gestellt wird, was ich aber nicht wissen kann. Nimm einmal an, jemand fragt mich, ob es in der nächsten Zeit genügend Nahrung geben wird, und ich sage ja. Und dann stellt sich heraus, daß es nur deshalb genügend Nahrung gibt, weil die Riesen die meisten von uns getötet haben. Das macht mir Sorgen, verstehst du?"

Gair nickte wieder. O ja, er konnte sie verstehen – doch das änderte nichts an seinem eigenen, viel größeren Kummer. Und der wurde noch größer, als Ceris Gabe entdeckt wurde.

Ayna und Gair wußten es fast schon ein Jahr lang, als Miri schließlich dahinterkam. Es war sehr praktisch, einfach zu fragen: „Ceri, wo ist mein Ball?", wenn man den Ball verloren hatte; und Ceri sagte, der Ball habe sich zwischen dem zweiten und dritten Stein des vierten Brunnens verklemmt. Und da war er dann auch.

Ceri war ein verwöhnter kleiner Junge. Er hatte große blaue Augen, dichte schwarze Locken und ein entwaffnendes Lächeln. Und das alles nützte er schamlos aus. Was er nur haben wollte, bekam er. Aber er war auch ein schlaues Bürschchen. Er begriff sehr bald, daß niemand verlorene Sachen so mühelos wiederfinden konnte wie er. Hinter Aynas und Gairs Rücken machte er davon auch schamlos Gebrauch. Eines Tages fand ihn Miri umringt von anderen Kindern. Eben hörte sie Ceri sagen: „Eine Handvoll Murmeln – lächerlich, wirklich. Nein, ich will einen ganzen Honigkuchen, wenn ich dein Messer wiederfinden soll, Brad."

Miris Schwester hatte die Findegabe gehabt, diese war nicht so selten wie Aynas Gabe. Miri erfaßte sofort, worum es hier ging. Sie scheuchte die Kinder auseinander, packte Ceri am Ohr und zerrte ihn vor Gest. „Wißt Ihr, daß dieser Euer Sohn es faustdick hinter den Ohren hat?" sagte sie.

Gest schaute in Ceris blaue Augen hinunter. „Was hast du angestellt?" fragte er so streng wie möglich. Seine Strenge wirkte so echt, daß Ceri die Knie schlotterten.

„Ich kam gerade dazu, wie er einen ganzen Honigkuchen als Finderlohn für ein Messer verlangt hat!" sagte Miri. „Mir ist nichts davon bekannt, daß er die Findegabe hat. Aber wer weiß. Fragt ihn, wo die Pfeilspitze geblieben ist, die Ihr verloren habt!"

Gest verbiß sich das Lachen und machte ein finsteres Gesicht. Dann fragte er Ceri nach der Pfeilspitze. Einen Moment lang überlegte Ceri, ob er es wagen sollte zu lügen. Aber das ging gar nicht. Wer irgendwie sehend war – und dazu gehörte auch die Findegabe –, der mußte die Wahrheit sagen oder den Mund halten, und das traute sich Ceri nicht. „Gair hat sie“, stammelte er. „Er buddelt damit bei den Bienenstöcken herum.“

Gest wandte sich mit langen Schritten zur Tür, die zu den Bienenstöcken führte, öffnete sie durch ein Wort und stürzte hinaus. Tatsächlich, da hockte Gair und stocherte mit einer tadellosen Pfeilspitze in der Erde. Die Bienen kamen aus ihren Lehmkammern heraus, um Gair zu beschützen. Als sie sahen, daß es Gest war, zogen sie sich wieder zurück. Das Ende vom Lied war, daß Gair eine Tracht Prügel und Ceri einen doppelt gewundenen Halsring wie Ayna bekam.

„Ich kann nichts dafür. Wirklich nicht!“ verteidigte sich Ceri, als Gair kam, um ein Wörtlein mit ihm zu reden.

„Wahrscheinlich kann er wirklich nichts dafür“, sagte Ayna. „So eine Gabe zwingt dich, die Wahrheit zu sagen, wenn man etwas gefragt wird. Trotzdem würde es ihm nicht schaden, wenn du ihm eine knallst, damit er nicht gar zu übermütig wird.“

Gair knallte ihm zwei. Er war überzeugt, daß Ceri bald unausstehlich werden würde. Aber das war nicht der Fall. Ceri blieb der gleiche, der er schon immer gewesen war, bevor seine Gabe entdeckt wurde, strahlend, verwöhnt und vollkommen glücklich.

Wer sich veränderte, war Gair. Er glaubte, daß seine Eltern – besonders Gest – im stillen von ihm enttäuscht waren. Mehr und mehr Zeit verbrachte er an seinem Lieblingsplatz an einem der Fenster, die aufs Moor schauten.

Es war ein wunderschöner Platz. Gair kam hierher, seit er groß genug war, um aufs Fensterbrett zu klettern. Unter dem Fenster fiel der Hügel sanft ins Tal ab. Gair konnte stundenlang hier sitzen und das Bild der Landschaft in sich aufnehmen: die flachen Felder der Riesen, die Wälder und die ewigwogenden Sumpfgräser, deren Farben sich im Wechselspiel des Wetters veränderten. Ganz deutlich konnte man sehen, wie sich eine Regenwand über das Moor heranschob, eine gewaltige, himmelhohe Säule in Grau und Weiß. Unter dem Fenster summten die Bienen. Drinnen klapperten die Webstühle, und die Leute, die an ihnen arbeiteten, redeten und lachten. Von draußen wehten einem die Düfte des Moors, sonnendurchtränkt oder regensatt, in die Nase, von drinnen konnte man die vielfältigen, heimeligen Gerüche Garholts schnuppern. Da roch es nach Wolle, nach Kochen, nach Rauch und Leder. Bald galt dieses Fensterbrett als Gairs Stammplatz, der ihm allein gehörte.

Nach einigen Wochen des Grübelns kam Gair zu dem Schluß, daß er seine Unbegabtheit nur dadurch ausgleichen konnte, daß er sich Wissen und Weisheit erwarb, wie seine Mutter sie besaß. Vom ganzen Moor kamen die Leute nach Garholt, um Adara um Rat zu fragen. Und sie war nur zu gern bereit, Gairs Lehrmeisterin zu werden. Gair stürzte sich mit Feuereifer ins Lernen. Er lernte immer neue Worte und die Kunst, sie anzuwenden und immer neu zu kombinieren. Bald hatte er Brad, Banots Sohn, überflügelt. Er wußte, wie man Grüngold erstarren ließ, damit man es schmieden konnte; wie man Speisen vermehrte und Kräutern ihre Heilkraft entlockte; wie man Kleidern Tarnkraft verlieh und wie sich das Wetter vorhersagen ließ. Adara erzählte ihm von den Gesetzen, die hinter all dem wirkten, von dem noch geheimeren Wissen, ohne das die stärkeren Worte machtlos sind. Gair begann nebelhaft zu erkennen, daß man die innere Macht eines jeden Dings anrufen konnte, sofern man wußte, wie.

Er machte Adara oft Freude. Wenn er sah, daß sie sich über ihn freute, versuchte er seine Mutter zu überreden, daß sie ihm erzählte, was er und Ayna schon immer so gern hören wollten: die Geschichte der drei Aufgaben, die Gest erfüllt hatte, aus ihrer Sicht. Aber Adara erzählte sie nie. Sie lachte nur und wechselte das Thema.

Gair stand bald im Ruf, sehr gebildet zu sein. Als er das nächste Mal an der Jagd teilnahm, gelang es ihm, den schlechten Eindruck vom ersten Mal auszugleichen. Aber all das änderte nicht viel. Gair wußte, daß er im Grunde unbegabt und ganz gewöhnlich war.

Niemand sonst glaubte das. Gair galt allgemein als das außergewöhnlichste von Gests drei Kindern. Die Garholter waren überzeugt, daß Gair, wenn er sich erst einmal auf seinem Fensterbrett ausgegrübelt hatte, der beste Häuptling sein werde, den sie sich nur wünschen konnten.

Auch Gest fand Gair außergewöhnlich. Er hatte die Scheu, die er vor dem feierlich ernsten Baby empfand, nie ganz überwunden. Als Gair dann, anders als alle anderen Kinder, unzählige Stunden auf seinem Fensterbrett zubrachte, wollte das überhaupt nicht in Gests Kopf.

„Was ist bloß mit dem Jungen los?“ fragte er Adara ein ums andere Mal.

„Nichts“, antwortete sie jedesmal. „Er ist nur gern allein.“

Gest hatte dafür kein Verständnis. Er war gesellig. Dinge, die er nicht verstand, verwirrten ihn. Er bemühte sich, gerecht zu sein, aber es gelang ihm nicht, Gair genau so gern zu haben wie Ayna und Ceri. Gair spürte das. Er wußte, daß sein Vater von ihm enttäuscht war. Um Gest aus dem Weg zu gehen, verbrachte er immer mehr Zeit auf seinem Fensterplatz. Das machte die Sache nicht besser.

Als Gair zwölf Jahre alt war, gab es in Garholt keine zwei Leute, die einander weniger verstanden hätten als Gest und Gair.

Kurz nach Gairs zwölftem Geburtstag kam Ondo nach Garholt zu Besuch, begleitet von seiner Mutter Kasta, Fandi, seiner Amme, und seinen beiden Freunden Scodo und Pad.

„Wenn Ondo nur ein bißchen netter wäre", sagte Ayna und seufzte. „Vielleicht könnten wir dann aus ihm herausbringen, wie das mit Vaters drei Aufgaben wirklich war."

Aber Ondo war nicht nett. Wenn die Rede darauf kam, grinste er nur wissend, schief, und Scodo und Pad kicherten. Ondo konnte seine zwei Vettern und seine Kusine nicht ausstehen. Für ihn gab es nur eine interessante Person, und das war Ondo von Otmound, der nicht duldete, daß ihn irgend jemand in den Schatten stellte. Ayna und Ceri taten das durch ihre ungewöhnlichen Gaben, und deswegen haßte er sie aus tiefster Seele. Noch mehr aber haßte er Gair. Es war kein Geheimnis, daß Miri einen Narren an Gair gefressen hatte und bei jeder Gelegenheit betonte, daß man Gair für das außergewöhnlichste von den drei Geschwistern hielt. Grund genug für Ondo, Gair die Pest an den Hals zu wünschen. Dieses blasse Bürschchen, das um nichts begabter war als er selbst. Pah! Gleichzeitig hatte Ondo das unerklärliche, aber sichere Gefühl, daß Gair von den dreien auch am verletzlichsten war. Deshalb und weil Gair über ein Jahr jünger und einen halben Kopf kleiner war als er, hackte Ondo dauernd auf Gair herum.

Wo es nur ging, machte sich Ondo über Gair lustig und erinnerte ihn daran, daß Gest aus dem komischen, armseligen Islaw stammte. Gair war elend zumute. So viel bodenloser Gemeinheit war er nicht gewachsen. Ayna und Ceri ärgerten sich ebenfalls grün und blau über diese Unverschämtheiten, wußten sich aber auch nicht zu helfen. Alle drei zählten die Tage bis zu Ondos Abreise.

Endlich waren es nur noch drei Tage bis dahin. Da ergab es sich, daß

Fandi ihren goldenen Fingerhut verlegt hatte. Zusammen mit Ondo ging sie zu Ceri, um ihn zu fragen. Die drei Geschwister seufzten, als sie die beiden kommen sahen.
„Der Fingerhut ist in deiner Tasche", sagte Ceri eisig. Gest hatte ihm verboten, Geschenke anzunehmen.
Ondo zischte Gair boshaft zu: „Du bist ja leider kein Hellseher, oder?"
Gair fühlte sich an seiner wundesten Stelle getroffen, so daß er nicht gleich antworten konnte. Ayna kam ihm schnell zu Hilfe. „Du vielleicht?" fragte sie Ondo spitz.
Ondo sah mit Genugtuung, daß es ihm gelungen war, Gair zu verletzen. Er zuckte die Schultern. „*Ich* brauche keine so läppischen Gaben, um jemand zu sein."
Gair hätte Ondo am liebsten an seinem goldenen Halsring gepackt, aus dem Haus geschleift und mit dem Gesicht voran in den nächsten Bienenstock gestoßen.
Die Fäuste heimlich geballt, trat Gair einen Schritt auf Ondo zu. Ondo sah sich nach Scodo und Pad um. Als ihm einfiel, daß sie nicht da waren, wurde er blaß.
Gair biß die Zähne zusammen, und mit einem Blick tiefster Verachtung schob er sich an Ondo vorbei, um zu seinem Fensterplatz zu gehen. Er dachte: Warum habe ich nicht schon früher bemerkt, daß Ondo ein Feigling ist? Jetzt, wo er es wußte, war ihm viel leichter.
Ayna und Ceri waren wild entschlossen, Gair zu rächen. Sie kümmerten sich gar nicht um Fandi.
„Ich rate dir, nicht so mit Gair zu reden", sagte Ayna. „Wenn wir nicht wüßten, daß an allem nur deine Dummheit schuld ist, würden wir dich verwünschen."

„Es ist wirklich ein Jammer mit dir, Ondo", fügte Ceri mitleidig hinzu. „Du bist nämlich nicht nur dumm, sondern auch häßlich. Seht euch seine abstehenden Ohren an!" Ceri strahlte. Seit er denken konnte, wünschte er sich, Ondo das einmal ins Gesicht zu sagen.
Das saß. Und nicht nur bei Ondo, sondern auch bei Fandi. Ondos abstehende Ohren waren Fandis größter Kummer, sie hatte schon alles mögliche versucht, um sie zurechtzubiegen. Aber ohne Erfolg.
„Na warte!" rief Ondo. Wütend trat er auf Ceri zu.
Ceri wich zurück. Ondo überragte ihn um Kopfeslänge. Ayna wollte Ceri helfen, aber Fandi stieß sie zur Seite. Ondo stürzte sich auf Ceri, doch Ceri entwischte ihm und flüchtete zur Tür. Er hatte Angst. Zugleich ärgerte er sich über sich selbst, über Ayna und am meisten über Gair. An der Tür drehte er sich blitzschnell um und machte Gebrauch von einer Gabe, über die er verfügte, ohne bisher selbst etwas davon zu wissen.
Er sagte nichts. Er schien überhaupt nichts zu tun. Aber Fandi schrie auf. Sie griff sich an den Kopf, und ihr Gesicht wurde käsig. Aus Ondos Mund kam ein komischer Krächzer. Die Arme wie eine Greifzange geöffnet, um Ceri zu packen, erstarrte er mitten in der Bewegung. „Er hat haargenau wie ein Krebs ausgesehen", sagte Ayna später.
Gelähmt und in panischem Entsetzen kreischte Ondo die schlimmste Beleidigung, die er kannte: „Du – du kleiner *Tümpler* du!"
Auch aus Ceris Gesicht war die Farbe gewichen. Er starrte die beiden einen Augenblick lang an. Dann rannte er aus dem Haus und versteckte sich hinter den Teppichen.

4. Kapitel

Gair hatte noch nie so einen Höllenlärm gehört. Fandi und Ondo heulten, Kasta, Scodo und Pad kreischten gellend. Gair kletterte von seinem Fensterbrett, um zu sehen, was passiert war. Ganz Garholt war in hellstem Aufruhr.

Durch Ayna und Miri erfuhr Gair, sein Bruder habe Ondo und Fandi einen Krampf geschickt, der drei Tage anhalten würde. Die Aufregung war um so größer, als Gedankenübertragung eine äußerst seltene Gabe war. Der letzte, der sie gehabt hatte, war vor über hundert Jahren gestorben.

Kasta interessierte das überhaupt nicht. Sie wollte nur eins: daß Ceri bestraft wurde. Sie setzte alles daran, ihn zu finden, und rang zwischendurch immer wieder die Hände über den armen, verkrüppelten Ondo.

Ayna und Gair taten ihr Möglichstes, sie in die Irre zu schicken. Aber Kasta fand ihn schließlich doch und schleifte ihn zu Gest. Gest verabreichte Ceri eine Tracht Prügel mit seinem Schuh.

Danach machte sich Gest auf den Weg zum Goldschmied, um den dreifach gewundenen Halsring für Ceri anfertigen zu lassen, der ihm jetzt zustand. Adara hielt ihn am Ärmel zurück. „Warum?" fragte

Gest unwirsch. „Kasta kann keifen, soviel sie will – ich möchte wetten, daß Ondo selbst an allem schuld ist."

„Davon bin ich überzeugt", sagte Adara. „Aber Ceri ist schon jetzt viel zu eingebildet. Gib ihm den Ring, wenn er alt genug ist, ihn zu tragen. Im Augenblick sollten wir diese Gabe lieber vergessen, glaube ich."

Gest mußte ihr recht geben, als er länger darüber nachdachte. Gedankenübertragung – diese Gabe war bei jemandem wie Ceri eine sehr gefährliche Sache.

Adara nahm ihren Sohn beiseite, um ihm ins Gewissen zu reden. Sie erklärte ihm, daß ihm seine Gabe eine ernste Verantwortung auferlegte, weil er damit eine Menge Schaden anrichten konnte. Ceri sei weder alt noch verständig genug, um damit richtig umzugehen. Darum werde er erst dann einen dreifach gewundenen Halsring bekommen, wenn er beweisen könne, daß er verantwortungsvoll genug war. Bis dahin sei es ihm streng verboten, jemandem einen Gedanken zu schicken, und er müsse jetzt erst einmal vergessen, daß er es überhaupt konnte.

Adara redete und redete, und Ceri weinte.

Als Adara fertig war, schlich er sich unglücklich fort. Zwischen den klappernden Webstühlen kletterte er zu Gair aufs Fensterbrett. Schluchzend und schniefend vertraute er Gair seinen Kummer an.

„Ich wein ja nicht wegen des Halsrings", sagte er, „Und auch nicht wegen der Prügel, die ich gekriegt hab. Ich weiß nicht, was ich *getan* habe, Gair. Ich hab keine Ahnung, wie ich es verhindern kann, daß ich es wieder tue. Ich hab Angst, jemandem den Tod zu wünschen, ohne daß ich es will. Was soll ich bloß machen?"

Gair dachte nach. „Vielleicht", sagte er unsicher, „vielleicht solltest

du versuchen herauszufinden, wie du es gemacht hast, und es dann an irgendeiner Sache ausprobieren, wo du keinen großen Schaden anrichten kannst." Gair war sich selbst nicht sicher, ob das eine gute Idee war. „Dann ist es nicht mehr so dem Zufall überlassen."
Das klang einleuchtend. „Aber ich weiß doch nicht, wie ich es gemacht hab", sagte Ceri.
„Dann versuch dich zu erinnern. Denk nach."
„Also gut." Ceri saß neben Gair auf dem Fensterbrett, die Arme um die Knie geschlungen, und dachte lange und angestrengt nach. Schließlich sagte er zögernd: „Ich glaube, ich habe irgendwie etwas aus meinem Kopf herausgenommen und damit auf die beiden gezeigt."
„Dann versuch das jetzt noch mal."
„Womit denn? Mit dir darf ich's doch nicht ausprobieren", sagte Ceri.
Gair sah sich um. Er konnte nichts Geeignetes entdecken. Er schaute zu den Bienen hinaus, aber mit denen ließ man sich aus gutem Grund lieber nicht ein. Gair schüttelte den Kopf – und plötzlich kam ihm eine Idee. „Hier!" Er nahm seinen goldenen Ring vom Hals und hielt ihn Ceri hin. „Versuch ihn in der Mitte durchzubrechen." Ceri starrte Gair an.
„Los", sagte Gair. „Ein einfacher Ring ist leicht zu reparieren, falls *du* es nicht kannst."
„Bitte, wenn du meinst." Ceri legte das Kinn auf seine Knie und schaute den Ring an. Nichts geschah. Gair wollte den Ring schon wieder um seinen Hals legen, als Ceri die Augen weit aufriß. Gair spürte, wie seine Hände ohne sein Zutun auseinanderglitten. In jeder Hand hielt er einen halben Ring. „Ich hab's geschafft!" rief Ceri.

Beide lachten aus vollem Hals.
„Jetzt mach ihn wieder ganz!" sagte Gair.
„Oweia!" sagte Ceri. „Und was ist, wenn ich's nicht kann?"
„Dann krieg ich den Ärger, nicht du. Los. Versuch's."
Gair hielt Ceri die beiden Ringhälften hin. Ceri konzentrierte sich. Es funktionierte prompt, jedoch anders als erwartet. Der Ring sprang zusammen und riß Gairs Hände mit. Die eine Hälfte saß auf der anderen, so daß Gair jetzt keinen Ring, sondern einen breiten Bogen in Händen hielt. Als er Ceris bestürztes Gesicht sah, mußte er wieder lachen.
„Du mußt es noch einmal versuchen", sagte Gair. „Wenn er so bleibt, kriegen wir beide Ärger."
Ceri kniete sich hin und konzentrierte sich ganz fest. Der Ring dehnte und streckte sich, er wuchs in die Länge, bis Gair die beiden Enden eines dünnen Golddrahts in Händen hielt. Der Draht krümmte sich zu einem Bogen. Der Bogen schmolz zu einem Goldklumpen zusammen. Ceri brauchte eine halbe Stunde, um Gairs Ring wieder in seine normale Form zu bringen, und beide bekamen Bauchweh vor Lachen.
Gair legte den Ring wieder an. „Nächstesmal versuchst du's mit was anderem."
Ceri ging, um eine Handvoll Murmeln zu holen. Die folgenden drei Tage saß Ceri auf Gairs Fensterbrett und probierte seine neue Gabe aus. Während er übte, drang von unten aus den Häusern ein monotoner Singsang herauf. Damit hoffte man, Ondos und Fandis Verkrampfung zu lösen und die beiden Opfer vorzeitig von dem Gedanken, den Ceri ihnen geschickt hatte, zu befreien. Der eintönige Gesang bildete die Begleitmusik zu Ceris Beschäftigung. Er zerteilte

Murmeln, machte sie wieder ganz, ließ sie eiförmig werden und dahin und dorthin rollen.

Als Gest nun auch Ceri da oben sitzen sah, dachte er, daß jetzt seine beiden Söhne drauf und dran waren überzuschnappen. Zu Adara sagte er: „Ich glaube, das nächste Mal nehme ich auch Ceri mit auf die Jagd." Adara hatte nichts dagegen. Sie dachte, das würde Ceri vielleicht helfen, seine neue Gabe zu vergessen.

Am dritten Tag waren Ondo und Fandi wieder gesund. Orban traf mit Gefolge ein, um sie heimzuholen. Kasta warf zum Abschied nicht nur Ceri, sondern auch Gair einen bösen Blick zu. Sie war überzeugt, Gair habe Ceri zu der Untat angestiftet.

Am Abend steckte Ceri zufrieden seine Murmeln ein und sagte zu Gair, er habe die Sache jetzt im Griff. Gair war erleichtert. Er sehnte sich schon danach, das Fensterbrett wieder für sich allein zu haben. Aber mit der Ruhe, auf die er sich freute, wurde es nichts. Gest eröffnete ihm, daß er beschlossen habe, sie beide, ihn und Ceri, auf die Jagd mitzunehmen. Sie würden zwei Tage draußen sein, weil das große Fest der Sommersonnenwende bevorstand, und dafür mußten genügend Vorräte angelegt werden. Man hatte Ayna befragt, und sie hatte gesagt, im Nordwesten des Moors gäbe es wieder Rotwild.

Gair ahnte Schlimmes, als er sich vorstellte, daß er nun auch noch auf Ceri aufpassen mußte. Wenn das nur gutging.

Es ging überhaupt nicht gut. Ceri machte falsch, was man nur falsch machen konnte. Er blieb andauernd hinten. Im Morgengrauen des zweiten Tages streiften sie durch eine nebelverhangene Niederung. Im ersten Tageslicht wirkte das Gras so weiß wie der Nebel selbst, und die Morgenkälte kroch ihnen in die Knochen. Gair und

Ceri zockelten wie immer hinterdrein. Ceri jammerte, er könne nicht mehr weiter. Gair, der wußte, daß die anderen schon weit voraus waren, schleppte ihn am Arm mit.
Sie stießen auf einen Teich mit verschilften Ufern. Da alles ringsum im Weiß verschwamm, bemerkte Gair ihn erst, als sie schon drin waren. Sie platschten ein Stück durchs Wasser, und Ceri beklagte sich bitter, daß er jetzt auch noch nasse Füße hatte.
Ein dunkler Schatten tauchte vor ihnen im Nebel auf. Ceris Gejammer endete in einem Quiekser. Gair fuhr ein eisiger Schreck in die Glieder. Aber der Schatten war nur ein Hirsch, der das Weite suchte.
„Schnell!" rief Gair seinem Bruder zu. Aufgeregt, mit erhobenem Speer, rannte er durch das Weiß, um den Hirsch abzudrängen. „Schnell, oder ich mach dir Beine!"
„Ich mag nicht mehr. Und mir ist kalt", quengelte Ceri. Doch als Gair sich nach ihm umdrehte, sah er, daß Ceri seinen Speer nicht länger als Spazierstock benutzte, sondern ihn ebenfalls wurfbereit gehoben hatte. Falls Ceri dort blieb, wo er jetzt stand – worauf kein Verlaß war –, könnten sie den Hirsch zwischen sich erlegen.
Gair umrundete den Teich und versuchte, Ceri den Hirsch zuzutreiben. Aber der Hirsch ließ sich nicht abdrängen. Sie hatten es offenbar mit einem sehr klugen Tier zu tun. Gair konnte ihn in dem wirbelnden Weiß nicht deutlich sehen, aber er schien größer, als Gair zuerst angenommen hatte, und das gesenkte Geweih wirkte bedrohlich.
„Gair!" rief Ceri mit vor Angst schriller Stimme. „Gair, das ist stehendes Wasser!"
Allerdings. Gair wurde klar, daß er nicht sehr gut auf Ceri aufgepaßt hatte. Er warf den Speer mit aller Kraft nach dem Hirsch, aber die

Speerspitze traf ins Leere. Die riesenhafte Gestalt flimmerte vor seinen Augen und löste sich in Dunst auf, dunkler und grauer als der Nebel ringsum. Kalte Luft blies Gair entgegen. Er rannte um den Teich zu Ceri zurück. Und dann standen sie Seite an Seite und beobachteten mit Entsetzen, wie der graue Dunst feste Gestalt annahm. Ein riesiger Körper, mit silbrigen Schuppen wie mit einem Panzer bedeckt. Ein spitzer Kopf zeichnete sich ab, ein bleiches Gesicht mit eigentümlich gelben Augen, ein runder Schild und ein Schwert. Gair hätte sich in den Hintern beißen mögen. Hatte er nicht oft genug gehört, daß Tümpler sich in eine andere Gestalt verwandeln konnten? Trotzdem – nie im Leben hätte er gedacht, daß sie so gefährlich aussahen. Er hoffte, der Tümpler merkte nicht, wie ihre beiden Speerspitzen zitterten.

Der Tümpler kam auf sie zu, schwebend, lautlos, mit federnden Schritten, daß ihnen beiden das Blut in den Adern stockte. „Zurück!" rief Gair. Der Tümpler reagierte nicht. Gair fragte sich, ob er vielleicht eine andere Sprache sprach.

Ehe Gair noch etwas hinzufügen konnte, donnerte Gests Stimme über den Teich: „Halt! Keinen Schritt weiter!"

Der Tümpler zuckte merklich zusammen. Die Jäger waren zurückgekommen und hatten im Nebel den Teich umstellt. Sie hatten Pfeile auf ihn gerichtet.

Stolz und gemessen blickte der Tümpler in die feindliche Runde. Er war um einen guten Kopf größer als Gest. Und er schwieg noch immer.

„Wir sind in der Überzahl", sagte Gest. „Du hast gar keine Chance. Verschwinde von hier."

Der Tümpler antwortete auch jetzt nicht. Doch er hatte begriffen. Er drehte einfach um und ließ sich ins Wasser gleiten – wie weggehaucht, kaum daß man es plätschern hörte. Gest kam es so vor, als ob der Tümpler kleiner – fast um die Hälfte kleiner – wurde, ehe er untertauchte.

„Ein Glück, daß wir euer Fehlen bemerkt haben", sagte er zu Gair und Ceri. „Paßt auf, daß ihr von jetzt an bei den anderen bleibt." Mit Freude hatte er gesehen, daß die beiden Jungen nicht vor dem ausgewachsenen Tümplerkrieger Reißaus genommen hatten. Aber das sagte er natürlich nicht.

„Das war knapp", sagte Brad, der sich zu Gair und Ceri gesellt hatte. „Warum habt ihr euch nicht vom Wasser ferngehalten? Habt ihr die Kälte nicht gespürt?"

„Doch. Aber ich dachte, das ist vom Nebel", antwortete Gair. Von allen Jungen in Garholt mochte er Brad am liebsten. „Wie kommt das? Weißt du, wie sie das machen?"

„Wahrscheinlich macht es das Fischige an ihnen", sagte Brad. „Sie sind doch Kaltblüter, oder? Frag meinen Vater."

Gair lief vor zu Banot. Banot grinste. „Das hast du von deiner Mutter, Gair. Du verstehst es wie sie, immer die schwierigsten Fragen zu stellen. Nun, ich glaube nicht, daß die Tümpler Kaltblüter sind, aber beschwören kann ich es nicht. Die Kälte, sagen sie, entsteht bei der Verwandlung. Es ist sehr anstrengend, von einer Gestalt in die andere zu schlüpfen, und sie verbrauchen viel Wärme dabei. Diese Wärme nehmen sie aus der Luft. Es ist genauso wie – ja, genauso müßte eine Abkühlung zu spüren sein, wenn Ceri Gedanken überträgt."

Gair bedankte sich bei Banot. Jetzt hatte er genug Stoff zum Nachdenken. Das half ihm ein bißchen über seine Minderwertigkeitsgefühle hinweg. Er lief zurück zu den beiden Jungen. Dann bat er Ceri, auf irgend etwas einen Gedanken zu übertragen – jetzt gleich. Zu Brads höchstem Erstaunen brach Ceri gehorsam seinen Speer entzwei und fügte ihn wieder zusammen. Aber entweder war das ein sehr kleiner und leichter Gedanke gewesen, oder die Morgennebel waren noch so kühl, daß Gair nicht feststellen konnte, ob sich die Luft um Ceri herum tatsächlich abgekühlt hatte.

Auf dem ganzen Heimweg mußte Gair an das schreckliche Erlebnis denken. Die Riesen, die brüllend und trampelnd nach ihnen gesucht hatten, waren im Vergleich zu dem lautlosen silbernen Tümpler harmlos gewesen.

Es war Abend, als sie mit reicher Beute in Garholt eintrafen. Gair und Ceri waren so müde, daß sie fast über dem Abendessen einschliefen. Nur das Erzählen hielt sie wach. Denn natürlich mußten sie Ayna alles haarklein berichten, vor allem die Tümplergeschichte.

„Er war riesig", sagte Ceri gähnend, mit vollem Mund. „Ich hätte nie gedacht ..."

Plötzlich war die Hölle los. Draußen wurde wild ans Haupttor gehämmert. Eine Frauenstimme schrie: „Tümpler!"

Bevor sich noch jemand vom Platz rühren konnte, waren die Worte gesprochen, und rumpelnd öffnete sich das Tor.

„Tümpler!" kreischte Kasta, den schreckensbleichen Ondo hinter sich herziehend. „Du mußt uns helfen, Gest!"

Hinter Kasta und Ondo strömte die gesamte Bevölkerung von Otmound durchs Tor herein, alle blaß vor Schreck, einige – unter ihnen Orban – verwundet. Sie waren mit Kochtöpfen, Bündeln, Spindeln, Babys und Gold bepackt, soviel sie nur tragen konnten. Zwischen ihnen drängten Schafe, Hunde und Katzen herein.

Eine Zeitlang herrschte heilloses Durcheinander. Die Garholter mußten das Essen stehenlassen und die Flüchtlinge mit Betten, Nahrungsmitteln und Medizin versorgen. Und da Kasta steif und fest behauptete, die Tümpler hätten sie bis ans Ende der alten Straße verfolgt und gejagt, mußten so schnell wie möglich auch die Schafe von Garholt hereingeholt und die Tore versiegelt werden. Orbans Familie wurde natürlich in Gests Haus untergebracht. Ayna, Gair und Ceri drängten sich um Orban, der seine Wunden reinigte und verband, einen Krug Bier nach dem anderen leerte und lang und breit erzählte, was geschehen war. Tatsache war, daß die Tümpler die Bewohner von Otmound vertrieben hatten. Am Nachmittag hatten die Brunnen von Otmound angefangen überzufließen. Während die Garholter friedlich von der Jagd nach Hause gingen, hatten die Otmounder verzweifelt versucht, die Wassermassen einzudämmen. Aber alle Worte waren wirkungslos geblieben. Das Wasser stieg unaufhaltsam höher und höher. Die Otmounder hatten keine andere Wahl, als den Hügel sofort zu verlassen. Und draußen warteten die Tümpler.

„Hinterhältiges Gesindel!" sagte Orban. „Sie haben es genauso gemacht wie wir, wenn wir Bienen ausräuchern. Im Haunted Mound haben sie sich versteckt und darauf gelauert, daß wir herauskommen."

Orban und Og hatten alle Kampftüchtigen zusammengetrommelt und die Tümpler angegriffen, während die übrige Bevölkerung mit Sack und Pack das Weite suchte. Der Kampf hatte ein schlimmes Ende genommen. Og wurde getötet. Orban mußte mit dem Rest seiner Mannschaft den Rückzug antreten. Die Tümpler nahmen die Verfolgung auf, sie hatten sich jedoch nicht bis ans offene Ende der alten Riesenstraße gewagt – Kasta hatte wie üblich übertrieben – und waren nach Otmound zurückgekehrt.

„Paßt bloß auf, daß sie mit euren Brunnen nicht das gleiche anstellen", schloß Orban.

„Das können sie nicht", sagte Gest im Brustton der Überzeugung. „Unsere Brunnen sind sicher."

„Hoffentlich hast du recht", brummte Orban.

5. Kapitel

In dieser Nacht schlief Ondo wieder in Gairs Bett, und Ceri mußte sein Bett mit Gair teilen. Am nächsten Morgen wachte Gair mit düsteren Vorahnungen auf. Er hörte das Blöken der beiden Schafherden, die Stimmen der Mädchen und Orbans Schnarchen. Das allein hätte genügt, um jeden düster zu stimmen. Doch darüber hinaus fühlte Gair noch eine Unruhe, die er nicht erklären konnte. Er lungerte wie die meisten anderen in Garholt herum und wartete auf Neuigkeiten.

Gest hatte in den frühen Morgenstunden Banot nach Otmound geschickt. Kurz nach Mittag kehrte Banot zurück. Was er zu berichten hatte, klang nicht sehr ermutigend.

Die an Otmound angrenzenden Felder standen bereits unter Wasser, und noch immer hörten die Brunnen nicht auf zu fließen. Die Tümpler schienen sich tatsächlich im Haunted Mound verschanzt zu haben. Als sie Banot kommen sahen, stürzten sie heraus, und der Anführer, irgend so ein langer Kerl, forderte Banot auf, ihm Rede und Antwort zu stehen. Gair war überrascht, daß Banot und der Tümpler sich miteinander verständigen konnten.

Banot zwinkerte ihm zu und klopfte auf seine Leier. „Die Tümpler lieben Musik", sagte er. „Also spielte ich erst mal ein bißchen, und er wartete das Ende meines Spiels ab. Dann erklärte ich ihm, weswegen ich gekommen sei, und er sagte mir, daß sie Otmound für sich behalten und in Zukunft dort wohnen wollten."

„Das sollen sie nur versuchen!" schnaubte Orban. „Und was weiter?"

„Dann zog er sich für ein Weilchen zurück und überließ mich einer Wache", sagte Banot. „Ich fragte mich schon, ob ich je wieder von dort wegkommen würde. Aber anscheinend ist er nur gegangen, um sich Rat zu holen. Als er wiederkam, teilte er mir zweierlei mit. Erstens, sagte er, hätten sie Rache genommen für den Kampf in jenem Jahr, als Gest die gewissen drei Aufgaben erfüllt hatte. Zweitens sollte ich wissen, daß ihr König nicht beabsichtige, Gest anzugreifen. – Kann ich jetzt schlafen gehen? Ich bin todmüde."

„Was hat er damit gemeint?" fragte Orban scharf.

„Das hat er nicht gesagt."

Gest lächelte. Als Banot schlafen gegangen war, wandte er sich zu Orban, noch immer lächelnd. „Das Ganze ist sehr traurig", sagte er. „Aber ihr sollt nicht glauben, daß ihr jetzt obdachlos seid. Wir müssen eben zusammenrücken, solange es nötig ist."

Ceri stöhnte leise. Gair kreuzte die Finger und betete zur SONNE, daß Orban ablehnen möge. Es mußte doch irgendwo einen leeren Hügel geben, wo die Otmounder wohnen konnten.

Aber Orban lachte und schlug Gest auf die Schulter. „Danke, Gest. Ich habe gehofft, daß du das sagen würdest. Du bist ein guter Kerl. Wir werden den Kampf gegen die Tümpler also gemeinsam aufnehmen und das Lumpenpack zuerst aus Otmound und dann vom Moor vertreiben."

Gair verstand nicht, wie sein Vater noch so lächeln konnte. Er fragte sich, wie er Ondos ständige Anwesenheit in Garholt ertragen sollte. Ihm war elend zumute.
Die nächsten Tage waren hart. Da von den Tümplern keine Gefahr zu drohen schien, richteten sich die Otmounder häuslich ein, und die Garholter begannen zu murren. Der Hügel war hoffnungslos überfüllt. Neue Häuser mußten gebaut werden. Die Schafe gerieten durcheinander. Einer war dem andern im Weg. Die Otmounder Schmiede nahmen den Garholter Schmieden in den Werkstätten die besten Plätze weg. Die Otmounderinnen stellten ihre Webstühle so auf, daß sie den Garholterinnen im Licht waren. Adara beschwerte sich bei Kasta darüber. „Ach wirklich?" sagte Kasta. „Wie kann man sich nur wegen solcher Kleinigkeiten so aufregen!" Und alles blieb, wie es war.
Orban tat sehr von oben herab. Jetzt, wo Og tot war, war Orban Häuptling von Otmound. Otmound war das älteste Siedlungsgebiet auf dem Moor, also hatte Orban – wenn auch aus Otmound vertrieben und heimatlos – als Häuptling die älteren Rechte und war bedeutender als Gest. Er bestand darauf, daß sein neues Haus größer zu sein habe als das von Gest. Und er wollte auf der Stelle ein Heer aufstellen, um die Tümpler vernichtend zu schlagen.
„Hm ja. Aber wir wollen nichts überstürzen", sagte Gest. „Die Leute könnten sagen, daß die Tümpler im Recht sind – so, wie ihr sie bei Islaw ins Wasser getrieben habt."
„Das ist doch Jahre her!" sagte Orban. „Du erwartest doch wohl nicht von mir, daß ich untätig hier sitze und sie ungeschoren davonkommen lasse. Oder?"
„Natürlich nicht", lenkte Gest ein. „Ich möchte nur nicht voreilig

handeln. Auch glaube ich, daß wir jetzt dringlichere Probleme zu lösen haben, bei all den hungrigen Mäulern in Garholt. Das Fest der Sonnenwende steht vor der Tür. Wir müssen mindestens noch eine große Jagd veranstalten, um die Versorgung mit Fleisch sicherzustellen." Das stimmte. Die Bevölkerung Garholts war jetzt doppelt so groß, und die Otmounder hatten keinen Krümel zu essen mitgebracht. Die Vorräte von der letzten Jagd waren binnen zwei Tagen aufgezehrt. „Ich schlage vor, bis nach dem Fest zu warten", sagte Gest.

„Wir können die Hälfte der Mannschaft auf die Jagd und die andere Hälfte gegen die Tümpler schicken", schlug Orban vor.

„Das würde bedeuten, Garholt ohne Verteidigung zurückzulassen", gab Gest zu bedenken. „Bei einem Angriff der Tümpler wäre es vollkommen wehrlos."

„Aber du hast doch ihr Wort, daß sie *dich* nicht angreifen werden – und diese Unverschämtheit werde ich ihnen heimzahlen!" sagte Orban, dem allmählich die Geduld riß. „Was ist mit dir los, Gest?"

„Nichts", sagte Gest. „Ich möchte einfach lieber bis zum Herbst damit warten, wenn die Speicher ..."

„Herbst! Du verlangst von mir, daß ich bis zum Herbst untätig zusehe, wie sich's die Tümpler in Otmound bequem machen?" brüllte Orban.

„Glaub ja nicht, daß ich dich nicht verstehe ..."

„Entzückend! Ich versteh dich aber überhaupt nicht!" entgegnete Orban.

So ging es tagelang weiter. Orban wurde immer gereizter. Gest blieb bewundernswert höflich. Gair, der alles mit anhörte, kam zu dem Schluß, daß sein Vater nicht die Absicht hatte, die Tümpler anzugreifen, wenn es sich irgend vermeiden ließ. War Gest feige? Er hatte bisher in allem nachgegeben. Aber in dem einen Punkt, wo Orban, wie es Gair schien, wirklich im Recht war, weigerte sich Gest höflich, aber beharrlich, Orbans Wunsch nachzukommen. Diese Verhaltensweise schien überhaupt nicht zu dem Gest aus Miris Geschichte zu passen. Das Gefühl düsterer Vorahnung, das Gair am ersten Morgen empfunden hatte, kam wieder. Da Adara nichts davon hören wollte, redete er mit Ayna darüber.

„Mich wundert überhaupt nichts mehr", sagte Ayna. „Diese ewigen Streitereien zwischen Vater und Onkel Orban, dazu Tante Kasta, die Mutter dauernd in den Ohren liegt und sich wegen Ondo in die Hosen macht, und Miri und Fandi, die einander mit Blicken erdolchen – das alles macht das Leben unerträglich. – Gair, frag mich, ob sie je wieder von hier weggehen. Bitte!"

„Werden uns die Otmounder nächsten Monat verlassen?" fragte Gair.

In den entrückten Ausdruck auf Aynas Gesicht mischten sich Überraschung und Erleichterung. „Ja. Der SONNE sei's gedankt!"

„Gehen sie nach Otmound zurück?" fragte Gair neugierig.

„Nein. Weit, weit weg. Oh, wie schön!" rief Ayna erleichtert. „Dann sind wir Ondo los!"

Gair war sehr erleichtert. Er hatte ja am meisten unter Ondo zu leiden. Ondo war, nachdem er sich von seinem Schreck erholt hatte, ekelhafter denn je. An Ceri wagte er sich nicht heran. Mit Ayna gab er sich erst gar nicht ab. Also entlud sich seine ganze Bosheit über Gair. In einem fort stichelte er, daß Gair unbegabt und daß Gest ein Feigling sei. Damit brachte er Gair zur Weißglut, um so mehr, als Gair sich selbst immer wieder fragte, ob Gest ein Feigling war.

Eines Tages entdeckte Gair Ondo, Scodo und Pad auf seinem Fensterbrett. Es war eine abgekartete Sache. Ondo wußte ebensogut wie jeder andere, daß dieses Fensterbrett Gairs Platz war. Gair sah rot. Er hatte nur noch die drei Gestalten dort oben vor Augen, alles andere verschwamm vor seinem Blick.

Adara, die von der Sache Wind gekriegt hatte, kam dazu, um das Schlimmste zu verhindern. „Gair, kannst du mir helfen, die Decken zusammenzufalten?" Gair sah sie verwirrt an. „Aber wasch dir lieber erst die Hände", fügte Adara hinzu.

Ohne nachzudenken, ging Gair zum nächsten Waschbecken und tauchte die Hände ins Wasser. Im selben Moment dämmerte es ihm, daß sie ihn überlistet hatte. „Du wolltest, daß ich mir die Wut abwasche! Das ist nicht fair!"

„Ich weiß. Es tut mir leid", sagte Adara. „Aber wenn du mit Ondo Streit anfängst, werden die Leute auf beiden Seiten Partei ergreifen, und das könnte sehr ernste Folgen haben. Versprich mir, dich nicht mit ihm zu prügeln."

Gair versprach es unwillig. Er biß die Zähne zusammen und versuchte, sich nichts anmerken zu lassen, während Ondo den ganzen Tag selbstgefällig auf seinem Fensterbrett saß. Auch Gest wurde aufmerksam. Wenn es ihm auch nicht paßte, daß Gair soviel Zeit dort oben verbrachte, fand er es doch eine Unverschämtheit von Ondo, Gair seinen Platz wegzunehmen. Und am meisten ärgerte ihn, daß Gair sich das gefallen ließ. Offenbar hatte Gair nicht den Mumm, sich nur ein einziges Mal gegen Ondo zu wehren.

Am nächsten Tag war Gair der erste auf seinem Fensterbrett. Aber er empfand keine Genugtuung darüber. Finster starrte er auf das flache, grüne, grüne Moor hinaus. Er war unzufrieden mit sich. Was sollte

Gest, was sollten Brad und alle anderen in Garholt von ihm denken? Aber durch das Versprechen, das er seiner Mutter gegeben hatte, waren ihm die Hände gebunden. Da bemerkte er, daß Ondo, Scodo und Pad plötzlich neben ihm auf dem Fensterbrett lungerten.
Ondo grinste triumphierend. „Runter!" sagte er. „Wir können dich nicht brauchen!"
Gair legte sein Gewicht auf die Fersen und schob sich mit dem Rükken am Fensterrahmen hoch, bis er aufrecht stand. Er wußte, wenn er sich das jetzt von Ondo gefallen ließ, hatte er verspielt. Aber er durfte sich ja nicht prügeln, er hatte es versprochen. „Das ist mein Platz. Ich habe euch nicht hergebeten", sagte er. Mehr brachte er nicht heraus.
„Ich brauche deine Erlaubnis nicht", schnaubte Ondo. „Runter!"
„Gair hat die Hosen voll", meckerte Scodo.
„Genau wie Gest – er redet groß und tut nichts", sagte Pad.
Schon wieder diese Anspielung. Das konnte Gair nicht einfach hinnehmen. „Wie meinst du das?" fragte er.
Alle drei lachten. „Jeder in Otmound weiß, daß Gest ein Betrüger ist", antwortete Ondo. „Er hat die Aufgaben, die ihm Og gestellt hat, nie im Leben erfüllt. Keine einzige. Alles Schwindel. Frag deine Mutter, wenn du's nicht glaubst. Sie hat ihm die Antworten auf alle Rätsel gesagt."
„Und natürlich hat er sich nicht getraut, einen Tümpler zu töten", fuhr Scodo fort. „Also hat er mit einem Freundschaft geschlossen, um seinen Halsring zu ergattern. Frag ihn, wo sein eigener Ring geblieben ist, wenn du's nicht glaubst."
„Und weißt du, wie er den Stein versetzt haben soll?" fragte Pad.
„Nein. Wie denn?" Gair kochte vor Wut. Denn er wußte, daß es die

Wahrheit war, was sie sagten. Es paßte alles zusammen. Er hatte schon immer gewußt, daß Gest keine Rätsel lösen konnte. Und er wunderte sich schon lange, daß Gest ohne seinen Halsring heimgekommen war. „Wie hat er den Stein versetzt?"
Ondo kicherte. „Überhaupt nicht. Riesen haben es für ihn getan. Natürlich."
Gair vergaß sein Versprechen. Er stürzte sich auf Ondo. Scodo und Pad schoben sich dazwischen, aber in seiner blinden Wut übersah er sie. Er rammte Scodo mit der Schulter und rempelte Pad mit dem Ellbogen, und beide waren auf einmal weg. Von draußen, irgendwo tief unten, hörte Gair ihr gellendes Geschrei und das wütende Gesumm der Bienen. Als Ondo merkte, daß er mit dem rasenden Gair allein war, wollte er vom Fensterbrett hinunter klettern. Gair erwischte ihn gerade noch an seinem goldenen Halsring. „Mami!" brüllte Ondo. Von drinnen hörte man Kasta kreischen. Aus den Webstühlen tönten anfeuernde Rufe, Gair solle es Ondo geben. Gair nahm das alles kaum wahr. Mit der Kraft, die nur maßlose Wut verleiht, zerrte er den großen, schweren Ondo wieder aufs Fensterbrett, schwenkte ihn an seinem Halsring herum und schickte ihn hinter Scodo und Pad her. „Mami!" heulte Ondo.
Es war ein herrliches Gefühl. Einen Augenblick lang stand Gair schwer atmend da und genoß seinen Triumph in vollen Zügen.
„Gair!" Das war Gest. Seine Stimme übertönte alles, einschließlich Ondos Gebrüll von draußen. „Gair! Komm sofort herunter!"
Aber nach allem, was Gair erfahren hatte, war Gest der letzte, den er jetzt sehen wollte. Ohne eine Sekunde zu zögern, sprang Gair los, seinen drei Feinden hinterher, und landete ein Stück weiter unten am Hang. Ein Schwarm Bienen schwirrte aufgeregt um seinen Kopf. Sie

kannten ihn und stachen ihn nicht. Und Gair wußte, was er ihnen schuldig war. Man soll Bienen immer sagen, was man vorhat. „Ich gehe", sagte Gair in die summende Wolke hinein. „Ihr habt gesehen, warum. Ich weiß nicht, wohin, aber jedenfalls gehe ich. Ich muß ein paar Tümpler finden."

Damit rannte er ins offene Moor hinaus.

In Garholt ging es drunter und drüber. Einer gab dem anderen die Schuld, nur die Otmounder waren sich einig, daß Gair an allem schuld war. Die Garholter fanden, was zuviel sei, sei zuviel. Gest ging hinaus und sprach ein scharfes Wort zu den Bienen, worauf sie sich schleunigst in ihre Stöcke zurückzogen. Dann packte Gest die verschwollenen, flennenden Jungen und schaffte sie in den Hügel hinein, wo alles durcheinander rannte, um Linderungsmittel gegen die Bienenstiche zu holen.

Als einigermaßen Ruhe eingekehrt war, fragte Ceri seine Schwester: „Ayna, was macht Gair?"

„Er sucht Tümpler und wird Riesen finden", antwortete Ayna. Ihre Augen weiteten sich.

„Ceri – wo *ist* Gair?"

„Nahe beim Haus eines Riesen. Komm mit, ich zeig's dir."

6. Kapitel

Gair stapfte über sumpfigen Moorboden und durch hohes, raschelndes Gras. Er lief und lief. Schließlich gelangte er an einen der schnurgeraden Kanäle, mit denen die Riesen das Moor trockenzulegen versuchten. Das Wasser darin floß so träge, daß man es fast für stehendes Wasser halten konnte. Gair schlenderte am Ufer entlang.
In ihm war eine Welt zusammengebrochen. Nichts Großes war zurückgeblieben. Sein Vater war überhaupt kein Held. Noch schlimmer: Er war ein Schwindler und Betrüger.
„Kein Wunder, daß er den Tümplern nicht den Kampf ansagen will!" sagte Gair laut. Bitterkeit erfüllte ihn. Gest hatte irgendeinem schuppigen Tümpler den größten Beweis seines Vertrauens entgegengebracht, indem er den Halsring mit ihm tauschte. Der Grad der Freundschaft hing von den Worten ab, die Gest über seinem Ring gesprochen hatte. Es mußte ein starker Schwur gewesen sein, da Gest sich so ängstlich daran hielt. Und das alles, um Og zu überlisten! Voll Verachtung rief Gair: „Tümpler! Zeigt euch! *Ich* fürchte euch nicht!"
Aber kein Tümpler zeigte sich. Das Rinnsal versickerte. Gair wanderte weiter über den Sumpfboden, der unter seinen Schritten

quatschte. Er nahm an, daß dieser prächtige Ring, den Adara trug, der des Tümplers war. Wenn das stimmte, konnten die Tümpler sehr wohl Gold schmieden und auch noch weit besser als seine eigenen Leute. Und wie war das mit den Riesen? Eine Welle des Zorns und der Verzweiflung überflutete Gair. Sein Vater hatte ihm eingeschärft, sich ja nicht mit Riesen einzulassen. Gest! Gest, der zu den Riesen gegangen war und sie beschwatzt hatte, für ihn einen Stein zu versetzen!

Plötzlich blieb Gair stehen. Er merkte, daß er sich noch nie so weit von zu Hause entfernt hatte. Vor ihm erstreckte sich ein verwilderter Rasen. Dahinter waren Bäume. Und hinter den Bäumen waren die hohen, eckigen Umrisse eines Riesenhauses zu erkennen. Zu jeder anderen Zeit hätte er schleunigst Deckung gesucht und diesen Ort so schnell wie möglich verlassen. Jetzt murmelte er: „Wer sagt, daß man Riesen aus dem Weg gehen soll?" und ging weiter.

Er erreichte die Bäume. Mehr aus Gewohnheit schaute er sich noch einmal um. Und was sah er? Ayna und Ceri, die sich hinter zwei Grasbüschel duckten.

Das war doch das letzte! Gairs ganzer aufgestauter Kummer schlug in Wut um. Er rannte zu den Grasbüscheln zurück. Es waren sehr kleine Büschel. Sogar ein Riese könnte Ayna und Ceri dahinter entdecken.

„Was fällt euch ein, mir nachzuspionieren?"

„Das wollten wir nicht", sagte Ceri. „Ich habe Ayna gefragt, was du machst ..."

„Und ich habe Ceri gefragt, wo du bist", sagte Ayna. „Dann sind wir hierhergekommen."

Einen Moment lang hatte Gair das Gefühl, die ganze Welt sei gegen

ihn, ganz besonders aber Aynas und Ceris Gaben. Er fühlte sich vollkommen hilflos dagegen. „Ich gehe zu dem Riesenhaus", sagte er. „So, jetzt wißt ihr's."
„Sehr gut", sagte Ayna, und Ceri nickte. Gair sah ihnen an, daß sie sich auf ein Abenteuer freuten. Das ärgerte ihn maßlos. Schließlich war das *sein* Abenteuer. Ohne die beiden noch eines Blickes zu würdigen, machte er kehrt und ging auf die Bäume zu.
Doch sein Zorn verrauchte allmählich. Um ehrlich zu sein – es war doch ganz beruhigend, die beiden in der Nähe zu wissen. Vorsichtig schlüpfte er zwischen den Bäumen hindurch. Ayna und Ceri folgten ihm wie zwei Pustewölkchen. Sie hatten die letzten Bäume erreicht und kauerten sich am Fuß des allerletzten nieder. Von da schauten sie auf das Riesenhaus, das erste, das sie aus der Nähe sahen.
Gairs erster Gedanke war, daß es häßlich sei. Es war eckig, klobig und düster. Es war aus dunklen Ziegelsteinen erbaut, und die vielen kleinen Fenster waren ebenfalls dunkel. Es wirkte versiegelt und traurig. Dunkle Büsche ragten über die Mauer, die sich an der Vorderseite des Hauses entlangzog. Das ganze Haus schien Dunkelheit in das helle, dunstige Sonnenlicht zu verströmen. Wenn man wie Ayna, Gair und Ceri an runde Häuser gewöhnt war, mutete einen dieses sehr sonderbar an. Seltsamerweise war es von Wasser umgeben. Unterhalb der Mauer verlief ein Wassergraben, über den eine Brücke zum Vordereingang führte. Ein zweiter, schmälerer Graben mit viel weniger Wasser darin zog sich am Fuß der Bäume entlang, unter denen sie saßen.
„Stehendes Wasser", flüsterte Ayna ängstlich.
„Na und?" entgegnete Gair. Plötzlich fragte er sich, ob Riesen und Tümpler Freunde oder Feinde waren. Niemand hatte ihm das je gesagt.

„Wo sind die Riesen?" flüsterte Ayna.
Da auf einmal begann sich das Haus zu verwandeln – von häßlich in schön und wieder in häßlich. In langsamen, großen Wellen – mächtigen, pulsierenden Schwingungen – ging es über das Haus hin, und bei jeder Schwingung wurde es noch düsterer. Eine grauenhafte Ahnung stieg in Gair auf. Ohne vernünftigen Grund fühlte er sich von Entsetzen gepackt. Hin und her und her und hin. Häßlich – schön – häßlich ... In Gairs Ohren dröhnte es, und sein Herz klopfte wild.
„Um Himmels willen, was ist denn mit dir los, Gair?" fragte Ayna.
Gair sah ein, daß er sich lächerlich machte. Es war dumm, sich vor einem Haus zu fürchten, auch wenn es das eines Riesen war, wenn Ayna und Ceri es so ungerührt betrachten konnten. „Sehen wir uns ein bißchen um", sagte er und sprang auf die Beine. Das Pulsieren hörte auf.
Sie huschten unter den Bäumen dahin und gelangten in ein Wäldchen. Es war ein angenehmer, schattiger Ort. Ein Bach schlängelte sich zwischen den Bäumen hindurch. Die drei atmeten tief die frische Luft ein und lauschten dem Plätschern des Baches, dem Gezwitscher der Vögel und dem sanften Rauschen der Bäume. Und dann war da noch ein anderes Geräusch. Die drei sahen sich an.
„Musik?" fragte Ayna.
„So etwas Ähnliches", meinte Ceri. „Nicht wirklich."
Neugierig liefen sie weiter. Plötzlich blieben sie wie angewurzelt stehen. Da vor ihnen war eine Riesin. Die drei starrten sie entgeistert an. Sie *war* riesig. Noch nie hatten sie solche Massen rosigen Fleisches gesehen. Sie saß am Bach und starrte mit gerunzelter Stirn vor sich hin. Von Zeit zu Zeit nickte sie zu dem Geräusch mit

dem Kopf. Das Geräusch kam aus einem Zauberkasten, den sie neben sich stehen hatte, und es war klar, daß sie es für Musik hielt.
Die drei standen regungslos hinter einem Baum und schauten sich die Augen aus dem Kopf. Sie wünschten, daß die Riesin aufstand, damit sie sehen konnten, wie groß sie wirklich war. Am brennendsten interessierte sie, wie sie es schaffte, diese rosigen Fleischmassen auf ihren, wenn auch stämmigen Beinen fortzubewegen.
„Ich hab dir schon mal gesagt, du sollst hier verschwinden, du Knackwurst!" sagte plötzlich eine laute Stimme.
Die drei fuhren herum. Der Riese dort auf der anderen Seite des Baches starrte wutentbrannt auf die Riesin. Schnell glitten sie hinter einen anderen Baum, wo er sie nicht sehen konnte.
„Kotzbrocken", sagte die Riesin verächtlich. Sie tippte irgendwie an ihren Zauberkasten. Die Geräusche daraus wurden lauter.
„Paß bloß auf, Brenda, daß ich dich nicht in hohem Bogen rausschmeiße!" donnerte der Riese. „Das hier gehört uns!" Er war dunkel, hoch aufgeschossen und mager und kratzbürstig. Neben der Riesin wirkte er enttäuschend mickrig. Schon richtig, er war mindestens so groß wie Gest, aber nicht viel dicker als Gair. Seine nackten Arme waren kaum stärker als Aynas Arme. Drohend näherte er sich der Riesin – er glaubte doch wohl nicht im Ernst, daß er sie auch nur eine Handbreit vom Platz rücken könnte!
Auch die Riesin glaubte sichtlich nicht daran. Sie blieb sitzen, wo sie saß. „Was hast du überhaupt um diese Zeit hier zu suchen?" fragte sie. „Warum bist du nicht in der Schule?"
„Ich hatte Masern – aber das geht dich einen feuchten Staub an!" schnaubte der Riese. „Ich hab gesagt raus hier!" Ungefähr drei Schritte vor der Riesin blieb er stehen.

Ayna, Gair und Ceri sperrten die Ohren auf, um sich kein Wort entgehen zu lassen. Allein schon die Tatsache, daß auch Riesen die Masern kriegen konnten, war erstaunlich. Die Riesin griff mit ihrer plumpen Hand nach dem Zauberkasten und machte ihn noch lauter. Alle Schmiede von Garholt und Otmound zusammen machten keinen solchen Krach.

„Hau ab!" brüllte der Riese. „Verschon diesen Ort mit deiner gräßlichen Musik!"

„Hau du ab!" kreischte die Riesin. „Ich laß mich nicht von dir rumkommandieren, Gerald Masterfield!"

„Das ist unser Wald!" schrie der Riese zurück.

„Meine Liebe, deine Liebe, die sind beide gleich ..." sang der Zauberkasten mit Riesenlautstärke.

Plötzlich ging es drunter und drüber. Der Riese hechtete vorwärts und versuchte, den Plärrkasten zu packen. Die Riesin war rascher und klemmte ihn sich unter den Arm. Sie hob blitzschnell den Fuß, an dem ein klobiger, dickbesohlter Schuh saß, und kickte den Riesen mit aller Kraft ins Schienbein. Gair zuckte zusammen. Der Riese schrie wie am Spieß, holte weit aus und klebte der Riesin eine, daß ihr einen Augenblick lang Hören und Sehen vergehen mußte. Dann humpelte er außer Reichweite.

Die Riesin rappelte sich hoch, den Zauberkasten fest an sich gepreßt. Der Boden bebte wie die schwankende Oberfläche eines Moores. Dennoch, so gigantisch die Riesin auch wirkte – jetzt, wo sie aufrecht stand, stellten die drei verwundert fest, daß sie kaum größer als Ayna war. Sie war nur dick – so dick, daß Ayna mit ausgestreckten Armen höchstens ihre halbe Taille hätte umfassen können.

Der Kasten schien sich endlich den Ereignissen anzupassen. „Soeben

wird uns gemeldet, daß im Süden des Landes schwere Unwetter zu erwarten sind", sagte er. „Die meteorologische Sta..."
Die Riesin brachte ihn durch einen Knopfdruck zum Verstummen.
Ebenso unerwartet wie zuvor schnellte der Riese plötzlich im Hechtsprung herüber. Die Riesin war nicht so flink, außerdem behinderte sie der Zauberkasten. Der Riese packte sie, und nun trugen die beiden am Rand des Baches einen Ringkampf aus, der den drei Zuschauern höchsten Respekt einflößte. Endlich gelang es dem Riesen, der Riesin den Zauberkasten zu entwinden. Er hob ihn hoch über den Kopf und lachte schadenfroh.
„Nein! Gerald, bitte! Untersteh dich!"
Der Riese machte eine Bewegung, als wollte er den Kasten in den Bach werfen.
„Genau wie Ondo!" flüsterte Ayna zornig. Es ging im Gebrüll der Riesin unter.
Wieder trat sie mit dem Fuß nach dem Riesen, aber nicht ernsthaft diesmal. Die Gefahr, den Kasten zu verlieren, war zu groß. „Wenn du es mir wiedergibst, gehe ich!"
„Versprich es", sagte der Riese. „Wenn nicht, dann siehst du dein Radio nie wieder."
„Ich versprech's!" rief sie. „Du elender Kotzbrocken!"
„Knackwurst!" gab der Riese zurück. Er warf ihr den Kasten mit solcher Wut zu, daß sie nach Luft schnappte und ihn fast fallen ließ.
Den Kasten auf den Arm, verzog sie sich wie ein Erdbeben.
Aber sie gab sich noch nicht geschlagen. Nach zehn Schritten drehte sie sich um. „Du glaubst wohl, das ganze Moor gehört dir, Gerald Masterfield!" rief sie. „Aber das stimmt nicht. *Euer* Besitz, *euer* Wald... Ich kann es nicht mehr hören! Du tust, als wärst du der Herr

der Schöpfung, nur weil das Moorgut deiner Familie gehört. Na schön, nächstes Jahr, wenn sie das Moor überschwemmen, wird es genauso unter Wasser stehen wie alles andere. Und was dann? Dann kannst du sehen, wo du bleibst, und für mich wird das der schönste Tag meines Lebens!"

Damit drehte sie sich um und ging. Das Dröhnen ihrer Schritte übertrug sich in Gairs Kopf und machte ihn ganz schwindlig.

Gereizt steckte der Riese die Hände in die Hosentaschen und wandte sich ebenfalls zum Gehen, vielleicht eine zehntel Sekunde zu schnell, so daß Gair es nicht mehr schaffte, in Deckung zu gehen. Gair und der Riese standen sich gegenüber und starrten einander an. Es war einer von jenen Augenblicken, die Stunden zu dauern scheinen. Der Riese blinzelte und nahm schon die Hände aus den Hosentaschen. Gair flitzte hinter den nächsten Baum. Er wartete darauf, daß sich der Riese auf ihn stürzte – aber nichts dergleichen geschah.

„Komisch", sagte der Riese. Und damit ging er.

„Uff!" sagte Ceri. „Das war knapp. Ich habe gedacht, jetzt stürzt er sich auf Gair."

„Das wollte er auch", sagte Ayna. „Aber ich habe die Worte gesprochen, womit man Hunde zurückhält. Das beweist, was für Bestien die Riesen sind. Oder hat er sich vielleicht nicht wie eine tollwütige Bestie benommen?"

„Ekelhaft", stimmte Ceri zu. „Und *sie* erst – so was von fett!"

„Pummelig würde ich sagen", schwächte Ayna ab.

„Gehn wir", sagte Gair. Die Begegnung mit dem Riesen, von Angesicht zu Angesicht, hatte ihn mächtig aufgewühlt.

Schweigend stapfte Gair dahin, während Ayna und Ceri sich aufgeregt unterhielten.

„Eigentlich waren sie gar nicht besonders groß", stellte Ceri fest. „Beide nicht. Ich hätte gedacht, daß Riesen größer sind."
„Sind sie natürlich auch", sagte Ayna. „Erwachsene Riesen sind meterhoch. Das waren Kinder."
„Wie alt mögen sie dann sein?" überlegte Gair laut.
„Das waren fast noch Babys", meinte Ayna.
„Nein", widersprach Ceri. „Die Knackwurst ist ungefähr in Gairs Alter, und der Kotzbrocken ist etwas älter – vielleicht sogar älter als du. Was meinst du, Gair?"
Gair nickte nachdenklich. Ihm war der riesenhafte Fuß eingefallen, den er damals auf seinem ersten Jagdausflug gesehen hatte.
„Siehst du!" sagte Ceri triumphierend zu Ayna. „Ausgewachsene Riesen können also nicht meterhoch sein. Du bist jetzt schon fast so groß wie Mutter."
Gair dachte immer noch an den Fuß. Er selbst war damals natürlich noch sehr klein gewesen, und ein Ding, das man ganz nah und verschwommen vor sich sieht, wirkt immer größer, als es tatsächlich ist. Vielleicht waren Riesen nicht so riesig, wie er angenommen hatte. Vielleicht lag ihre Riesenhaftigkeit mehr in ihrem polternden, großspurigen Benehmen.
„Riesen", behauptete Ayna, „wachsen in einem anderen Maßstab als wir." Sie konnte das nicht richtig begründen und ließ es dabei bewenden. „Ist der Kotzbrocken nicht haargenau wie Ondo? Die Knackwurst hat mir fast leid getan."
Ayna hatte plötzlich eine Idee. „Vielleicht könnten wir Ondo irgendwie dorthin locken, daß ihn der Kotzbrocken zwischen die Finger kriegt? Was meint ihr? Ich möchte zu gern einmal sehen, wie jemand Ondo zur Schnecke macht!"

„Das hat Gair schon getan", erinnerte sie Ceri.
Hätte er das lieber nicht gesagt! Jetzt fiel Gair wieder ein, was ihn in Garholt erwartete, wenn sie heimkamen.
Ceri musterte Gair von der Seite. „Wißt ihr was? Der Kotzbrocken sieht nicht Ondo ähnlich – sondern dir, Gair!"
„Du hältst mich wohl auch für einen Kotzbrocken", sagte Gair bitter.
Tatsächlich hatte er das dumpfe Gefühl, daß Ceri recht hatte. In dem kurzen, endlosen Augenblick, den er und der Riese einander angestarrt hatten, glaubte er jemanden vor sich zu haben, der ihm selbst ganz ähnlich war.
Inzwischen hatte das Unwetter, das der Zauberkasten vorausgesagt hatte, das Moor erreicht. Die Gräser raunten und legten sich schräg. Die Sonne ergoß sich wie flüssiges Gold aus den dahinjagenden blauen Wolken herab. Der plötzlich niederprasselnde Regen hatte sie binnen Sekunden bis auf die Haut durchweicht, und Hagelkörner klumpten in ihren Haaren und an den Kleidern.
Sie flüchteten in den Schutz eines Gebüschs und drückten sich fröstelnd aneinander. „Wie hat der Kasten das wissen können?" fragte Ayna verwundert.
„Riesenzauber", sagte Ceri mit klappernden Zähnen. „Ich hab kurz überlegt, ob ich dem Kasten einen Gedanken schicken soll, daß er dem Kotzbrocken ordentlich die Meinung sagt, aber dann hab ich mich doch nicht getraut."
Aber da war noch eine andere Sache, und die interessierte Gair viel mehr. „Was kann sie damit gemeint haben, das Moor würde nächstes Jahr überschwemmt?"
„Ich dachte, sie sagt solche fürchterlichen Sachen nur so, um dem Kotzbrocken Angst zu machen", antwortete Ayna.

Aber Gair war ziemlich sicher, daß sie es doch ernst gemeint hatte, und der Riese hatte ihr auch nicht widersprochen. Gair grübelte darüber nach, während um sie herum der Sturm tobte. Wie konnte jemand ein so riesiges Gebiet wie das Moor überschwemmen? Und wer könnte das wollen? Die Antwort schien auf der Hand zu liegen: die Tümpler. Mit Otmound hatten sie ja schon den Anfang gemacht. Wenn das stimmte . . .

Er mußte Adara fragen. Wenn diese Katastrophe wirklich hereinbrach, würden auch die Riesen ertrinken. Das würde bedeuten, daß Riesen und Tümpler ebenfalls Feinde waren.

„Wenn sie es ernst gemeint hat, dann muß das der Grund sein, warum die Otmounder eines Tages so weit wegziehen", sagte Ayna nachdenklich. „Du hast mir die Frage falsch gestellt, Gair. Ich wußte ja, daß das einmal passieren wird! Tümpler und Riesen haben sich gegen uns verbündet."

„Das glaube ich nicht", sagte Gair.

„Doch, bestimmt", beharrte Ayna. „Und deshalb haben die Tümpler gesagt, sie würden Garholt nicht angreifen. Sie überlassen das den Riesen. Los, Gair. Frag mich."

„Was soll ich dich fragen?"

„Dummkopf!" sagte Ayna. „Ceri, frag du mich."

„Werden die Riesen Garholt angreifen?" fragte Ceri angstvoll.

Ayna starrte in das sturmgepeitschte Gras. „Nein", sagte sie mit Bestimmtheit – und lachte erleichtert. „Dann müssen wir uns nur vor den Tümplern in acht nehmen. Und jetzt gehen wir. Dieses Unwetter ist nicht so schnell vorbei." Sie stemmte sich gegen den Wind und stand auf. „Kommt." Das Wort wurde ihr vom Mund gerissen.

7. Kapitel

Sie erreichten Garholt am frühen Abend, durchgeblasen und durchweicht. Auf ihre Worte öffnete sich das Tor, das zu den Bienenstökken führte. Die Wärme und die Gerüche des überfüllten Hügels schlugen ihnen von drinnen entgegen. Alle starrten sie an. Einen Augenblick herrschte unnatürliche Stille. Es war wie eine Drohung. Adara kam angelaufen. „Wo seid ihr gewesen?" rief sie ihnen vom Fuß der Treppe entgegen.

Miri keuchte die Stufen herauf. „In diesem Wetter! Durch und durch naß, ihr Lauser!" Es war klar, daß sie und Adara sich Sorgen gemacht hatten.

Gair war elend zumute. Wohl auch deshalb, weil Gest jetzt am Fuß der Treppe stand, die Arme grimmig vor sich verschränkt.

„Wir sprechen uns noch, Gair, wenn du trockene Kleider anhast", sagte Gest.

Während er sich umzog, versuchte Gair sich Mut einzureden. Es war nicht leicht. In seinem Bett lag Ondo unter einem Berg von Decken und warf sich stöhnend von einer Seite auf die andere, um Gair an seine Sünden zu erinnern. Als Miri ihn in den Raum schob, wo Gest ihn erwartete, war es mit Gairs Mut nicht mehr weit her.

Gest hatte seinen Gürtel losgeschnallt und schwang ihn lässig in der Hand. „Was hast du zu deiner Entschuldigung zu sagen?" fragte Gest.
Gair betrachtete die große, kräftige Gestalt seines Vaters und wünschte, er könnte noch immer glauben, er sei ein Held. „Nichts", sagte er unsicher. „Ondo hat sich auf mein Fensterbrett gesetzt."
„Das habe ich gesehen", sagte Gest. „Du hast versprochen, dich nicht mit ihm anzulegen."
Gair nickte. Genauso, wie du versprochen hast, dich nicht mit Tümplern anzulegen, dachte er. „Ich hab's vergessen."
„So? Wirklich?" Gests blonder Bart teilte sich. Gest lachte breit. Gair überlief es kalt. „Ich an deiner Stelle hätte es genauso gemacht", sagte Gest plötzlich. „Aber Kasta verlangt, daß du bestraft wirst, verstehst du." Gair verstand. „Also machen wir ihr die Freude", sagte Gest. „Stell dich dort drüben hin."
Gair gehorchte. Er bemühte sich, sein Zittern zu unterdrücken. Hinter ihm sauste der Gürtel durch die Luft. Gair biß die Zähne zusammen. Es folgte ein mächtiger Knall, als der Gürtel traf – irgend etwas, aber nicht Gair. Gair drehte sich schnell um und sah gerade noch, wie der Gürtel ein zweites Mal am Boden aufklatschte.
„Das ist für Kasta!" preßte Gest zwischen den Zähnen hervor. „Glaubt, daß sie mir befehlen kann. Pah!" Er peitschte ein paarmal den Boden. Draußen hörte es sich wohl an, als ob er Gair verdrosch. Gair mußte lächeln. Aber froh war er nicht. Gest schwindelte schon wieder! Fast – aber wirklich nur fast – wäre es Gair lieber gewesen, wenn Gest ihn geschlagen hätte.
Gest schaute auf, rot im Gesicht vor Anstrengung. „Was guckst du denn so finster?"

„Ich ..." begann Gair. „Du schwindelst ja!"
Gest starrte ihn an. „Du willst also, daß ich dich verhaue?"
„Nein!" rief Gair. „Nein, nein!"
„Und wirst du jetzt hingehen und Kasta alles erzählen?"
„Natürlich nicht!"
„Dann schwindelst du ebenfalls", sagte Gest. „Oder etwa nicht?"
„Nein", sagte Gair. „Ja." Er war bestürzt und traurig zugleich. Seine Hände ballten sich zu Fäusten. „Du bringst mich dazu. Du bist ein Schwindler und Betrüger, nicht ich!"
Gest hob den Kopf und straffte die Schultern. Auf einmal war er jeden Zollbreit ein kalter, stolzer Häuptling. „So? Bin ich das?" sagte er. „Wenn du der Meinung bist, dann sollst du deine Strafe haben. Ich verbiete dir, an der Jagd teilzunehmen. Du kannst Adara sagen, daß du mit den Kleinen daheim bleibst."
„Welche Jagd? Wann?" Gair war plötzlich auf unerklärliche Weise alarmiert. Eine unsichtbare Hand packte ihn hart an der Kehle. „Ihr werdet nicht auf die Jagd gehen!"
„Doch. Morgen. Ohne dich", sagte Gest und ging zur Tür. „Du bleibst mit Ondo hier. Das wird dich lehren, nicht mehr so mit mir zu sprechen."
„Geht nicht auf die Jagd!" rief Gair verzweifelt. Aber Gest war schon draußen.
Während des Abendessens wurde von nichts anderem als von der Jagd geredet. Orban hatte schließlich nachgegeben. Jeder verfügbare Mann und überhaupt jeder, der keine andere Aufgabe hatte, mußte mit. Man wollte in der folgenden Nacht aufbrechen und drei Tage draußen bleiben, um soviel Fleisch wie nur möglich heimzubringen, damit Garholt für das Fest der Sommersonnenwende und noch etli-

che Zeit danach ausreichend versorgt war. Natürlich hoffte Orban, daß Gest Gleiches mit Gleichem vergelten und hinterher mit ihm gegen die Tümpler ziehen werde.
Was weißt denn du! dachte Gair, der schweigend neben Ceri saß. Oder vielleicht wußte Orban doch etwas, fand es aber nicht der Mühe wert, ein Wort zu halten, das er den Tümplern gegeben hatte.
Das Abendessen war für Gair eine einzige Qual. Die Angst schnürte ihm die Kehle zu, sooft die Jagd erwähnt wurde, und er begriff nicht, warum. Er versuchte nicht hinzuhören. Er wollte über die Riesen nachdenken. Und darüber, wie er es anstellen sollte, Adara zu fragen, wer ein Interesse daran haben könnte, das Moor zu überschwemmen. Wie aber konnte er sie fragen, ohne zu erzählen, daß er Aug in Aug mit einem Riesen gestanden hatte? Gleichzeitig versuchte er sich damit abzufinden, daß er daheim bleiben mußte. Abgesehen von Ondo würde das gar nicht so schlimm sein. Ayna war auch da, und er konnte beim Mahlen von Wurzelmehl helfen, eingemachtes Obst abschmecken, den Teig für Honigkuchen rühren und Nüsse schälen. Genau wie früher, als er klein war und es nichts Schöneres gab als die Vorbereitungen für ein Fest.
Banot und die anderen Sänger versammelten sich bei den Brunnen, um Glück für die Jagd zu erbitten. Wieder einmal, wie schon so oft, wunderte sich Gair, wieso Banots Leier eine weißliche Saite hatte, die nie riß. Die namenlose Angst sickerte aus allen Brunnen in ihn ein. Gair wußte, daß etwas nicht stimmte, aber er wußte nicht, was. Als Ayna kam, um sich befragen zu lassen, zog er sich auf sein Fensterbrett zurück. Es war mehr, als er ertragen konnte.
Die Fenster waren für die Nacht versiegelt. Gair konnte nicht nach draußen sehen, sondern nur ins Innere von Garholt, seine schatten-

haften Umrisse, den Ring alter, runder Häuser, den halbfertigen neuen und den inneren Ring von Brunnen, die ebenfalls kleinen Häusern glichen.

Er sah, wie sich alle auf dem freien Platz dort versammelten, in der Mitte Ayna, nicht zu übersehen mit ihrem blonden Haar. Sie stand sehr gerade, in Erwartung der Fragen, die ihr gestellt wurden. Undeutlich konnte Gair ihre Antworten hören.

„Rotwild ... Im Nordosten ... Ja, jenseits des Flusses ... Haltet euch an die Hügel oberhalb Otmounds."

Jetzt war Orban an der Reihe, eine Frage zu stellen. Er schien nachzudenken. Dann fragte er, ob die Tümpler aus Otmound sie vielleicht auf der Jagd angreifen würden.

„Nein", antwortete Ayna.

Die unbestimmte Angst griff mit solcher Macht nach Gair, daß er ihnen am liebsten zugerufen hätte: „Geht nicht weg!"

Abends konnte er nur schwer einschlafen, und am nächsten Morgen zog er sich gleich auf sein Fensterbrett zurück, um nichts und niemanden zu hören. Wolkenschatten glitten mit Windeseile über das Moor hin, den dunstigen Hügeln im Nordosten zu, wo sich zur Zeit wieder das Rotwild aufhalten sollte. Unten auf dem Abhang kniete Miris Sohn Med, der in diesen Tagen die Bienen hütete, vor den Bienenstöcken. Er berichtete seinen Schützlingen von der bevorstehenden Jagd und bat sie, Garholt währenddessen gut zu bewachen. Drinnen im Hügel herrschte emsiges Treiben, die Webstühle klapperten, und die Schmiedehämmer klirrten. Es gab keinen Grund, sich bedrückt zu fühlen. Und trotzdem ... Niemand beachtete Gair. Er stieß sich vom Fensterbrett ab und sprang. Sprang in weitem Bogen über Meds Kopf hinweg und landete ein Stück weiter unten am

Hang. Hier wartete er erst einmal ab. Man tat gut daran, den Bienen und ihrem Meister Respekt zu erweisen.
Med nickte ihm zu und grinste. „Die Bienen haben dir zuliebe Ondo sehr gerne eine Lektion erteilt", sagte er, „aber sie haben dabei eine Menge Arbeiter verloren. Also mach so etwas nicht wieder, wenn es nicht unbedingt sein muß."
„Nein", versprach Gair. „Sag ihnen, daß es mir leid tut."
„Ich soll dir ausrichten, daß die Walderdbeeren reif sind", sagte Med fröhlich. „Wenn du gleich gehst, bist du als erster dort."
Gair bedankte sich bei den Bienen und bei Med und ging zu den Erdbeeren. Er wollte Med und die Bienen nicht kränken. Aber er aß nur ein paar und machte sich dann auf den Weg zu dem pulsierenden Riesenhaus, das ihn wie durch einen Zauber anzuziehen schien.
Jetzt war ihm leichter. Während er durch das hohe Gras stapfte, versuchte er sich vorzustellen, wer sich ausgedacht haben könnte, das Moor zu überschwemmen. Es mußten die Tümpler sein. Die Tümpler lebten im Wasser und aßen Fisch. Die Riesen waren Landbewohner, mehr noch als sein Volk. Sie bebauten das Land und ernährten sich von den Früchten des Bodens. Nein, für die Riesen konnte es gewiß nicht erstrebenswert sein, Land unter Wasser zu setzen. Sie würden so etwas doch ganz bestimmt verhindern, oder?
Als Gair dann dem Riesen Gerald begegnete, der mit finsterem Blick in dem Wäldchen herumstreifte, erschrak er ein bißchen. Und doch hatte er die ganze Zeit gehofft, den Riesen wiederzutreffen.
Gerald wanderte ruhelos durch den Wald, und Gair huschte von Baum zu Baum und von Gebüsch zu Gebüsch, um ihn zu beobachten. Sein dunkles Gesicht wirkte einsam und verschlossen. Der Riese war offenbar alles andere als glücklich.

Der Riese schien zu spüren, daß er beobachtet wurde. Immer wieder drehte er sich schnell und unvermutet um. Gair mußte ständig auf der Hut sein, um nicht entdeckt zu werden.
Schließlich wurde Gair selbst von dem Gefühl, beobachtet zu werden, angesteckt. Öfter als einmal wirbelte er herum, darauf gefaßt, irgend jemanden hinter sich zu ertappen. Aber immer war es nur ein Vogel oder ein graues Eichhörnchen, das einen Baumstamm hinaufflitzte.
Als die Sonne im Mittag stand, kehrte Gerald ins Haus zurück. Dorthin konnte ihm Gair leider nicht folgen. Den Kopf voll ungelöster Fragen, machte auch er sich auf den Heimweg. Er marschierte munter drauflos; erst als Garholt in Sicht kam, wurde sein Schritt immer zögernder.
Kaum hatte sich das Tor geöffnet, war auch dieses schreckliche Angstgefühl wieder da, es kroch ihm aus allen Wänden entgegen, griff nach ihm, packte ihn. Es war nicht so sehr ein Gefühl als vielmehr etwas Festes, Massives. Gair mußte sich zwingen, die Stufen hinunterzusteigen und dagegen anzukämpfen. Und als er unten war, herrschte dicke Luft. Außerdem waren viel zu viele Leute da. Alle waren gereizt, Gest war sauer, und schuld daran war Ceri.
„Stell dir vor", sagte Miri, „Ceri hat gedroht, seinem eigenen Vater einen Gedanken zu schicken! Ich weiß nicht, wohin das noch führen soll. Ich weiß es wirklich nicht."
Gest hatte Ceri geantwortet, daß er davor keine Angst hatte. Und dann hatte er Ceri gefragt, was ihm lieber sei: eine Tracht Prügel oder nicht mit auf die Jagd zu gehen. Ceri entschied sich prompt für letzteres. Daraufhin hatte ihm Gest ein paar treffende Worte über seinen Charakter gesagt, und das war's dann auch.

Ceri kniff trotzig den Mund zusammen, aber gleichzeitig schaute ihm der Schelm aus den Augen. „Ich weiß nicht, was zur Zeit mit Vater los ist", murmelte er, das Grinsen mühsam unterdrückend. „Wenn du nur einen Ton sagst, reißt er dir gleich den Kopf ab."
„Gest hat sehr viel um die Ohren", sagte Adara, „jetzt, wo wir doppelt so viele sind. Und ich glaube nicht, daß Orban ihm eine große Hilfe ist. Macht es eurem Vater nicht noch schwerer."
Gair hatte nur den einen Wunsch, seinem Vater aus dem Weg zu gehen. Er wollte über ganz andere Sachen mit Adara reden. „Mutter", sagte er, „wie stehen die Zeichen für die kommende Zeit, von jetzt an bis zum nächsten Jahr? Gut oder schlecht?"
Adara verzog nachdenklich das Gesicht. „Ich weiß es nicht. Im Augenblick scheint noch alles unklar. Warum?"
„Ist es für die Tümpler oder die Riesen klar?" fragte Gair.
„Bei Ban!" rief Adara. „Laß mich nachdenken. Für die Tümpler ja. Ihre Geschicke werden vom Saturn und vom Mond bestimmt, und beide sind in der nächsten Zeit beherrschend. Aber die Riesen ... Ihr Schicksal ist noch ebenso unklar wie unseres. Warum?"
„Mutter, könnte sich das Moor jemals in einen See verwandeln?"
Adara schaute Gair besorgt an. Wenn einer seltsame Fragen stellte, so bedeutete das, daß er im Innersten unglücklich war. Aber sie fand, daß Gair gar keinen Grund hatte, unglücklich zu sein. „Das Moor war einstmals ein See", sagte sie. „Man hat in der Erde Fischskelette und Muschelschalen gefunden – damals, als Beckhill vergrößert wurde – und noch merkwürdigere Dinge in Islaw. Manchmal, je nach dem Stand der Gestirne, verhält sich das Moor noch immer wie Wasser. Der Mond zieht es an. Ich glaube, darum leben die Tümpler hier. Gair, bist du unglücklich?"

„N-nein", antwortete Gair, bedankte sich schnell bei seiner Mutter und ging.
Ruhelos streifte er durch Garholt. Er versuchte, das schreckliche Angstgefühl abzuschütteln. Es kam aus allen Ecken gekrochen wie ein lebendiges Geschöpf. Es packte und würgte ihn. Was ist das nur? fragte er sich. Die Angst ließ sich nicht verdrängen, so sehr er sich auch dagegen wehrte.
In Garholt war es ruhig. Alle Vorbereitungen für die Jagd waren getroffen. Gleich nach dem Abendessen würde man aufbrechen. Die einzige, die sich pausenlos wichtig machte und quakte, war Kasta. Sie wollte Ondo hierbehalten, während Orban darauf bestand, ihn mit auf die Jagd zu nehmen.
„Was ist los, Gair?" fragte Miri, als sie sein Gesicht sah.
„Gair, was hast du?" fragte Adara.
Aber Gair preßte die Lippen zusammen, entschlossen, sie nicht zu öffnen, außer zum Essen. Die unheimlichen Kräfte wollten ihn zwingen, völlig unsinnige, verrückte Sachen zu sagen.
Beim Abendessen besprach Gest mit Adara, was während seiner Abwesenheit zu geschehen hatte. „Kümmere dich nicht um die Bauarbeiten", sagte er. „Ich habe alles Nötige veranlaßt. Und seid vorsichtig mit Fremden – laßt niemanden wissen, daß wir alle weg sind. Mußt du Sammeltrupps aussenden?"
„Ja, die Erdbeeren sind reif", antwortete Adara. „Ich wollte die Kinder unter Gairs Aufsicht hinausschicken."
Gest schaute Gair an, der mit aufeinandergepreßten Lippen zuhörte.
„Hm", sagte Gest, „aber überzeuge dich erst ..."
Kasta mischte sich ein. „Das laß nur meine Sorge sein. Ich trage die Verantwortung."

Gest sah sie an, als traute er seinen Ohren nicht. „Du ...?"
„Natürlich. Ich bin schließlich die Rangälteste."
„*Du!*" brüllte Gest.
„Bitte, Gest", sagte Orban. „Laß uns das vernünftig regeln."
„Nein, das werden wir nicht!" schnaubte Gest. „In Garholt gebe *ich* die Befehle, nicht du. Und schon gar nicht Kasta. Ist das klar?"
„Hab dich nicht so, Gest!" sagte Kasta. „Du kannst mich nicht einfach übergehen, bei all der Erfahrung, die ich Adara voraus habe." Ihre Stimme nahm wieder den quakenden Ton an. Alle seufzten.
„Kusch!" donnerte Gest. Kasta verschlug es die Sprache. „Und wenn du noch so plärrst", sagte Gest, „ändert das gar nichts. Adara trägt die volle Verantwortung, solange ich fort bin. Wenn dir das nicht paßt, kannst du mit auf die Jagd gehen. Jetzt halt gefälligst den Mund."
Kastas Gesicht verzerrte sich vor Wut. Sie öffnete den Mund ... Gest funkelte sie an. Wehe, wenn du noch einen Ton sagst ... Und zur allgemeinen Überraschung klappte Kasta den Mund langsam wieder zu. Andächtige Stille breitete sich aus. Gest hatte Kasta tatsächlich untergekriegt.
Gair hielt es nicht mehr aus. Die Angst, für die er keinen Namen hatte, drückte ihm die Kehle zu, fester und fester, und preßte die Worte aus ihm heraus, die er nicht länger zurückhalten konnte.
„Geht nicht auf die Jagd!" platzte es in die Stille hinein. „Bitte! Keiner von euch."
Alle starrten ihn an. Orban zog die Augenbrauen hoch. Fandi kicherte. Gest war sprachlos.
„Warum hast du das gesagt?" fragte Adara schnell.

Gair hatte keine Ahnung. Er wußte nur, daß er es nicht hatte zurückhalten können. Beschämt schüttelte er den Kopf.
„Armes Ding!" säuselte Kasta. „Er ist übermüdet."
Damit traf sie genau ins Schwarze. Gest sah verächtlich von Gairs schamrotem zu Ceris ratlosem Gesicht. „Mir scheint, ich habe da zwei seltene Schwächlinge großgezogen ..."
Die Jäger drängten zum Aufbruch. Alles versammelte sich zum Abschied beim Haupttor. Die namenlose Angst bedrängte Gair mit solcher Gewalt, daß es ihn übermenschliche Anstrengung kostete, nicht noch einmal damit herauszuplatzen.
Orban sagte: „Bin gleich wieder da!" und verschwand im Haus. Er blieb so lange aus, daß Gest schon ungeduldig zu werden begann. Endlich tauchte Orban wieder auf – mit Ondo im Schlepptau. Außer einem winzigen roten Tüpfelchen an der Backe war keine Spur eines Bienenstichs mehr an ihm zu sehen.
„Mutter! Es geht mir noch gar nicht gut. Sag ihm, ich kann nicht mit ..." jammerte Ondo. Aber es half nichts, er mußte mit.
Gest küßte Adara und Ayna zum Abschied und wandte sich dann zu Gair. „Hilf deiner Mutter. Ich verlasse mich auf dich." Gair traute sich nicht, den Mund aufzumachen. Er traute sich nicht einmal zu nicken. Er blickte Gest nur starr und stumm an. „Kannst du nicht antworten?"
„Ja, ich werde ihr helfen", sagte Gair. Kaum hatte er den Mund geöffnet, brach es aus ihm heraus. „Geh nicht!" sagte er. „Bitte geh nicht! Irgend etwas stimmt nicht."
Gest sah ihn an und sagte mit schrecklicher Ruhe: „Wir müssen. Wir haben nichts mehr zu essen. Banot, öffne das Tor."
Banot sprach die Worte. Das Tor tat sich rumpelnd auf. Durch die

breite Öffnung schimmerte es blau und weiß, Nebel, vom Mondlicht durchsickert. Orban bugsierte den widerstrebenden Ondo hinaus, zwei verschwimmende, verschwindende Gestalten. Die anderen folgten.

„Geh nicht!" rief Gair verzweifelt hinter seinem Vater her. „Wenn du schon gehen mußt, mach, daß kein Lebewesen hier hereinkommt, bevor du zurück bist!"

„Bei Ban!" sagte Gest wütend. „Adara, bring ihn weg, bevor er uns das Jagdglück noch ganz verdirbt!"

Adara nahm Gairs Arm, und Gest trat durch das Tor, tauchte ins Mondlicht und verschwand. Die große Öffnung schloß sich wieder mit dumpfem Hall.

„Gair", sagte Adara, „mir scheint, du bist krank. Am besten, du gehst gleich ins Bett, und ich gebe dir etwas, damit du gut schläfst. Komm jetzt."

„Ja", sagte Gair. Er war sehr müde. Das schreckliche Gefühl war einer großen Leere gewichen. Aber einmal flackerte es noch auf. „Du hast gehört, was ich gesagt habe, ja? Kein Lebewesen!"

„Ja, ja", sagte Adara. „Komm."

Der Trank war stark und wirkte schnell. Gair war fest eingeschlafen, als Ayna kam und ihn an der Schulter rüttelte. „Gair! Wach auf! Sie haben mir die falschen Fragen gestellt, nicht wahr?" Gair murmelte etwas Unverständliches. „Zum Kuckuck!" sagte Ayna und ging.

8. Kapitel

Gair schlief wunderbar, einmal wegen des Tranks, zum andern, weil er endlich wieder in seinem Bett lag. Als er aufwachte, fühlte er sich ausgeruht und froh. Draußen dämmerte es. Durch die geöffneten Fenster wehte eine feuchtkühle Brise herein, die nach frühem Morgen roch. Gair hörte eilige Schritte und das Blöken der beiden Schafherden, die gemolken werden wollten. Dann das Knacken von Holz und das Prasseln des Feuers, als Miri mit den Vorbereitungen fürs Frühstück begann. Gair lag mit offenen Augen da und wunderte sich, daß er so glücklich und unbeschwert war. Kein Ondo, das war es wohl.

Der Duft nach frisch gebackenem Nußkuchen stieg ihm in die Nase. Gair lief das Wasser im Mund zusammen. Er sprang aus dem Bett und zog sich an. Als er aus dem Haus trat, saß Ceri, verschlafen blinzelnd, auf dem Eßplatz, betrachtete sehnsüchtig den Stapel Kuchenschnitten und wartete darauf, daß Miri ihm den Rücken zukehrte. Doch Miri kannte Ceri und ließ ihn nicht aus den Augen. Sie hockte vor dem Feuer. Ihre goldenen Armreifen funkelten, sooft sie die braunen Kuchen wendete.

„Mmm, Nußkuchen!" sagte Gair.

Miri lachte. „Du hast gut geschlafen, wie ich sehe. Alles zu seiner Zeit. Nach dem Melken gibt es Nußkuchen."

„Melken?" Gairs hungriger Magen krampfte sich zusammen. „Draußen?"

„Nein", antwortete Miri. „Warum auch?"

„Bei Ban!" rief Gair. „Sie *dürfen* die Schafe nicht hereinholen!" In diesem Augenblick hörte er schon, wie sich das Haupttor rumpelnd öffnete. Er drehte sich um und sah den weitoffenen Torbogen, ausgefüllt mit Nebelschwaden, durch die das rosige Licht der aufgehenden Sonne schimmerte, und er wußte, daß es zu spät war.

„Guten Morgen, Gair. Gut geschlafen?" fragte Adara, die mit einem Eimer in der Hand bei den Melkkoben stand.

Aus dem Nebel draußen hörte man die Rufe der Mädchen, die die Schafe zum Melken hereintrieben.

„Ich hab euch doch gesagt, wir dürfen keinerlei Lebewesen hereinlassen!" schrie Gair. „Warum hört ihr bloß nicht auf mich. Schließt das Tor!"

„Sei nicht albern", sagte Adara. „Das Tor bleibt offen, bis wir mit dem Melken fertig sind."

Die ersten Mutterschafe galoppierten blökend herein, stur aus ihren blöden gelben Augen blickend. Das Nebelmeer dahinter war von vielfachem Geblöke erfüllt. Eine Masse grauer Rücken, ein Heer von Schafsohren und gelben Augen, so drängte die Herde zum Tor herein.

„Schließt es!" rief Gair. „Noch ist es Zeit!"

Dicht an dicht, wie ein flutender Strom ergossen sich die Schafe nach Garholt, mehr und immer mehr. Die Mädchen wurden beiseite gedrängt. Die Absperrungen der Koben wurden umgerannt und nie-

dergetrampelt. Und es kamen immer noch mehr Schafe. Der Strom schien überhaupt kein Ende zu nehmen. Gair war speiübel.
„Wieso sind es so viele?" rief Adara bestürzt. „Auch wenn es zwei Herden ..."
Plötzlich hörten sie Mädchenstimmen vor dem Tor: „Hilfe! Tümpler!"
Die Schafe, die auf Adara zuliefen, verschwammen. Sie zerrannen zu nebelhaften Klecksen, die zu nebelhaften Säulen emporwuchsen. „Gair, ich bitte dich um Verzeihung!" rief Adara durch den Lärm. Die verschwommenen Gestalten verfestigten sich zu großen silbergepanzerten Leibern mit spitzen Köpfen, der Nebel löste sich auf in ein Heer langer, dünner Tümpler, die mit runden Schilden und gekrümmten Schwertern bewaffnet waren, und aus ihren grimmigen weißen Gesichtern starrten noch immer gelbe Schafsaugen.
Adara schleuderte ihren Eimer nach dem nächsten Tümpler, doch er prallte wirkungslos von dem silbernen Schuppenpanzer ab. „Gair, schaff die Kinder hinaus!" rief sie, als die Tümpler sie einkreisten.
Es war das letzte, was Gair von ihr hörte. Er machte kehrt und rannte. Die Eiseskälte, die durch die Verwandlung so vieler Körper entstanden war, ließ ihn erschauern. Überall herrschte heilloses Durcheinander. Wo er hinsah, liefen Tümpler mit leichten, federnden Schritten. Echte Schafe, mit den Erkennungszeichen von Garholt und Otmound, zockelten kopflos, blind vor Angst herum. Geschrei und Getöse erfüllten die Luft und ein merkwürdiger, klebriger Geruch, gemischt mit Brandgeruch. Ein Haus stand in Flammen.
Es war wie in einem Alptraum. Gair wollte in die Häuser, um die Kinder ins Freie zu schaffen, konnte aber kein einziges Haus erreichen. Immer wieder kreuzte ein Schaf seinen Weg und verwandelte

sich in einen bleichen Tümpler mit gelben Augen. Schafe, echte oder unechte, waren überall. Gair rannte kreuz und quer.
Jetzt war er zwischen den Webstühlen, dicht unter seinem Fenster.
„Gair! Hilfe!"
Ceri kam ihm in panischer Angst entgegengelaufen. Drei Tümpler folgten ihm auf den Fersen. Gair stellte sich vor Ceri und schaute den Tümplern entgegen. Da hörte er Aynas Schritte, die, ebenfalls von drei Tümplern verfolgt, von der anderen Seite kam, nackte Angst in den Augen.
Einer der Tümpler stellte nüchtern fest: „Das wären drei mit goldenen Halsringen. Fehlt nur noch einer."
Es war offenbar kein Zufall, daß die Tümpler sie hier in diesem abgelegenen Winkel zusammengetrieben hatten.
„Was sollen wir bloß tun?" flüsterte Ayna, die sich hinter Gairs Rükken geflüchtet hatte. „Ach, warum haben sie mir auch die falschen Fragen gestellt!"
„Mein Fenster", flüsterte Gair. „Schnell!"
Merkwürdigerweise schienen die Tümpler das Fenster nicht für einen Fluchtweg zu halten. „Kommt zurück, es gibt kein Entrinnen!" rief ihnen einer nach. Erst als sich Ceri auf das Fensterbrett schwang und ins neblige Tageslicht hinaussprang, wurde ihnen klar, daß die drei im Begriff waren zu entkommen.
Gair war noch am Boden, er wartete darauf, daß ihm Ayna, die vor ihm hinaufkletterte, den Weg freigab. „Mach schnell!" rief er verzweifelt. Ayna sprang um ihr Leben, Gair hinterher.
Drinnen bahnten sich die Tümpler klirrend und krachend einen Weg zwischen den Webstühlen hindurch. Sie schienen Webstühle ebensowenig zu kennen wie Fenster. Die Bienen schwärmten aus,

ratlos, besorgt, fühlten die Katastrophe und summten unschlüssig. Im Sprung rief ihnen Gair zu, was sie tun sollten. Er landete, rollte ab, kam auf die Füße und lief hinter den anderen beiden her.

Die drei gönnten sich keine Verschnaufpause; sie wollten einen möglichst großen Abstand zwischen sich und die Tümpler legen, bevor sich der Nebel lichtete. Aber sie konnten das Tempo nicht durchhalten. Ein brennender Schmerz in der Brust, Seitenstechen und ihre müden, schmerzenden Beine zwangen sie nach ungefähr zehn Minuten, in Trott zu fallen. Fast gleichzeitig klarte es auf, der Nebel teilte sich und zog in Schwaden davon, blieb nur noch über Teichen und Kanälen hängen, und das Moor lag im vollen, gelben Tageslicht. Die drei schauten zurück, um ihre Lage abzuschätzen.

Sie war nicht gut. Als sie Garholt sahen, blaßgrün und noch im Dunst, wußten sie, daß sie die falsche Richtung eingeschlagen hatten. Es war völlig hoffnungslos, jetzt noch zu den Jägern zu stoßen. Und die Tümpler waren ihnen hart auf den Fersen. Sie sahen eine Wolke von Bienen dicht überm Gras und den Schimmer silberner Schuppen.

Sie zwangen sich wieder zum Laufen. Sie hofften, die Bienen würden die Tümpler aufhalten, bis sie ein Versteck gefunden hatten. Aber es gab weit und breit nichts, wo sie sich verstecken konnten. Sie platschten durch nassen Torf und kämpften sich durch hohes Gras. Die Tümpler kamen unaufhaltsam näher. Der Bienenschwarm hatte sich bis auf wenige gelichtet, mit jedem Stich hatte eine Biene für Ayna, Gair und Ceri ihr Leben gelassen und die Tümpler doch kaum aufgehalten.

Die drei gelangten auf eine Lichtung mit abgestorbenem Sumpfgras, das wie ein Kranz gelber Haare einen kleinen Teich einrahmte. Ayna blieb stehen, ihr Gesicht glühte, und sie rang nach Atem. „Ich weiß

was. Einer von euch muß mir einen Dornbusch bringen. Schnell!"
Ohne zu überlegen, stürzten beide davon, zurück in das schüttere Gehölz. Gair entdeckte einen kleinen Strauch mit Dornen an den Zweigen, und mit letzter, gemeinsamer Kraft zerrten sie daran, bis sie ihn aus der Erde gerissen hatten. Schon hörten sie das gedämpfte Getrappel der Tümpler.
„*Endeftala vithy dan*", sagte Ayna, als ihre Brüder mit dem Strauch ankamen. „Danke. *Endeftala tala dan.* Steigt beide in den Teich." Sie tauchte die Zweige des Strauches ins seichte braune Wasser und schüttelte anschließend die Tropfen aus den Zweigen wieder in den Teich zurück. „*Deftala deftala.*"
„Was tust du da?" fragte Ceri.
„Ich mache den Teich sicher. Steigt hinein und unterbrecht mich nicht", sagte Ayna ungeduldig. „*Tala tala tala. Dan in endef.* Ich habe gesagt, hinein mit euch, Gair. *Deftala.*" Sie steckte den dünnen Stamm des Strauches am Ufer in den Boden, packte ihre verdutzten Brüder an der Schulter und schubste sie bis in die Teichmitte, daß es nur so spritzte. „Seid vernünftig. Hier kriegen sie uns nicht."
„Ah, tatsächlich", sagte Ceri. „Das war schlau."
Die Tümpler hatten das Ufer erreicht. Mit ihren spitzzulaufenden Köpfen nickten sie einander zu. Sie flimmerten ... und schrumpften. Neun schwarze Vögel flogen vom Boden auf, erhoben sich flatternd und ließen sich ein Stück abseits des Teiches nieder. Kalte Luft blies den Kindern entgegen und ließ sie frösteln, während jeder Vogel zu einer grauen Säule emporwuchs und sich schließlich wieder in einen großen Tümpler verwandelte.
„Sie haben das Wasser verdorben!" sagte einer von ihnen voll Abscheu.

„Das wird ihnen nicht viel nützen", sagte ein anderer, der der Anführer zu sein schien. Er verschränkte die silbergepanzerten Arme und glitt so dicht wie möglich – das heißt ungefähr zwei Meter vom Dornbusch – ans Ufer heran. Die Kinder sahen mit Genugtuung, daß seine linke Gesichtshälfte geschwollen und fast so rot wie ihre eigenen erhitzten Gesichter war. Sein linkes Auge war ein verquollener gelber Schlitz.

„Kommt raus", sagte er. „Ihr könnt nicht entkommen, also ist es sinnlos, wenn ihr da drin bleibt."

„Und ihr könnt uns nicht rausholen", rief Ayna. „Wir bleiben hier so lange, bis ihr verschwindet."

Der Anführer zuckte die Schultern. „Wie ihr wollt. Wir werden ja sehen, wer's länger aushält."

Die Tümpler umstellten den Teich. Einige setzten sich nieder und streiften Handschuhe aus grauschimmernden Schuppen ab. Bleiche Hände kamen darunter zum Vorschein. Gair fragte sich, ob sie den übrigen Schuppenpanzer wohl ebenso abstreifen konnten.

„Also?" fragte der Anführer. „Kommt ihr raus?"

„Bestimmt nicht", antwortete Ayna.

„Auch gut", sagte der Anführer und gähnte. „Ich schlafe jetzt ein Stündchen. Sathi und Fethil, ihr beiden übernehmt die erste Wache." Er streckte sich auf seinem Schild aus. Er streifte die Handschuhe ab und hielt einen Finger der Sonne entgegen, bevor er es sich zum Schlafen bequem machte.

„Ich wußte nicht, daß Tümpler das auch tun!" sagte Gair überrascht. Und nun beobachteten sie, wie die anderen Tümpler – mit Ausnahme der beiden, die Wache halten mußten – sich mit der gleichen Handbewegung zur Ruhe legten.

„Wahrscheinlich haben sie als Schafe verkleidet die ganze Nacht kein Auge zugetan", sagte Ayna laut. „Bäh!"

Die Tümpler kümmerten sich nicht darum. „Das war keine sehr gute Idee von mir, nicht wahr?"

„Doch", sagte Gair.

„Aber was sollen wir jetzt tun?"

„Das weiß ich auch nicht."

Die Nässe kroch an ihnen hoch. Sie froren, während die Sonne am Himmel höherstieg. Die Mücken hatten sie bald entdeckt, und es war wenig tröstlich, daß sie die auf dem Trockenen schlummernden Tümpler genauso zerbissen. Ringsum erstreckte sich das Moor, flach, riesig und leer. In der Ferne hörte man Vogelstimmen. Riesenmaschinen tuckerten. Jeder Laut und jedes Geräusch schien ihre Verlassenheit noch zu unterstreichen.

„Ceri", sagte Ayna nach einer Weile, „könntest du den Tümplern nicht einen Gedanken schicken? Wie du es damals mit Ondo gemacht hast?"

„Nein", antwortete Ceri tonlos. „Ich kann nicht."

„Du meinst, du willst nicht. Warum nicht?"

„Mutter hat es mir verboten." Tränen liefen ihm über die Backen. „Sie hat gesagt, ich darf Menschen keine Gedanken schicken. Sie ist tot, und ihre Worte sind heilig."

„Wer sagt, daß Mutter tot ist? Und außerdem – Tümpler sind keine Menschen, du Dummkopf!"

„Ach, wirklich?" rief einer der beiden Wächter. „Kommt heraus und überzeugt euch, ihr Trickser!"

Ayna starrte ihn feindselig an. „Trickser!" murmelte sie. „So eine Unverschämtheit."

„Ich glaube, so nennen sie uns immer", sagte Gair.
Nach einer halben Ewigkeit, es mußte gegen Mittag sein, wachte der Anführer auf, dehnte und streckte sich. Er warf einen kurzen Blick auf den Teich und gab den anderen ein Zeichen. Alle holten ihre Proviantbeutel hervor und begannen zu essen. Genüßlich bissen sie in hellgelbe Schnitten, die sich in weichen, blättrigen Schichten abheben ließen.
„Bei Ban!" rief Ceri, dem das Wasser im Mund zusammenlief.
„Wahrscheinlich schmeckt es scheußlich", sagte Ayna.
Der Anführer winkte ihnen. „Geräucherte Forelle", sagte er. „Möchtet ihr?"
Heldenhaft schüttelten sie die Köpfe. Ceris Magen knurrte.
„Wie ihr wollt", sagte der Anführer kauend. „Ihr seid wirklich sehr dumm, selbst noch für Trickser. Früher oder später müßt ihr ja doch herauskommen."
Die Tümpler hatten ihre Mahlzeit beendet. Zwei neue Wachen wurden aufgestellt, alle anderen ließen sich die Sonne auf den Bauch scheinen und hielten ein Mittagsschläfchen. Gair konnte sich nur wundern. Nichts stimmte mehr. Die Tümpler, die im Wasser lebten, aalten sich in der Sonne, während er und seine Geschwister, naß bis zum Hals, im Teich herumstanden und froren. Es war so verkehrt, wie es gar nicht verkehrter sein konnte.
Ayna stieß Gair an und zeigte besorgt auf Ceri. Ceri zitterte am ganzen Körper, sein Gesicht war weiß und verzerrt. Sein Halsring hatte sich an manchen Stellen grünlichschwarz verfärbt, was nichts Gutes verhieß.
„Sollen wir aufgeben?" flüsterte Ayna.
Gair schüttelte den Kopf. Es mußte eine Möglichkeit geben, von

hier zu entkommen. Er dachte angestrengt nach. Vielleicht, wenn ...
„Ceri", sagte Gair ruhig.
Ceri beherrschte seine klappernden Zähne. „Ja?"
„Ceri, kannst du mir sagen, wo dieser Zauberkasten ist – das Ding, das die Riesin hatte?" Ayna schaute Gair an, als hätte er den Verstand verloren. „Ich bin nicht verrückt", sagte er. „Kannst du's, Ceri?"
Ceri nahm sein Gesicht zwischen beide Hände. „Es gibt eine ganze Menge Zauberkästen, Gair. Ich bin nicht sicher, welcher es ist."
„Und die Riesin?"
Es dauerte eine Weile, ehe Ceri antwortete. „Ah, ja", sagte er endlich, „ich hab sie. Sie ist gerade gekommen und hat ihn aufgehoben."
Gair warf einen Blick auf die Tümpler. Die beiden Wächter paßten auf, alle anderen schienen zu schlafen. Die drei steckten die Köpfe zusammen, und Gair flüsterte: „Schick diesem Kasten einen Gedanken, Ceri. Mach, daß er der Riesin sagt, daß sie kommen muß und uns helfen soll."
„Ich will's versuchen", flüsterte Ceri. „Aber ist das nicht gefährlich?"
„Gair!" warnte Ayna. „Laß die Riesen aus dem Spiel!"
„Alles ist besser, als noch länger hier im Teich zu stehen", sagte Gair. Er flüsterte Ceri ins Ohr, was der Kasten sagen sollte.
„Aber kann sie uns denn überhaupt helfen?" fragte Ayna zweifelnd. „Will sie's denn?"
Auch Gair war sich da nicht so sicher. Viel lieber hätte er den Riesen Gerald um Hilfe gebeten, aber der hatte ja keinen Zauberkasten. Doch etwas Besseres fiel ihm nicht ein. Er überhörte Aynas Frage und nickte Ceri aufmunternd zu.
Ceri stocherte mit dem Finger im Ohr. „Jetzt ist das auch noch naß.

Also gut. Ich versuch's." Er stützte die Hände auf seine Knie und konzentrierte sich. Gair konnte an seinem Gesicht ablesen, daß die Sache äußerst schwierig, wenn nicht gar unmöglich war.
„Ja oder nein?" flüsterte Ayna.
Ceri entspannte sich etwas. Er schien verwirrt. „Ich glaube ... ja."
„Laß es, wenn es zu schwierig ist", murmelte Gair.
Ceri schüttelte den Kopf. Er richtete sich auf. „Ich glaube, es funktioniert. Es kommt schon durch. Aber es wird immer wieder von Musik und so Zeug unterbrochen."
„Also warten wir?"
Ceri nickte.
Sie warteten. Jede halbe Stunde schleppte sich dahin wie zwei Wochen. Die Sonne senkte sich langsam gegen Westen. Das Wasser im Teich war nun fast warm. Dennoch zitterten sie vor Kälte. Sieben der Tümpler schliefen. Die zwei Wachen lümmelten am Boden, veränderten von Zeit zu Zeit ihre Lage und hatten es jedenfalls schön trokken und warm.
„Ich hasse diesen Teich!" sagte Ayna.
Die Sonne wanderte eine weitere halbe Stunde am Himmel hinunter. Auch mit Gairs Hoffnung ging es abwärts. Gar nichts würde geschehen. Er war ein Narr gewesen. Ceris Halsring war nun mehr als zur Hälfte schwarz. Seine Zähne klapperten pausenlos aufeinander. Gair brachte es nicht über sich, ihn noch einmal zu fragen.
Da riß Ceri den Kopf hoch. Er war plötzlich ganz aufgeregt.
„Was ist?"
Ceri runzelte angestrengt die Stirn. „Irgendwer kommt!"
Ein paar Augenblicke später trug ihnen der Wind einen leisen Ton zu. Die Kinder beobachteten die Tümpler. Hatten sie ihn gehört?

Keiner rührte sich. Der Ton schwoll an. Gair starrte angestrengt, bis ihm die Augen tränten. Dort – war da nicht eine Bewegung? Eine große dunkle Gestalt, die er jedoch im Gegenlicht der Sonne und im hohen Gras wieder aus den Augen verlor. Als sein Blick sie wieder einfing, zweifelte er nicht mehr, daß es ein Riese war. Für die Riesin, die sie kannten, schien er jedoch zu dünn. Dann war er wieder weg. Kam er denn nun in ihre Richtung oder nicht?

Der Ton wurde wieder leiser, riß aber nicht ab. Der Riese, wenn es ein Riese war, bewegte sich mit ganz unriesenhafter Vorsicht. Man hörte weder das Gras rascheln, noch bebte die Erde unter seinen Tritten. Er – oder sie – schien jedoch die ganze Zeit mit sich selbst zu reden. Die Tümpler dösten weiter in der Sonne wie zuvor.

Ganz unvermittelt tauchte der Riese, jetzt viel näher, als Gair erwartet hatte, auf. Gair rieb sich die Augen. Das gab's doch nicht! Es war Gerald. Er hatte ein langes eisernes Ding mit einem Holzgriff unter den einen Arm geklemmt, offensichtlich eine Riesenwaffe. In der anderen Hand trug er einen Zauberkasten. Dieser sah anders aus als der, den die Riesin gehabt hatte, trotzdem wußte Gair, daß es einer war, weil der dünne pfeifende Ton und die Stimme aus dem Ding kamen. Gerald drehte den Kasten ein wenig, als müßte er die Stimme, die von Zeit zu Zeit verlorenging, wieder einfangen. So schlich er wachsam, auf leisen Sohlen heran.

Ceri und Ayna starrten ihn fassungslos an. „Was machen wir jetzt? Ich hab den falschen Kasten erwischt!" flüsterte Ceri verzweifelt.

Gair sagte nichts. Er überlegte gerade, ob ein Riesenjunge mit einer Riesenwaffe gegen neun erwachsene Tümplerkrieger etwas ausrichten konnte.

9. Kapitel

Der Riese kam jetzt rasch und zielstrebig näher. Obwohl er ständig scharf in ihre Richtung blickte, hatte er Ayna, Gair und Ceri offensichtlich noch nicht entdeckt. Wahrscheinlich hielt er sie, wie von einem kurzsichtigen Riesen nicht anders zu erwarten, für eine Schilfinsel. Gair kribbelte es in den Fingern, zu winken und zu rufen, aber das würde nur die Tümpler aufmerksam machen.
Gerald war jetzt so nahe, daß sie die Geräusche aus dem Kasten deutlich unterscheiden konnten. Das eine schien Ceris Stimme zu sein, sie redete pausenlos, von leiser Musik im Hintergrund begleitet.
Der Riese sah sie. Er blieb stehen und kniff die Augen zusammen. Er schien sich der Sache noch nicht ganz sicher zu sein. Der Kasten verstummte mit einem Knacks. Ayna und Ceri krochen in sich zusammen. Am liebsten hätten sie sich unters Wasser geduckt. Der Riese kam noch ein Stück näher, diesmal mit seinen normalen, weit ausgreifenden Schritten. Er hatte die Tümpler noch gar nicht bemerkt.
„He, seid ihr die Leute, die ..."
Dann stolperte er über einen Tümpler.
Der Tümpler sprang mit einem Schreckenslaut auf. Im nächsten

Moment wand sich ein ellenlanger graugrüner Hecht unter Geralds großem Fuß. Der Riese sprang hastig beiseite und stieß einen noch gellenderen Schrei aus als zuvor der Tümpler. Der Lärm weckte die anderen. Rund um den Teich schnellten die Tümpler hoch, plumpsten als Fische zu Boden, wuchsen zu Nebelsäulen empor und nahmen wieder feste Tümplergestalt an. Der Riese wich taumelnd zum Teich zurück; es sah ganz so aus, als wäre ihm schlecht. Dann kam der Anführer zu sich und brüllte: „Vögel!" Alle neun Tümpler schrumpften zusammen, wurden schwarz und schlüpften in die Gestalt von neun Krähen, die aufgeregt durcheinander hüpften.
Gerald erholte sich etwas von seinem Schreck. Er nickte Gair zu. „Ich sehe, ihr habt Schwierigkeiten", sagte er. „Was erwartet ihr von mir?"
Gair lächelte angestrengt. „Kannst du uns helfen, von hier wegzukommen?"
„Ja, ich hab eine Schrotflinte ..." sagte Gerald zögernd. Ein schriller Schrei, der vom Gehölz herüberdrang, unterbrach ihn. Er wandte den Kopf. „Ooooh, nein!"
Die Riesin war zwischen den Bäumen aufgetaucht und bahnte sich ihren Weg durch das Sumpfgras. An einer Hand schlenkerte der Zauberkasten, in der anderen hielt sie einen eisernen Schürhaken. Die Oberfläche des Teichs kräuselte sich. Jeder ihrer Schritte hinterließ ein tiefes, wassergefülltes Loch im Boden. Sie schnaubte vor Wut. „Wenn du das für einen guten Witz hältst ...!" rief sie.
„Ceri", sagte Ayna, „wie vielen Kästen hast du einen Gedanken geschickt?"
„Bei Ban, ich weiß es nicht!" antwortete Ceri. „Ich hab geglaubt, nur dem einen im Wald."

Gerald trat beiseite, damit die Riesin auf den Teich sehen konnte. „Das war nicht ich, Brenda."
Brenda sperrte den Mund auf. Sie kam mit langen, schmatzenden Schritten näher. Aus dem Kasten in ihrer Hand sprach Ceris Stimme: „... in einem Teich jenseits des lichten Gehölzes. Wir sind von Tümplern umzingelt und ..." Geistesabwesend schaltete sie aus. Mit großen staunenden Augen schaute sie auf Ayna, Gair und Ceri. „Was, um alles in der Welt, seid ihr denn?" rief sie. „Seid ihr Elfen?"
Gerald bekam einen roten Kopf. Er stieß ärgerlich die Luft aus.
„Natürlich nicht!" sagte Ayna. „Elfen sind kleine alberne Dinger mit Libellenflügeln. Und außerdem gibt es keine Elfen."
„Was seid ihr dann?" fragte die Riesin mißtrauisch. „Und wo sind eure Tümpler? Ich seh keine."
Sie war so groß und rot und erschreckend, daß Ayna nicht zu antworten wagte. Gerald packte die Riesin am Arm und drehte sie so, daß sie die Krähen sehen konnte. Sie hüpften noch immer ängstlich und ratlos krächzend auf der Stelle. Gerald zeigte auf sie. „Das sind die Tümpler."
„Was? Vögel? Niemand fürchtet sich vor Vögeln", sagte Brenda.
„Es sind keine Vögel", klärten sie Gair und Gerald gleichzeitig auf. Sie schauten sich an und lächelten. Gerald sagte: „Ich hab dich gesehen ... im Wald."
„Die Kleinen sind ja patschnaß", sagte Brenda. „Nehmen wir sie mit zu mir nach Hause, damit sie ihre Sachen trocknen können. Seid ihr hungrig?"
„Schrecklich", sagte Ceri.
Inzwischen hatten die Tümpler einen Entschluß gefaßt. Sie nahmen ihre ursprüngliche Gestalt an, und neun gelbäugige Tümplerkrieger

zogen ihre gekrümmten Schwerter. Sie verteilten sich im Halbkreis um den Teich.

„Mannomann!" sagte die Riesin. Es war der treffendste Ausdruck, den die drei aus Garholt je gehört hatten. Die rosige Farbe war aus Brendas Gesicht gewichen. Unsicher hob sie den Schürhaken. Gerald, genauso blaß um die Nase, fummelte an seiner Flinte herum und hielt sie schußbereit.

Die Tümpler standen wie ein Mann. „Ihr Riesen!" rief der Anführer. „Die Trickser sind unsere Gefangenen."

Die Farbe kehrte in Brendas Gesicht zurück. *„Riesen!"* rief sie. „So eine Unverschämtheit!"

„Trickser!" rief Ayna genauso empört.

Gerald schluckte. „Sie sind nicht länger eure Gefangenen. Verschwindet!"

„Ich warne euch", sagte der Anführer der Tümpler. „Wir sind neun. Liefert uns die Trickser aus, und wir lassen euch in Ruhe."

„Ich warne euch", sagte Gerald. „Ihr alle seid des Todes, bevor ihr bis drei zählen könnt. Verschwindet, oder ich schieße."

„Oder du tust was?" fragte der Anführer verächtlich. Er hob das Kinn, und die neun Krieger rückten näher.

Gerald wurde noch blasser. „Vollidiot!" murmelte er. Er senkte die Flinte, zielte auf die Füße des Tümplers und drückte ab.

Der plötzliche Knall ließ alle zusammenfahren. Ayna ging vor Schreck in die Knie. Schlamm, Wasser und zerfetztes Gras spritzten auf. Die Tümpler zerstreuten sich hastig. Während das Echo des Schusses in der Ferne verhallte, sammelten sie sich wieder in der Nähe des Gehölzes.

„Habt ihr gesehen?" rief Gerald.

Der Anführer war unverkennbar wütend. „Glaubt ja nicht, daß ihr uns durch Lärm einschüchtern könnt!" rief er zurück.
„Du wirst einen treffen müssen", sagte Brenda.
„Ich weiß", sagte Gerald. Er gab sich einen Ruck und steckte seufzend etwas in die Flinte. Er legte sehr sorgfältig an und feuerte. Der Schuß krachte. Der Anführer schrie auf und stürzte, sein Bein umklammernd, zu Boden. Die übrigen Tümpler hatten sich zur Seite geworfen.
„Kommt", sagte Gerald, dem man ansah, daß ihm ganz schlecht war. „Mein Haus liegt am nächsten." Er nahm Ceris Arm und machte sich auf den Weg. Gair und Ayna folgten, so schnell es ihre steifen und gefühllosen Beine zuließen. Brenda wedelte noch einmal drohend mit dem Schürhaken, bevor sie schnaufend hinterherrannte.
Sie nahmen den direkten Weg, durch Matsch und Brennesseln, Gräben und Hecken. Ceri konnte bald nicht mehr weiter und Brenda auch nicht. Gair drehte sich nach den beiden um und wartete auf sie. Da sah er einen Schwarm Krähen, die hinter ihnen herflogen.
„Das sind sie!"
Gerald hob die Flinte und zielte mit dem Lauf auf die Vögel. Sofort flatterten sie nach links und rechts auseinander. „Ich hab ihnen einen Schreck eingejagt", sagte Gerald. Er warf Gair die Flinte zu. „Nimm du sie und droh ihnen von Zeit zu Zeit damit." Dann hob er Ceri auf den Arm.
„Danke", sagte Ayna.
Gerald, mit Ceri im Arm, setzte seinen Weg fort. Gair hatte Mühe, Schritt zu halten. Die fremde Waffe behagte ihm nicht, sie war schwer und fühlte sich kalt an. Gerald hatte ihm versichert, daß sie jetzt harmlos, nicht geladen sei. Das beruhigte Gair. Mehrmals

mußte er den Tümplern mit der Flinte drohen, die ihnen unbeirrt folgten, bis sie das Haus erreichten. Als sie über die Brücke gingen, die zum Haupttor führte, schossen die neun Krähen über die Baumwipfel und stießen senkrecht herab.
Sie legten die Flügel an und tauchten im Sturzflug in den Wassergraben, der das Haus umgab. Ohne aufzuspritzen und kaum merklich gekräuselt, nahm das Wasser sie auf, eine schwarze, körperlose Masse.
„Sie leben im Wasser", erklärte Ceri den Riesen.
„Dann werden sie's wohl überleben", sagte Gerald. „Das Tor ist abgesperrt", rief er Brenda zu. „Es ist niemand zu Hause. Kommt mit zum Hintereingang."
Brenda ging voraus, sie führte sie außen um das Haus herum zur Hinterseite und öffnete eine Tür. Sie traten in einen Raum voll fremder Gerüche und ungewohnter Formen, den Brenda Küche nannte.
Gair gefiel es nicht in dem Haus. Etwas düster Beklemmendes ging von ihm aus, Gair spürte es in leisen Wellen auf sich zukommen, ähnlich dem Gefühl, das ihm in Garholt so zugesetzt hatte, nur nicht so stark und irgendwie kälter. Aber die Neugierde auf das Fremde verdrängte das Unbehagen ein bißchen. Im Haus roch es nach Wasser und nach modrigem, sehr altem Gemäuer, überlagert von frischeren, reineren Gerüchen. Die Riesen schienen eine Vorliebe für eckige Dinge zu haben, so, wie seine Leute die runde Form bevorzugten.
Gerald führte die drei in einen weiteren eckigen, weißgetünchten Raum, wo sie ihre durchnäßten Kleider ablegten und sich mit großen Handtüchern trockenrieben. In der Küche hörten sie Brenda rumoren.

An den Wänden waren eigenartige silberglänzende Gegenstände angebracht, die Gair und Ayna einen Schreck einjagten. Aber Ceri, der sich jetzt, wo sie in Sicherheit waren, rasch erholte, untersuchte sie neugierig und entlockte einem von ihnen einen Strahl heißen Wassers. Er fand auch heraus, wozu jenes Ding diente, das Gerald WC nannte. Es kam ihnen allen sehr gelegen und amüsierte sie ungeheuer.

Gerald schleppte einen Armvoll alter Kleider an und trug ihre zum Trocknen weg. Als er die Sachen aufhob, betrachtete er sie interessiert. Auch ihnen kamen die Kleider der Riesen sehr merkwürdig vor. Am meisten faszinierten sie die Wunderverschlüsse, die sie Zipper nannten. Wieder war es Ceri, der entdeckte, wie sie funktionierten.

In der Küche machte sich Brenda an einem eckigen Kasten zu schaffen, in dem offensichtlich kein Feuer brannte, und entlockte ihm köstliche Essensdüfte. Es war ungewohnt, an einem Tisch zu sitzen statt im Kreis um einen Eßplatz wie daheim. Aber so sehr anders auch wieder nicht, fand Ayna, bloß daß man eben mit den Füßen baumelte. Alle stürzten sich mit großem Appetit aufs Essen, das Brenda ihnen vorsetzte, in Streifen geschnittenes salziges Fleisch, mit riesigen Eiern gebraten, dazu Unmengen von Butterbroten. Brenda bereitete ein heißes Getränk, das sie Tee nannte. „Ayna, Gair und Ceri", sagte Brenda. „Hab ich das richtig verstanden? Komische Namen. Wo wohnt ihr überhaupt und so? Was ist passiert?"

Gair grübelte über die Riesen nach. Vor allem darüber, wie selbstverständlich sie ihnen geholfen hatten – einfach so, ohne viel zu fragen. Er hörte nur mit halbem Ohr zu, während Ayna erzählte, wie alles gekommen war.

„Nicht zu fassen!“ platzte Brenda immer wieder heraus. „Das ganze Moor voll von – äh – euch allen und diesen Tümplern, und wir hatten keine Ahnung davon!“
„Nun, es heißt ja, das Moor ist verwunschen“, sagte Gerald, den die Sache genauso erstaunte. „Jetzt wissen wir, warum.“
Als Ayna erzählte, sie habe den Teich gegen die Tümpler gesichert, wollten die Riesen unbedingt wissen, wie sie das gemacht habe.
„Ich habe die richtigen Worte gesprochen und einen Dornbusch gepflanzt, natürlich“, erklärte Ayna. „Da konnten sie das Wasser nicht mehr anrühren.“
„Du meinst durch Zauberei ...“ Brendas Stimme schnappte vor Aufregung fast über.
„Nein“, sagte Ceri, „durch Worte.“
„Genau das hat sie ja gemeint“, sagte Gerald. „Durch einen Zauberspruch.“
„Nein, überhaupt nicht“, beharrte Ceri. „Es waren Worte, und Worte sind ganz normal. Zauberei, das ist so etwas wie eure redenden Kästchen oder dieser große Kasten, der ohne Feuer kocht.“
„Das ist keine Zauberei“, widersprach Brenda. „Das ist Technik.“
„Radiotechnik und Elektrizität“, ergänzte Gerald.
Keiner sagte etwas darauf. Während des Schweigens, das sich ausbreitete, kam jede der beiden Seiten zu dem Schluß, daß sie die andere nicht verstand. Gair versuchte, so gut es eben ging, die Bewandtnis mit den Worten zu erklären.
„Worte haben nichts mit Zauberei zu tun“, sagte er. „Sie wirken nur, wenn man sie richtig anwendet. Versteht ihr, genauso, wie wenn ich zum Beispiel sage: ‚Reicht mir bitte das Brot herüber ... Nein danke, das war jetzt nicht ernst gemeint ... Und ihr reicht es mir.“

Alle mußten lachen. Die Riesen lachten, daß der ganze Tisch wackelte. „Aber", fuhr Gair fort, „wenn ich etwas ganz Unsinniges sage, wie zum Beispiel – äh – schlabberdibix oder so was, würdet ihr mir das Brot eben nicht reichen. Genauso ist es mit allem anderen auch. Es kommt nur darauf an, die richtigen Worte zu sprechen."

„Also", sagte Gerald, „für mich ist und bleibt es Zauberei. Aber was die Elektrizität anlangt ..."

„Sagt mal", unterbrach ihn Brenda, „diese Tümpler. Ich krieg die Gänsehaut, wenn ich bloß an sie denke. Können die sich verwandeln, in was sie nur wollen?"

„Ja, ich glaube schon", sagte Gair.

Brenda senkte die Stimme. „Wer könnte sie dann daran hindern, sich in Flöhe zu verwandeln und unter der Tür hereinzuhüpfen?"

Ayna und Ceri folgten erschrocken ihrem Blick. „Glaubt ihr, die Türen hier lassen sich versiegeln wie unsere?" fragte Ceri.

Gair war überzeugt, daß sich alle Türen versiegeln ließen. Er wollte schon die Worte sprechen, aber da kam ihm eine Idee. Er schlug vor, Gerald sollte es ausprobieren. Er sagte ihm die Worte vor. „Jetzt stell dich an die Tür und sprich sie mir nach", forderte er ihn auf. „Und dann versuch sie zu öffnen."

Gerald wollte kein Spielverderber sein. Stockend und wenig zuversichtlich wiederholte er die Worte. Dann streckte er die Hand aus und drückte die Klinke herunter. Die Tür ließ sich nicht öffnen. „Unglaublich!" rief er. „Es funktioniert!"

„Toll!" sagte Brenda. „Habt ihr Worte gebraucht, um im Radio übertragen zu werden?"

„Nein, das war ein Gedanke", sagte Ceri. „Und außerdem hab ich was falsch gemacht."

Das stürzte die Riesen noch mehr in Verwirrung. Sie gaben keine Ruhe, bis Ceri seine beiden Gaben vorführte. Zuerst fand er ein Taschenmesser wieder, das Gerald vor über einer Woche verloren hatte – es lag hinter dem Kochkasten. Und dann zerbrach er die Butterdose und machte sie wieder ganz.
„Damit könntest du ein Vermögen verdienen!" rief Brenda.
Die beiden Riesen waren vor Begeisterung völlig außer sich. Ceri wurde ganz verlegen, was bei ihm wirklich nicht oft vorkam. Um von sich und seinen Gaben abzulenken, erklärte er ihnen Aynas Gabe.
„Ooooh!" rief Brenda. „Du kannst die Zukunft voraussagen! Sag mir meine!"
„Tut mir leid", sagte Ayna. „Ich tu das nicht mehr. Nicht, solange ich nicht sicher bin, daß mir die richtige Frage gestellt wird. Das alles wäre nicht passiert, wenn ..." Sie brach ab.
„Hast du auch eine Gabe, Gair?" fragte Brenda aufgeregt.
Gair hatte schon darauf gewartet. Trotzig schüttelte er den Kopf.
„O doch, Gair, du hast eine Gabe", sagte Ayna. „Wenn sie auf dich gehört hätten ..."
„Du hast sie gewarnt", ergänzte Ceri. „Du hast sie beschworen, keine Lebewesen hereinzulassen – und die Tümpler sind als Schafe hereingekommen."
„Aber – aber das war nur ..." Gair wollte erklären, daß das nichts weiter als irgend so ein Gefühl gewesen war. Dann fiel ihm ein, daß er ja nicht wußte, wie sich eine Gabe anfühlte. Womöglich hatten Ayna und Ceri recht. Und wenn sie recht hatten, so bedeutete das, daß Gair die seltenste Gabe von ihnen allen hatte. Nur fünf Leute seit König Ban dem Guten hatten die *selbständige* Sehergabe

gehabt, das heißt, sie konnten Dinge vorhersehen, ohne extra danach gefragt zu werden.
Gair mußte sich erst an diesen Gedanken gewöhnen. Das war gar nicht so leicht. Bis jetzt war er überzeugt gewesen, überhaupt nicht besonders zu sein. Jetzt auf einmal war alles ganz anders. Und außerdem war es zu spät. Er hatte wirklich keinen Grund zu triumphieren, nachdem die Tümpler Garholt erobert hatten. Er brauchte eine Weile, um sich klarzumachen, daß das nicht der einzige Grund für sein Unbehagen war, das er die ganze Zeit spürte. Es kam vom Pulsieren des Hauses. Zögernd, weil das Ganze so neu für ihn war, sagte er: „Ich glaube, irgend etwas stimmt nicht mit diesem Haus. Es kommt mir so vor, als wäre es – ja, als wäre es irgendwie bedroht."
Brenda sah Gerald an. Sein Gesicht verdüsterte sich. „Es ist mehr als bedroht", sagte er. „Heute übers Jahr wird es unter Wasser stehen."
„Unser Haus auch", fügte Brenda bedrückt hinzu.
„Aber warum wird es unter Wasser stehen?" fragte Gair. „Wie denn? Durch die Tümpler?"
„Nein. Die Schuldigen sitzen in London!" sagte Gerald verbittert. „Sie wollen das ganze Moor zu einem Trinkwasserreservoir machen."
„Hat dein Vater irgendwas erreichen können?" fragte Brenda bang.
„Ich weiß es nicht. Hoffentlich", sagte Gerald. „Irgend so ein hohes Tier im Ministerium, mit dem er früher einmal dick befreundet war, soll heute abend hierherkommen. Aber Tante Mary sagt, die beiden hassen sich jetzt wie die Pest, also wäre es kein Wunder, wenn er das Gegenteil von dem erreicht, was er erreichen will. Tante Mary ist zu der Versammlung gegangen, die deswegen stattfindet. Wenn ich doch nur selbst etwas tun könnte!"

„Oder ich!“ sagte Brenda. Sie seufzte tief.
Die drei aus Garholt brachten vor Entsetzen kein Wort heraus. Zuerst die Tümpler – und jetzt das. Sie konnten sich nicht vorstellen, daß die Riesen so durstig waren. Mußten sie etwa das ganze Moor füllen, um ihren Durst zu stillen? Und was würde dann mit ihrem eigenen Volk geschehen, wenn das Moor ein See war, in dem nur die Tümpler leben konnten?
Gair fühlte einen klitzekleinen Triumph, weil er das alles irgendwie vorausgeahnt hatte. Er wußte, daß es mit dem Pulsieren des Hauses zusammenhing, das außer ihm niemand zu spüren schien. Wie in Garholt versuchte er sich gegen die unbekannte Angst zu wehren. Aber je mehr er dagegen ankämpfte, um so stärker bedrängte sie ihn. Nach kurzem, aber heftigen unsichtbaren Ringen erkannte Gair, daß ihm sein Gefühl – seine Gabe mußte er jetzt wohl sagen – noch etwas mitteilen wollte. Er fürchtete sich davor und sagte sich gleichzeitig, daß es lächerlich war, sich davor zu fürchten. Er hatte Ceri geholfen, mit seiner Gabe umgehen zu lernen. Und er selbst scheute sich, seine eigene Gabe anzunehmen.
Zaghaft gab er nach. Was sie ihm enthüllte, war nicht schön, aber nicht so schlimm, wie er gefürchtet hatte. Sobald er der Angst keinen Widerstand mehr entgegensetzte, ließ sie von ihm ab. Und seine Gabe zeigte ihm, was sie ihm von Anfang an zeigen wollte. Ein unheilvolles, abscheuliches Ding. Kalt und böse und unersättlich. Es lag pulsierend irgendwo in diesem Haus, und, was noch schlimmer war, es war der eiskalte Herzschlag des allesvernichtenden Unheils, das über dem Moor lag. Es vergiftete die Riesen und durch sie sein eigenes Volk. Er mußte das schreckliche Ding finden, um es vernichten zu können.

Ayna hatte sich inzwischen von ihrem Schreck erholt. Mißbilligend forderte sie Ceri auf, seinen Halsring zu putzen. „Es ist eine Schande, wie schwarz er ist."
„Eure Ringe sehen nicht viel besser aus", maulte Ceri. Er nahm seinen Ring ab und polierte ihn mit einer karierten Serviette. Ayna und Gair folgten seinem Beispiel und stellten fest, daß ihre Ringe am Innenrand ganz schwarz waren. Alle drei putzten und polierten um die Wette.
Brenda schaute ihnen dabei zu. „Wie hübsch sie sind!" schwärmte sie. „Tragt ihr sie immer? Sind sie nicht furchtbar schwer?"
„Nein. Sie sind ganz leicht", sagte Gair. Er war froh, daß ihn die Beschäftigung von dem kalten, bedrohlichen Ding ablenkte. Während er putzte, erklärte er den Riesen, wie man Gold behandeln mußte, daß man es tragen, das heißt warmhalten mußte, damit es nicht zu Schwarzgold wurde.
Plötzlich fiel ihm etwas ein. „Die Tümpler müssen Warmblüter sein", sagte er. „Sonst könnten sie keine Goldringe tragen."
„Tun sie das denn?" fragte Ayna. „Na klar . . . Vater hat ja einen Ring von ihnen."
Gerald und Brenda sahen sich verdutzt an. „Grüngold . . ." murmelte Gerald.
„Das sich über Nacht im Schrank in welke Blätter verwandelt!" sagte Brenda. „Oh, jetzt ist alles klar. Ihr seid *doch* Elfen!" Sie seufzte tief und sehnsuchtsvoll. „Könnt ihr denn Wünsche erfüllen?"
„Nein", antwortete Gair geduldig. „Wir können keine Wünsche erfüllen. Wie denn? Wir sind keine Elfen. Wir haben es euch doch schon mal gesagt. Wir sind Menschen."
„Ihr seid doch so klein und zierlich – und sooo hübsch!" rief Brenda.

Gair spürte, wie ihm das Blut ins Gesicht schoß. Und doch, als er Ayna und Ceri ansah, wurde ihm klar, was Brenda meinte. Obwohl keiner von ihnen viel kleiner war als die Riesen, wirkten sie klein und zerbrechlich neben Gerald mit seinem kräftigen Körperbau und seinen viel gröberen Gesichtszügen. Und beide waren viel hübscher als Brenda. „Und ihr lebt ewig, nicht wahr?" fügte sie fast vorwurfsvoll hinzu.

„Aber nein! Wie kommst du denn darauf?" fragte Gair ehrlich verwundert.

„Jetzt hör schon auf damit, Brenda!" sagte Gerald. „Sie sind nun mal keine Elfen."

„Doch, es kann gar nicht anders sein", beharrte Brenda. „Sie können keine Menschen sein. *Wir* sind Menschen!"

„Nein. *Ihr* doch nicht", ereiferte sich Ceri. „Ihr seid Riesen."

„*Bitte!*" sagte Brenda. Sie bekam einen roten Kopf. „Ich bin zwar ein bißchen groß für mein Alter, ich weiß, aber deshalb bin ich noch lange keine Riesin. Riesen sind ... Na ja, eben riesig, so groß wie ein Haus. Und es gibt gar keine Riesen. Egal – ich dachte, ihr seid Trickser."

„So nennen uns die Tümpler. Wir nennen uns Menschen", erklärte Ayna. „Wir haben keinen anderen Namen."

„Wir auch nicht!" verkündete Brenda mit Nachdruck.

„Wozu die ganze Aufregung?" sagte Gerald. „Jedenfalls sind sie uns viel ähnlicher als die Tümpler. Warum einigen wir uns nicht darauf, daß wir Menschen und sie menschenähnliche Wesen sind. Und was schadet es schon, wenn *sie* meinen, es ist umgekehrt?"

„Ganz der alte rechthaberische Gerald!" sagte Brenda wutschnaubend.

Gerald schnitt ein Gesicht. „Alte Zicke!"
Plötzlich fiel ihnen wieder ein, daß sie Feinde waren. Wütend starrten sie einander an. Gleich werden sie sich in die Haare kriegen, dachte Gair.
Ceri brach in Tränen aus. Das ganze Unglück dieses Tages fiel ihm wieder ein. „Bitte nicht – geht nicht aufeinander los!" schluchzte er. „Heute früh in Garholt ist jeder auf jeden losgegangen. Ayna, bitte, kann ich dich fragen, was in Garholt geschehen ist?"
„Nein", sagte Ayna.
„Gair", flehte Ceri, „weißt *du* es nicht? Sag ihr, sie soll mir's sagen!"
Gair schüttelte den Kopf, selbst den Tränen nahe.
„Aber du willst es doch auch wissen!"
„Natürlich. Beruhige dich. Wir müssen hingehen und nachsehen", sagte Gair.
Die Riesen vergaßen ihren Streit. „Ihr könnt nicht hingehen und nachsehen", sagte Brenda. „Die Tümpler schnappen euch, sobald ihr den Fuß nach draußen setzt." Sie runzelte besorgt die Stirn. „Gerald, was sollen sie tun?"
Gerald überlegte. Auch er machte sich Sorgen. „Ich glaube", sagte er langsam, „wir müssen herausfinden, was in Garholt geschehen ist. Dann sehen wir weiter. Wie wär's, wenn ich die Flinte nehme und mich auf den Weg mache? Die Tümpler scheinen einen Heidenrespekt vor uns Riesen zu haben."
„Ich komme mit", sagte Brenda. „Bring sie in dein Zimmer. Sie sollen die Tür verhexen, damit niemand sie dort finden kann."
Ayna und Gair beratschlagten hin und her. Keiner von ihnen wagte sich auszumalen, was Gest dazu sagen würde, wenn sie es zuließen,

daß Riesen nach Garholt gingen. Aber da Ayna sich strikt weigerte, ihre Gabe zu benutzen, blieb ihnen keine andere Wahl. Gair erklärte den Riesen genau den Weg nach Garholt und wie sie das Haupttor öffnen mußten.

„Angenommen", sagte Gerald, „angenommen, wir treffen dort jemand von euren Leuten – wie wissen sie, daß ihr uns geschickt habt und wir keine Feinde sind?"

Gair nahm seinen Halsring ab. „Da. Sie werden ihn als den meinen erkennen, wenn du ihn zeigst." Dann fiel ihm ein, wieviel Dank sie den beiden schuldeten und wie froh er war, daß er Gerald richtig kennengelernt hatte. Er nahm den Ring noch einmal zurück und sprach Worte darüber.

„Gair!" sagte Ayna.

„Warum nicht?" entgegnete Gair. „Ich glaube, er hat sie angenommen." Damit übergab er Gerald den Ring. „Jetzt kannst du ihn behalten – und halte ihn warm."

Gerald drehte Gairs Halsring in seinen Händen hin und her, wollte etwas sagen, überlegte es sich anders und sagte: „Ich möchte dir etwas zum Tausch dafür geben. Hier." Er nahm seine Armbanduhr ab und reichte sie Gair. „Die ist auch aus Gold."

Der Halsring war zu eng für Gerald. Er mußte ihn in seine Jackentasche stecken.

Bevor sie loszogen, zeigte er Gair sein Zimmer. Dann griff er nach seiner Flinte und Brenda nach ihrem Schürhaken. Gerald wollte die Tür öffnen. Natürlich ging sie nicht auf.

„Sprich die Worte, die wir dir gesagt haben, du Vergißmeinnicht", erinnerte ihn Ayna.

Gerald sprach die Worte, diesmal mit fester Stimme, so als wäre er

von klein auf daran gewöhnt, Machtworte zu sprechen, und Brenda murmelte sie mit. Die Tür ging auf, und die beiden Riesen traten hinaus.
„Sie sind fast wie wir", sagte Ceri. „Ich würde sie jederzeit gegen Ondo und Tante Kasta eintauschen."

10. Kapitel

„Arme Dinger", sagte Brenda unterwegs nach Garholt. „Ich fühle mich so für sie verantwortlich! Können wir sie verstecken? Oder willst du deinem Vater Bescheid sagen?"

„Nein", sagte Gerald.

„Wir müssen jemanden ins Vertrauen ziehen", meinte Brenda. „Wo sollen sie hin, wenn das Moor überschwemmt wird? Sag es dem Mann, der heute abend bei deinem Vater ist. Sag ihm, das Moor ist voller ... Trickser, und deshalb darf er es nicht überschwemmen."

„Versteh doch!" Gerald befingerte Gairs warmen Halsring in seiner Jackentasche. Noch nie hatte ihn jemand mit einem Geschenk so überrascht, und noch nie hatte er sich durch ein Geschenk so sehr geehrt gefühlt wie durch diesen Ring. Er fand, er sei es Gair schuldig, eine solche Dummheit zu verhindern. „Diese Wesen leben völlig unberührt. Wenn wir sie irgendeinem engstirnigen Regierungsbeamten ausliefern, geht alles kaputt. Wahrscheinlich würde das Moor zum Naturpark erklärt werden. Sonntags würden Ausflügler in Scharen herauskommen, um unsere Freunde zu begaffen. Ayna und Ceri würden im Zirkus enden, und die anderen würden Schnitzereien und Goldringe verkaufen, wie die Indianer in den Reservaten."

„Sie könnten damit eine Menge Geld verdienen", gab Brenda zu bedenken.
Gerald schnaubte verächtlich.
„Immerhin besser, als zu ertrinken", meinte Brenda. „Und außerdem bist du ein Ekel."
Ehe sie sich wieder streiten konnten, wurde Brenda von einem Vogel abgelenkt. Sie schreckte davor zurück wie vor einem reißenden Tier.
„Da! Ein Tümpler! Du mußt schießen!"
„Nur, wenn er uns angreift", sagte Gerald gereizt. Er seufzte. Ein Unbehagen, das er nur zu gut kannte, überkam ihn. Gerald war schon öfter mit seinem Vater auf die Jagd gegangen und hatte manchmal auch selbst einen Vogel, einen Fasan oder ein Rebhuhn geschossen. Er hatte Kaninchen und Hasen geschossen und gelegentlich auf irgend etwas, was sich im hohen Gras bewegte und was er hinterher nicht gefunden hatte. Das konnten ebensogut Tümpler gewesen sein, ja sogar der eine oder andere von Gairs Leuten. Mit erschreckender Deutlichkeit sah Gerald das rote Blut am silbernen Bein des Tümplers vor sich. Er wünschte, er hätte nicht auf ihn schießen müssen.
Brenda holte ihn in die Gegenwart zurück. Sie behauptete steif und fest, daß sie Garholt übersehen hätten. „Er hat gesagt, jenseits des Waldes. Wir sind schon zweimal durch einen Wald gekommen."
„Mit Wald meinte er einen Wald und nicht drei Büsche", sagte Gerald und ging unbeirrt weiter.
Kurz danach erreichten sie den Wald und durchquerten ihn.
„Da ist nichts", sagte Brenda.
Sie hatten erwartet, daß Garholt sich durch irgend etwas zu erkennen geben würde. Aber außer einem grünen Hügelrücken war weit und breit nichts zu sehen. Sie folgten den Windungen des Pfades ein Stück

den Hang hinauf, Gerald voran, Brenda keuchend und ächzend hinterdrein.
„Au!“ schrie Brenda. „Da sind Bienen!“
Gerald rutschte ein Stück den Hang hinunter, bis zu der Stelle, wo Brenda stand und an ihrem Finger sog. Um einige Erdlöcher, die zu einem Kaninchenbau zu gehören schienen, summten Bienen. Jetzt kamen noch mehr heraus, um Gerald zu untersuchen. Gerald zog sich schleunigst zurück. Aber die Bienen ließen sich nicht abschütteln.
„Wir sind da!“ sagte Gerald.
„Bist du sicher?“ fragte Brenda. Sie landete – platsch – auf dem sumpfigen Boden am Fuß des Hügels. „Es ist nur ein Teil des Hügelrückens, nicht wirklich ein Hügel für sich.“
Gerald war seiner Sache sicher. Langsam schritt er den weichen Boden ab und schaute nach dem Tor aus. Gair hatte gesagt: „Du wirst einen Fluß sehen. Von da, wo er entspringt, zehn Schritte nach rechts.“ Da war der Fluß – ein schlammiges Rinnsal, das aus der geneigten Oberfläche heraussickerte. Gerald machte zehn kleine behutsame Schritte nach rechts. Dann betrachteten beide zweifelnd den glatten grünen Abhang. Sie sahen Gras und Klee und Kaninchenlosung, aber nichts, was auf ein Tor schließen ließ.
„Versuch's!“ sagte Brenda.
Gerald sprach die Worte, denen die Tür daheim gehorcht hatte.
Ein leises Rumpeln war zu hören. Auf einmal, keiner von beiden hatte recht gesehen, wie, klaffte im Hang eine gewölbte Öffnung. Sie war gerade so hoch, daß Gerald aufrecht durchgehen konnte, und breit genug, um Brenda einzulassen. Irgendwo dort drinnen war Licht.

„Ich hab's ja gesagt", flüsterte Brenda. „Es ist doch Zauberei."
Sie beugten sich ein wenig vor, um hineinzuschauen. Es war nicht viel zu erkennen, außer daß Garholt groß war, viel größer, als sie angenommen hatten. Und dann sahen sie eine silbrige Wolke von Tümplern, die auf den offenen Eingang zugerannt kamen. Brenda und Gerald sprangen zurück. Hastig stammelte Gerald die Worte, um das Tor zu schließen. Es rumpelte wieder und war verschwunden. Nur eine Wolke zorniger Bienen, die über der Stelle summten, zeigte an, daß es dagewesen war.
Brenda und Gerald schauten sich bestürzt an. Es blieb ihnen wohl nichts anderes übrig, als umzukehren und Ayna, Gair und Ceri die schlechteste aller Nachrichten zu überbringen.
„Gehn wir", sagte Brenda. Und im selben Atemzug: „Oweia!"
Das Tor war wieder offen. Auf der Schwelle hatte sich eine Reihe silbriger, froschartiger Tümpler aufgepflanzt, die sie aus gelben Augen feindselig anstarrten.
„Was wollt ihr Riesen?" zischte einer.
Gerald und Brenda hatten gute Lust, sich aus dem Staub zu machen. Wahrscheinlich hätten sie es auch getan, wären nicht im selben Moment die Bienen zum Angriff übergegangen. Mit wütendem Gesumm stürzten sie sich auf die Tümpler. Dieser Anblick ermutigte Gerald und Brenda.
„Wir sind gekommen, um festzustellen, wie viele Trickser ihr getötet habt", sagte Brenda. „Wir haben Freunde hier."
Inmitten der schwirrenden Bienen warfen sich die Tümpler vielsagende Blicke zu. „Ach ja, uns ist schon zu Ohren gekommen, daß sie sich mit den Riesen angefreundet haben", sagte einer. „Wißt ihr Tölpel nichts Besseres, als Tricksern zu vertrauen?"

„Lieber ihnen als so einem gemeinen, hinterhältigen Pack wie euch!“ rief Brenda. „Sich als Schafe verkleidet einzuschleichen und wehrlose Frauen und Kinder zu überfallen – das ist doch wirklich das Letzte!“
Die Bienen zogen sich etwas zurück und hingen nun in einer viel lichteren Wolke zwischen den Tümplern und den zwei Riesen. Fast jeder Tümpler hatte eine blaßrosa Schwellung irgendwo im bleichen Gesicht. Jetzt wandten sie sich ärgerlich an Brenda.
„Paß bloß auf, Brenda!“ murmelte Gerald. Es waren mindestens zwanzig Tümpler, und alle waren größer als er.
„Wir haben kaum welche getötet“, sagte der, der zuerst gesprochen hatte, verächtlich. „Wenn ihr wollt, könnt ihr mit einer der Geiseln reden. Wer soll es sein?“
Zögernd nannte Gerald den einzigen Namen, den er kannte: „Adara?“
„Ach so, die“, zischte ein anderer. „Wenn ihr meint. Aber glaubt ihr kein Wort.“
„Warum nicht?“ fragte Brenda.
„Weil sie eine ganz durchtriebene Trickserin ist“, zischelte ein dritter. „Diese Trickser kriechen dir ins Ohr hinein und drehn dir mit Worten die Gedanken im Kopf herum, bis du keinen eigenen Willen mehr hast. Sie tun so, als meinten sie es gut mit dir, aber in Wirklichkeit haben sie's nur darauf abgesehen, dich umzubringen oder für ihre Zwecke zu benutzen. Ihr Riesen solltet euch nicht ausnutzen lassen.“
Brenda und Gair sahen sich betreten an. Hatten Ayna, Gair und Ceri sie nicht gewissermaßen ausgenutzt? Fraglos konnten sie Worte auf dutzendfache Weise anwenden, um Dingen ihren Willen aufzuzwingen. Warum also nicht auch ihnen?
„Haben die Trickser denn gar nichts Menschliches an sich?“ fragte Brenda verzagt.

Der silberschimmernde Haufen dort im Tor brüllte vor Lachen. Jeder der froschartigen Krieger hatte etwas dazu zu sagen, und alle sagten es gleichzeitig. „Trickser und menschlich! ... Sie denken nur an sich ... Können sich nicht verwandeln, um ihr Leben zu retten ... Sind böse und hinterhältig ... Essen Raupen ... Wasser ist ihnen verhaßt ... Sie sind Mörder ... Sie reden honigsüß und handeln übel ..." Als sich der Tumult etwas gelegt hatte, fragte der erste: „Wollt ihr noch immer mit Adara sprechen?"

Brenda wollte lieber nicht. Gerald schwankte noch. Der Gedanke, von drei fremdartigen Wesen für ihre Zwecke benutzt worden zu sein, war nicht sehr angenehm. Andererseits waren die Tümpler genauso fremdartige Wesen. „Noch eine Frage", sagte er, „was haltet ihr von den Riesen?"

Eine verlegene Pause entstand. Einer der Tümpler räusperte sich. „Ihr seid stark", sagte er höflich. „Und", fügte ein anderer hinzu, „es heißt, ihr wirkt Wunder mit den Früchten der Erde."

Gerald war zum Lachen zumute. Er konnte sich vorstellen, was die Tümpler wirklich von ihnen hielten, bestimmt nicht mehr als von den Tricksern. Um Mut zu fassen, tastete er nach Gairs Halsring. „Können wir bitte mit Adara sprechen?" sagte er.

Die Tümpler zuckten die Schultern. Eine Abordnung machte sich ins Innere des Hügels auf. Nach einer Weile kehrte sie mit zwei Damen statt mit einer zurück. Eine ging würdevoll voran. Die zweite kam hinterhergewatschelt.

„Laßt mich durch! Ich bestehe darauf, daß ich mit ihnen spreche. Ihr habt kein Recht, mich aufzuhalten!"

„Was für eine schreckliche Stimme!" sagte Brenda.

„Wie eine Ente", stellte Gerald fest.

Die Tümpler im Tor stöhnten. Einer sagte ärgerlich: „Wozu habt ihr diese Ente mitgebracht?"
„Sie ließ sich nicht abschütteln."
Irgendwie gelang es, die Quakende nach drinnen abzudrängen, wo sie erbost weiterquakte. Die Tümpler wichen auseinander, um Adara durchzulassen. Gerald und Brenda wußten sofort, daß sie es war. Sie hatte das gleiche dunkle Haar und die gleichen großen grauen Augen wie Gair. Ihre Haut war sehr weiß, und an ihrem Hals funkelte ein breiter, herrlich gearbeiteter goldener Ring. Obwohl sie kaum so groß wie Brenda war, flößte sie den beiden Respekt ein.
Brenda zog tief die Luft ein. „Oh", sagte sie, „wie schön Sie sind!"
Adara lächelte sie an. „Ich habe gehört, ihr wollt mich sprechen."
„Ja", sagte Gerald. Etwas unsicher durch die Tümpler, die sie beobachteten, und die Bienen, die um ihre Köpfe surrten, zog er Gairs Ring aus der Tasche und zeigte ihn Adara. „Erkennen Sie den?"
Adaras blasses Gesicht wurde noch blasser und ihre Augen noch größer. „Das ist Gairs Ring. Was . . . ?"
„Keine Angst", sagte Brenda, „alle drei sind in Sicherheit. Sie möchten wissen, was in Garholt los ist. Deswegen haben sie uns geschickt. Gair hat uns seinen Ring gegeben, damit Sie sehen, daß wir keine Feinde sind."
„Oh, ich verstehe." Adara lächelte erleichtert. Zugleich aber betrachtete sie sie mit einem forschenden, freundlich-durchdringenden Blick, der vermuten ließ, daß sie mindestens so klug war, wie die Tümpler dachten. „Sagt Gair", fügte sie hinzu, „daß nur wenige von uns getötet worden sind. Aber sie halten uns als Geiseln gefangen. Sie wollen, daß wir die Worte von den Brunnen nehmen. Natürlich habe ich ihnen gesagt, daß niemand außer Gest das tun kann. Es wäre

gut, wenn Gair zu Gest gehen und ihm Bescheid sagen könnte. Ceri kann Gest finden. Wollt ihr ihnen das bestellen?"
Sie versprachen es ihr.
„Ich danke euch. Und nun noch etwas. Wißt ihr, wer das Moor in einen See verwandeln will?" Sie wandte sich an die Tümpler. „Ihr behauptet, ihr habt nichts damit zu tun, so ist es doch?" Die nickten und schüttelten die Köpfe und zuckten die Schultern.
„Wir", sagte Gerald finster. „Ich meine, die anderen Riesen in London."
„Ich verstehe", sagte Adara. „Nicht sehr erfreulich, weder für euch noch für uns. Vielen Dank, ihr beiden. Kann ich Gairs Ring haben, oder hat er ihn dir geschenkt?"
„Ich ... äh ... geschenkt, glaube ich", stammelte Gerald. „Aber Sie können ihn haben, wenn Sie möchten."
„Hat er Worte darüber gesprochen?" fragte Adara. Gerald nickte. „Dann nehme ich ihn auf gar keinen Fall." Es schien, als wollte sie noch etwas hinzufügen, aber einer der Tümpler kam ihr zuvor.
„Schluß jetzt", rief er. Es klang gereizt.
Adara wurde zurückgezerrt. Im nächsten Augenblick schloß sich rumpelnd das Tor, und vor Gerald und Brenda lag wieder der glatte Hang, umschwirrt von Bienen.

Sobald die beiden Riesen draußen waren, stand für Gair fest, daß er das pulsierende böse Etwas in dem Haus finden mußte. Ayna und Ceri hatten nichts dagegen. Die Sache machte ihnen Spaß. Also versiegelten sie sämtliche Türen und Fenster und gingen auf Erkundigung.
Ungefähr eine Stunde lang durchstöberten sie die riesigen vierecki-

gen Räume. Die Riesen schienen eine erstaunliche Menge Zimmer zu benötigen. Jeder Raum war vollgestopft mit Uhren, Kerzenleuchtern, Stiefeln, Flinten und ähnlichen Waffen, Krügen und vielen anderen Sachen. Ein Zimmer im Erdgeschoß enthielt unzählige steife Sessel, und überall standen kleine Figuren aus glasiertem und bemaltem Ton herum. Die Kinder fragten sich, ob das vielleicht ein heiliger Ort war und schlossen ehrfürchtig die Tür. Am Ende eines kurzen Flurs öffnete Ayna wieder eine Tür.

Im selben Augenblick wußte Gair, daß sie in der Nähe des bösen Dings waren. Das ganze Zimmer roch danach. Er wunderte sich, daß Ayna und Ceri es nicht auch spürten. Es war ein dunkelgetäfelter Raum, dessen rautenförmige Fenster auf einen Garten blickten. Die Einrichtung bestand aus bequemen alten Sesseln, einem schäbigen Schreibtisch und hohen Bücherregalen.

Ayna und Ceri betrachteten andächtig einen präparierten Hecht, der nach Ceris Dafürhalten ebensogut ein Tümpler sein konnte. Sie schlugen einige Bücher auf. Aber die Schriftzeichen waren ihnen fremd. Ayna ließ die Bücher Bücher sein und wandte sich den Schubladen des Schreibtischs zu. In der ersten fand sie einige falsche Gebisse und kugelte sich vor Lachen. Dann zog sie die zweite Lade heraus.

Eine Welle kalten, pulsierenden Grauens schlug Gair entgegen, mit solcher Wucht, daß er seine ganze Kraft aufbieten mußte, um das Zimmer zu durchqueren.

„Oh!" sagte Ayna. „Der ist fast genau wie der von Mutter." Sie streckte die Hand nach dem Ding aus.

„Laß die Finger davon!" schrie Gair.

Ayna zog die Hand zurück und sah ihn verständnislos an. „Warum?"

„Ein Fluch liegt auf ihm." Gair hatte den Schreibtisch erreicht und zwang sich, in die Lade zu schauen. Ein schöner goldener Halsring lag darin, kostbar und glänzend, trotz der Staubschicht, die ihn bedeckte. Er war Adaras Ring zum Verwechseln ähnlich. Nur die Enden waren anders geformt. Adaras Ring stellte Habichtsköpfe dar, und bei diesem hier waren es zwei starrende Eulen. Der Frosthauch des Bösen blies Gair von dem goldenen Ring ins Gesicht, jedes der verschlungenen Muster enthielt eine geballte Ladung Unheil, so fürchterlich, daß Gair sich schwach und elend fühlte. Kein Wunder, daß das ganze Haus pulsierte, wenn es ein Ding wie dieses enthielt.

Gair brachte es nicht über sich, den Ring anzufassen. Er hatte keine Ahnung, wie er den Fluch, der auf ihm lag, bannen konnte. Er wußte nur, daß er es versuchen mußte. Das war er Gerald schuldig. Er war überzeugt, daß dieser Ring nicht nur Geralds Leben, sondern das sämtlicher Lebewesen auf dem Moor vergiftete.

„Was ist los mit dir?" fragte Ceri. „Ist dir schlecht?"

Im nächsten Augenblick wurden auch er und Ayna blaß. Aber nicht wegen des Ringes. Draußen wurde wild am Tor gerüttelt. Eine schrille Stimme rief: „Gerald! Was hast du mit dem Tor gemacht? Laß mich sofort hinein!"

„Oje!" sagte Ayna und schob schuldbewußt die Lade zu.

„Gerald!" kreischte die Stimme, begleitet von wütendem Gerüttel.

Sie liefen zum Vordereingang, von wo der Lärm kam. Mit zitternder Stimme sprach Ayna die Worte, und alle drei machten sich bereit loszurennen.

Das Tor flog auf, und eine erwachsene Riesin mit einem häßlichen Hut auf dem Kopf stürzte herein, noch ehe sie einen Schritt machen konnten. „Gerald ... oh!" Sie starrte auf die drei fremden kleinen Kinder. „Wer, um Himmels willen, seid *ihr* denn?"

Ceri sah, daß seine Geschwister sprachlos waren. Er mußte die Sache in die Hand nehmen. Er trat einen Schritt vor, setzte sein charmantestes Lächeln auf und hielt der Riesin höflich die Hand hin.
„Die Sonne segne Euch. Wir haben auf Gerald gewartet. Ich bin froh, daß Ihr gekommen seid. Wir haben uns so einsam gefühlt."
Die Riesin war offensichtlich verwirrt. Ein unsicheres Lächeln zuckte um ihren Mund. „Seid ihr ganz allein im Haus? Das ist aber gar nicht nett von Gerald. – Guten Tag. Ich bin Geralds Tante Mary."

Als sie das altmodische braune Auto vor dem Burggraben sahen, blieben Brenda und Gerald zögernd stehen.
„Meine Tante ist zurück", sagte Gerald.
„Ich geh lieber gleich heim", sagte Brenda.
„Nein, bleib. Wer weiß, was die Trickser mit ihr gemacht haben!"
Gerald ging voraus und bedeutete Brenda, im Flur zu warten. Er schlich auf Zehenspitzen zur Küche und lauschte an der Tür. Er hörte eifriges Klappern. Als er die Tür einen Spaltbreit öffnete, sah er Ayna und Ceri, die mit ernsthaft gerunzelter Stirn Butterbrote schmierten. Dann hörte er Tante Marys Stimme. Fröhlich rief sie Gair etwas zu, der einen Stapel Steinguttassen balancierte. So fröhlich kannte Gerald seine Tante überhaupt nicht. Und die wollten behaupten, sie hätten nichts mit Zauberei zu tun!
Tante Mary entdeckte Gerald. Ihr Gesicht nahm den üblichen strengen Zug an. Sie schubste ihn in den Flur hinaus und redete in aufgeregtem Flüsterton auf ihn ein. „Wirklich, Gerald, du könntest mir doch wohl sagen, wenn du Freunde hierher einlädtst! Du hast mich in eine peinliche Situation gebracht. Und heute abend kommt auch noch Mr. Claybury, und du *weißt* doch, wie wichtig das ist!"

„Es tut mir leid", sagte Gerald. Er überlegte, wie Ayna, Gair und Ceri zu Brenda übersiedeln konnten, ohne am Wassergraben vorbeizumüssen, in dem die Tümpler lauerten. „Ich bringe sie weg, wenn du willst."

„Kommt nicht in Frage!" flüsterte seine Tante. „Natürlich sollen sie bleiben. Aber Mr. Claybury muß das Gästezimmer bekommen. Die Jungen müssen bei dir schlafen, Ayna kann das kleine Zimmer neben deinem haben."

„Ausgezeichnet", sagte Gerald, überwältigt von ihrer unerwarteten Großzügigkeit. Er wollte ihre gute Laune nutzen und fügte schnell hinzu: „Brenda ist übrigens auch hier. Darf sie auch zum Tee bleiben?"

Tante Mary war ein bißchen überrascht, denn sie wußte, daß Gerald Brenda eigentlich nicht ausstehen konnte. Aber sie nickte nur zerstreut und sagte mit gedämpfter Stimme: „Was für ungewöhnliche Namen deine Freunde haben. Und wie klein sie sind für ihr Alter! Und diese seltsame Ausdrucksweise. Aber ich glaube, es ist mir schon klar ..." Murmelnd ging sie hinaus.

Während Gerald Brenda holte, überlegte er fieberhaft, was Tante Mary gemeint haben könnte. Was war ihr klar? Als sie dann alle um den Küchentisch saßen, kam es heraus. Tante Mary glaubte, Ayna, Gair und Ceri stammten aus Malaysia. Brenda verschluckte sich und hustete, daß der ganze Tisch wackelte.

Während Gerald Brenda den Rücken klopfte, lehnte sich Ceri auf seinem Stuhl zurück und sah Tante Mary ruhig an. „Leider erinnern wir uns überhaupt nicht mehr an Maysalia."

„*Malaysia!*" zischte Ayna.

„Oder wie das heißt", sagte Ceri.

„Natürlich nicht, Herzchen", sagte Tante Mary. „Noch etwas Tee?"
Später, als sie beim Bettenmachen allein waren, konnte Gerald endlich erzählen, was sie in Garholt vorgefunden hatten. Schweigend und kreidebleich hörten die drei zu.
„Aber eins verstehe ich nicht", sagte Ceri. „Warum kann Mutter die Worte nicht von den Brunnen nehmen? Das kann doch jeder. Ich sogar."
„Denk mal nach", sagte Ayna. „Mutter hat das ganz klug eingefädelt. Sie hat damit erreicht, daß ihnen die Tümpler nichts antun, ehe Vater zurückkommt. Und sie will, daß wir Vater benachrichtigen."
„Wie sollen wir das, mit den Tümplern im Rücken – ich meine im Graben?" fragte Ceri.
„Es wird uns schon etwas einfallen", versprach Gerald. „Was *ich* nicht verstehe, ist, warum die Tümpler eure Brunnen wollen."
„Unsere Brunnen sind durch starke Worte gegen die Tümpler gesichert", sagte Gair. „Wenn das Moor wirklich einmal überschwemmt wird, könnten unsere Brunnen *alles* Wasser verderben. Und deswegen wollen sie es rechtzeitig entgiften, sozusagen. Sagt mal – dieser wichtige Riese, der heute abend kommen soll ... Könnten wir dem nicht die Sache mit den bewohnten Hügeln erklären? Vielleicht überlegt er es sich dann anders. Wenn das Moor nicht überschwemmt wird, wäre Garholt nicht mehr wichtig für die Tümpler."
Gerald schüttelte energisch den Kopf. Er überlegte, wie er Gair die Schwierigkeit klarmachen sollte, da hörte er schon den Landrover seines Vaters vorfahren.
Alle stürzten ans Fenster.

Bald darauf wurde Gerald nach unten gerufen. Als er wiederkam, war sein Gesicht trotzig und verschlossen. Gair kannte diesen Ausdruck nur zu gut.

„Mein Alter ist in einer fürchterlichen Stimmung", sagte Gerald. „Wir müssen euch fürs Abendessen ein paar anständige Sachen zusammensuchen."

Er öffnete seinen Kleiderschrank und ließ die anderen darin wühlen. Während Brenda und Ayna auf den Betten saßen und mit hastigen Stichen da und dort etwas umänderten, ging er hinaus. Zu Aynas höchster Überraschung kam er wenig später mit einem Mädchenkleid überm Arm zurück.

„Meine Schwester war ungefähr so groß wie du, als sie starb", sagte er. „Probier mal an."

Das Kleid war sehr hübsch und paßte Ayna wie angegossen. Das zarte Grün harmonierte wundervoll mit ihrem Halsring, und Ayna war entzückt. Ceri plagte sich damit ab, ein Hemd über seinem doppelten Halsring zuzuknöpfen.

„Hat es in deiner Familie viele Todesfälle gegeben?" fragte Gair.

Geralds Gesicht verdüsterte sich noch mehr. „Meine Schwester. Und meine Mutter starb bei meiner Geburt. Also weißt du", sagte er, bevor Gair weiterfragen konnte, „du scheinst wirklich so etwas wie einen sechsten Sinn zu haben. Aber du hast recht. Wir sind vom Pech verfolgt. Mein Vater verliert dauernd Geld, und Tante Mary ist ewig krank. Und jetzt sollen wir von hier weg, um einem Trinkwasserreservoir Platz zu machen. Wolltest du das hören?"

„Ja", sagte Gair. „Es liegt an dem Goldring im Schreibtisch, in dem mit den falschen Zähnen."

„Ach der!" Es sollte verächtlich klingen, aber Gair wußte, daß es

nicht so gemeint war. Auch Gerald schien etwas zu ahnen, das mit dem Ring zusammenhing.
„Du hast ihn doch wohl nicht angefaßt, oder?" fragte Gair besorgt.
„Ich ... Nur ein einziges Mal", gab Gerald zu. „Er fühlte sich so kalt an wie das Grab. Was ist damit?"
„Es liegt ein Fluch auf ihm", sagte Gair. „Ich glaube ein sehr mächtiger. Und er sieht fast genau so aus ..."
„Wie der Halsring deiner Mutter", beendete Gerald den Satz. „Dann weißt du also, woher er stammt?"
„Nein", antwortete Gair. „Ich weiß über den einen so wenig wie über den anderen. Ich glaube aber, daß beide von Tümplern stammen – immerhin wäre es möglich. Ich habe gehofft, daß du es weißt."
Gerald schnitt eine finstere Grimasse. „Nein. Ich könnte meinen Vater fragen, aber wahrscheinlich würde ich nicht weit damit kommen. Na, du wirst ja bald selbst sehen."

11. Kapitel

Niemand konnte sich vorstellen, daß dies ein vergnüglicher Abend werden würde. Gerald führte sie in ein großes Zimmer. In der Mitte stand ein Tisch mit vielen Stühlen drum herum. Geralds Vater, den sie mit Mr. Masterfield anreden sollten, stand vor dem kalten Kamin. Riesen hatten die schrecklich ungemütliche Gewohnheit, in den Sommermonaten kein Feuer im Herd zu machen.

Mr. Masterfield wirkte genauso groß und kalt und finster wie der schwarze Kamin. Sie mußten den Kopf zurücklegen, wenn sie sein Gesicht sehen wollten. Es war hochmütig und verschlossen, wie Geralds Gesicht, und sein Blick sagte deutlich, wie wenig sie willkommen waren.

Dann wurden sie Mr. Claybury vorgestellt, ein höchst enttäuschender Riese. Obgleich dick und plump wie ein Riese, war er nicht größer als Gest. Sein Schädel war kahl bis auf einen Kranz dunkler Haare um seinen Hinterkopf. Und er trug zwei runde Gläser auf der Nase, eins vor jedem Auge. Die Gläser vergrößerten die sanften braunen Augen dahinter, so daß sie Gair an die Eulenköpfe des Unglücksringes erinnerten. Die ganze Zeit spürte er die pulsierenden Schwingungen, das tödliche Gift des Fluches, das der Ring in die

Atmosphäre des Hauses pumpte. Mr. Claybury machte einen geschäftigen und selbstgefälligen Eindruck. Es paßte überhaupt nicht zu ihm, daß er das Machtwort sprechen konnte, und nicht der große, ruhige und ernste Mr. Masterfield. Mr. Claybury nickte ihnen lächelnd zu und sagte: „Hallo, ihr Knirpse."
Während Ayna höflich Hände schüttelte, fragte sie sich, ob die Riesen Knirpse zu ihnen sagten wie die Tümpler sie Trickser nannten. Mr. Claybury gab ihr einen festen Händedruck und sagte: „Auch hier aus der Gegend, was?"
„Ja", antwortete Gair schnell.
„Nein", sagte Ceri. Er war zu dem Schluß gekommen, daß es am besten war, die Riesen nach Strich und Faden anzulügen.
Gerald wurde rot. „Sie sind bei mir zu Besuch", sagte er schnell und etwas zu laut.
Mr. Masterfield warf ihm einen strafenden Blick zu.
Betretenes Schweigen breitete sich um den Tisch aus. Dann platzte Tante Mary strahlend herein, gefolgt von Brenda mit der Suppenterrine. Tante Mary war schrecklich nervös. Sie plapperte mit hoher, aufgeregter Stimme lauter unvollständige Sätze.
„Diese Suppe ist sehr . . ." sagte sie. „Aber ich habe das vergessen . . . Erst im letzten Moment ist es mir . . . Ich hoffe also, sie wird Ihnen trotzdem . . ."
Brenda teilte die Suppe aus. Auch sie war nervös. Ratlos betrachteten Ayna, Gair und Ceri ihre dampfenden Suppentassen und die verschiedenen Bestecke, die daneben lagen. Als Mr. Claybury den Löffel nahm, folgten sie erleichtert seinem Beispiel.
Doch das alles war nichts im Vergleich zu der peinlichen Gezwungenheit, die zwischen Mr. Masterfield und Mr. Claybury herrschte.

Vom ersten Augenblick an war klar, daß die beiden sich spinnefeind waren, obwohl sie so taten, als wären sie die besten Freunde. Statt offen und ehrlich miteinander zu reden, redeten sie lauter gezwungenes Zeug, das in Wirklichkeit niemanden interessierte. Gair und Ayna fanden, daß sie nun endlich zur Sache kommen sollten.
Ayna schaute Ceri an. Sie hoffte, ihr kleiner Bruder würde Mr. Claybury mit seinem gewohnten Charme einwickeln. Aber Ceri war schrecklich müde und hatte Heimweh. Das Hemd war ihm ungewohnt, und er hatte damit zu tun, die Tischsitten der Riesen nachzuahmen. Also versuchte es Ayna selbst mit einem kleinen Lächeln, als Mr. Claybury zufällig in ihre Richtung sah.
Ayna konnte direkt von seiner Stirn ablesen, was er dachte: Gottlob, wenigstens ein freundliches Gesicht an diesem Tisch. Dann lächelte er zurück – ein offenes, fröhliches Lächeln. Sie beugte sich vor, schaute Mr. Claybury tief in die Augen und fragte ihn nach seiner Arbeit aus. Mr. Claybury protestierte und sagte, nein, nein, das sei viel zu langweilig für kleine Mädchen. Ayna lächelte und sagte, doch, doch, sie wisse sehr wohl, daß seine Arbeit interessant sei. Und mit einemmal war Mr. Claybury wie ausgewechselt. Er lachte und erzählte eine komische Geschichte von einem Mann in seinem Büro, die Ayna nicht verstand. Aber eins wurde ihr bald klar. Mr. Claybury war ein netter Riese, der gern lachte und lustig war. Sie hatte ihn richtig gern.
„Willst du mir verraten, wie alt du bist, kleines Fräulein?" fragte Mr. Claybury plötzlich.
„Fast vierzehn", sagte sie stolz.
„Und ich hab mich schon gefragt, ob du nicht noch ein bißchen zu jung bist, um solch einen kostbaren Ring zu tragen." Nachdenklich

betrachtete Mr. Claybury Aynas Halsring. „Ich weiß, woran er mich erinnert. Jerry, alter Junge, hast du eigentlich noch den Goldring, den uns der drollige Bursche damals gegeben hat, als wir den Stein versetzt haben?"
Gair klopfte das Herz bis zum Hals. Er vermied es, in Aynas und Ceris erschrockene Gesichter zu sehen. Statt dessen schaute er Mr. Masterfield an. Das Gesicht des Riesen war hart und verschlossen.
„Wovon zum Teufel redest du, George?" sagte er.
„Mag sein, daß du dich nicht mehr erinnerst", sagte Mr. Claybury. „Du warst ja betrunken. Aber ich möchte schon wissen, was mit dem Ring passiert ist. Immerhin gehört er zur Hälfte mir."
„Keine Ahnung", sagte Mr. Masterfield. Er stand auf, um Wein nachzuschenken. Mr. Claybury folgte ihm mit einem grimmigen Blick.
Gair war es sonnenklar, daß der Ring die Freundschaft der beiden zerstört hatte.
Gerald holte tief Luft. „Ich weiß, welchen Ring Sie meinen, Mr. Claybury. Er ist drüben im Arbeitszimmer." Mr. Masterfield drehte sich mit einem Ruck zu ihm um und starrte ihn an.
„Es *ist* ein goldener Ring im Arbeitszimmer", bestätigte Tante Mary. „Ein alter keltischer Halsring. *Torques* nennt man diese Art, Gerald. Eine sehr schöne Arbeit."
Mr. Claybury nahm einen Schluck Wein und grinste. „Soll ich euch mal eine Geschichte erzählen ..."
„Das wäre nett", sagte Tante Mary höflich.
„Den Knirpsen wird sie jedenfalls gefallen", meinte Mr. Claybury. „Sie beginnt in einer schönen mondhellen Nacht vor vielen Jahren. Da waren zwei Männer – nun ja, nennen wir sie Jerry und George,

recht so? Also, die beiden kamen gerade frisch aus Oxford, und Jerry sollte am nächsten Tag heiraten. George war der Brautführer. Und in der Nacht vor der Hochzeit, der Nacht, von der die Rede ist, betranken sich die beiden ganz fürchterlich. Schließlich waren sie so sternhagelvoll, daß sie hinterher nicht mehr genau wußten, was tatsächlich passiert war. Sie wußten nur, daß sie einem Bauernhof namens Marsh End einen Besuch abgestattet hatten ..."
„Marsh End!" rief Brenda dazwischen. „Dort wohnt meine Tante Marianne."
„Ach wirklich?" sagte Mr. Claybury. „Sie war eine bezaubernde junge Dame." Er zwinkerte Brenda verschwörerisch zu. „Nun also, die beiden jungen Männer streiften kreuz und quer durchs Moor und kehrten immer wieder zum Fenster deiner Tante Marianne zurück, um ihr ein Ständchen zu bringen. Und irgendwie, irgendwann landeten sie dann an einem Kreuzweg, wo drei Straßen zusammentrafen. Dort stand ein Wegweiser, und an diesem Wegweiser hielten sie sich aufrecht ... Ja, so betrunken waren sie. Soll ich weitererzählen?"
„O ja!" rief Brenda.
Mr. Claybury sah Mr. Masterfield fragend an. Zu Gairs Überraschung lachte Mr. Masterfield herzlich. „Warum nicht?"
„Ausgezeichnet", sagte Mr. Claybury vergnügt.
Und dann erzählte er seine Geschichte – Banot hätte sie nicht besser erzählen können.

George und Jerry hingen an dem Wegweiser und sangen laut und falsch ein Lied von einem gelben Unterseeboot, als plötzlich ein merkwürdiger kleiner Mann vor ihnen auftauchte.
„Ob ihr zwei mir wohl einen Gefallen tun könnt?" fragte er.

Sie hörten zu singen auf und kniffen jeder ein Auge zu, um den kleinen Mann zu betrachten. Seine Kleidung verschwamm im Mondlicht. Sie konnten nur soviel erkennen, daß er blonde Haare und einen blonden Bart hatte – und daß er sie auslachte. Jerry fand das ungehörig und reckte sich zu seiner ganzen, eindrucksvollen Größe. Leider vergaß er dabei, den Wegweiser loszulassen, und riß ihn aus dem Boden. Mit vereinten Kräften versuchten George und Jerry, ihn wieder hineinzustecken. Aber es wollte ihnen nicht gelingen. Schließlich nahm der kleine Mann die Sache in die Hand. Er sagte ein paar seltsame Worte zu dem Wegweiser, und dieser rührte sich nicht mehr vom Fleck.

„Ich glaub, er zeigt jetzt verkehrt rum", sagte George. Aber das störte niemanden besonders.

Inzwischen hatte Jerry mit dem kleinen Mann bereits dicke Freundschaft geschlossen. „Nun, kleiner Max", sagte er und schlang seinen freien Arm um ihn. „Wolltest du nicht, daß wir dir einen Gefallen tun?"

„Stimmt", sagte der kleine Mann. Er zeigte auf etwas jenseits der Hecke, was dort in der Gegend herumstand. „Ob es euch wohl sehr viel ausmachen würde, den Stein für mich zu versetzen?"

Jerry lachte, daß George der Kopf dröhnte. „Hoppla, George! Max will, daß wir den Richtblock dort versetzen."

„Ohne mich", sagte George. Er wurde schläfrig. „Mit so blutigen Dingern will ich nichts zu tun haben."

„Sei nicht albern. Er ist seit Jahrhunderten nicht mehr benutzt worden. Schau ihn dir doch an."

Max half George auf die Beine. Als er es endlich geschafft hatte und George aufrecht stand, konnte man sehen, daß beide ungefähr

gleich groß waren. Max war nicht wirklich kleiner, er *schien* es nur zu sein.
George sah zu dem Hügel hinüber, auf dessen Kuppe ein großer Stein emporragte. Im Mondlicht wirkte er etwa halb so groß wie ein Heuschober. „Den können wir nicht versetzen", sagte George.
„Würdet ihr es versuchen, wenn ich euch eine Belohnung dafür gebe?" fragte Max.
George war auf einmal putzmunter. „Und das wäre?"
„Diesen Ring." Max faßte sich mit beiden Händen an den Hals. Soviel sie sehen konnten, trug er überhaupt keinen Ring. Auch Max schien das zu bemerken und ließ verlegen die Hände wieder sinken.
„Ich gebe euch einen Ring aus purem Gold", versicherte er.
„*Gold* sagst du?"
„Ja, einen goldenen Halsring", sagte Max.
„Er ist zu groß", sagte Jerry, der über die Sache nachgedacht hatte. „Auch für eine ganze Goldgarnitur könnten wir ihn nicht versetzen. Dazu brauchten wir einen Bulldozer."
In dem Augenblick hatten Jerry und George dieselbe großartige Idee.
„Meinst du, das geht?" sagte George.
„Das wäre ein Riesenspaß", sagte Jerry. „Und eigentlich haben wir ja noch gar nichts angestellt, oder?"
„Die Nacht ist noch lang", meinte George. „Kommt." Und damit machten sie sich zu dritt auf den Weg.
„Wir müssen dringend etwas anstellen", erzählte George Max. „Wir haben heute Polterabend gefeiert, denn Jerry heiratet morgen. Armer Narr, findest du nicht?"
Max fand das überhaupt nicht. „Wenn ihr den Stein versetzt", sagte er, „heirate ich morgen auch."

George und Jerry konnten sich nicht genug über die Hochzeitsbräuche wundern, die in Max' Kreisen herrschen mußten, wenn vom Bräutigam verlangt wurde, daß er einen Felsblock versetzte.
Inzwischen waren sie bei Marsh End angelangt. Bekanntlich waren sie in dieser Nacht ja schon öfter dort gewesen. Und wie jedesmal sprang der Hofhund auf, zerrte an seiner Kette und stellte sich an, als wollte er sie bei lebendigem Leib auffressen. Aber Max sagte leise etwas zu ihm, worauf sich der Hund beruhigte und wieder hinlegte, einfach so. Jerry und George bückten sich nach Kieselsteinen und warfen sie an eins der Fenster im Obergeschoß.
Nach einer Weile ging das Licht an, und Marianne steckte ihren strubbeligen Kopf aus dem Fenster. „Doch nicht schon wieder ihr zwei!" schimpfte sie. „Verschwindet. Ich hab die Nase voll von eurem besoffenen Gegröle."
„Bitte, Marianne", flötete George. Und Jerry säuselte: „Wir möchten einen Traktor leihen."
„Jetzt seid ihr ganz übergeschnappt!" sagte Marianne. „Wenn ihr nicht auf der Stelle verschwindet, hole ich Dad, damit er euch heimleuchtet."
„Einen Tra-hakto-hor", sangen die beiden.
„Verduftet!" sagte Marianne, schlug das Fenster zu und machte das Licht aus.
„Was sagt man dazu!" empörte sich George.
„Der Alte sitzt noch im Wirtshaus", sagte Jerry, „wetten daß?" Und ging zielstrebig auf den Schuppen zu, in dem der Traktor stand.
George fiel ein, daß sie auch noch ein Seil brauchten. „Ketten", meinte Jerry, „sicher ist sicher." In einem Winkel der Scheune fand er, was er suchte.

George und Max warteten draußen am Tor, während Jerry versuchte, den Motor zu starten.
Mit unerwartetem Tempo kam der Traktor rückwärts aus dem Schuppen geknattert.
„Ihm nach!“ brüllte George.
Hinter ihnen im Haus gingen die Lichter an. Marianne schrie Zeter und Mordio. Der Hund, nun wieder er selbst, bellte aus Leibeskräften. Jerry rammte den Wegweiser, brach durch die Hecke, und dann ging's quer über das Feld. George und Max stolperten hinterdrein. Auf halber Höhe den Hügel hinauf kam er zum Stehen.
„Geschafft!“ triumphierte Jerry. „Und das im Rückwärtsgang!“
„Sagenhaft!“ keuchte George. „Hast du Augen im Hinterkopf?“
Jetzt mußten sie den Traktor an den Richtblock ketten. Schließlich waren George und Jerry mit ihrem Werk zufrieden. Sie hatten die Ketten so oft um den mächtigen Steinblock gewickelt, bis er wie in einem Kettenpanzer steckte. Sie hakten das Ende der Kette hinten am Traktor fest. Und jetzt waren George und Jerry mit einemmal stocknüchtern. Plötzlich fanden sie das Ganze gar nicht mehr komisch.
George betrachtete Max mißtrauisch. „Wer bist du überhaupt? Und warum liegt dir daran, den Stein zu versetzen?“ fragte er. „Da hast du uns was Schönes eingebrockt!“
„Wir müssen den Bauern besänftigen“, sagte Jerry. „Und meinen alten Herrn auch, fürchte ich. Von meiner lieben Verwandtschaft, die zur Hochzeit gekommen ist, ganz zu schweigen.“
„Eh wir noch einen Finger für dich krumm machen, zeig uns erst das goldene Schmuckstück, das du uns versprochen hast“, sagte George streng.

„Jawohl. Her damit! Beweis uns, daß du es ehrlich meinst", bekräftigte Jerry. „Sonst rücken wir diesen verdammten Felsen keine Handbreit vom Fleck."
„In Ordnung", sagte Max nach kurzem Nachdenken. „Aber ich muß es erst holen. Könnt ihr fünf Minuten hier warten?"
„Hoho!" sagte George. „So haben wir nicht gewettet, kleiner Mann."
„Ich habe nicht vor, mich aus dem Staub zu machen", sagte Max. Er schnallte das Schwert, das er an der Seite trug, los und legte es in Jerrys Hände. „Behalt es, bis ich zurück bin."
Sie betrachteten es prüfend und stellten fest, daß man dafür in einem Antiquitätenladen einen hübschen Preis erzielen konnte. George nickte. „Okay. Ein angemessenes Pfand", sagte Jerry.
Max rannte los, im Mondlicht war nicht genau auszumachen, wohin. Plötzlich war er wie vom Erdboden verschluckt.
Sie warteten und warteten und glaubten schon, daß er ihnen entwischt sei, als er wie aus dem Nichts wieder auftauchte.
„Hier", sagte er triumphierend. Was Max nun ins Mondlicht hielt, war der schönste und kostbarste *Torques*, den sie je gesehen hatten. Er war nicht nur aus purem Gold. Er war aufs kunstvollste geschmiedet und zu feinen, geheimnisvollen Mustern verschlungen. George und Jerry streckten gleichzeitig die Hand nach dem hufeisenförmigen Ring aus. Max trat einen Schritt zurück. „Erst wenn der Stein versetzt ist", sagte er.
„Ehrensache", sagte George. „Jerry, wirf den Traktor an. Wohin, Max?"
„Auf den Hügel da drüben."
In Sekundenschnelle hatte Jerry den Traktor gestartet. Die Ketten

spannten sich knirschend. Der Traktor heulte. Er rüttelte. Ein paarmal drehten seine großen Hinterräder durch. Aber der Stein, in den Ketten fest verankert, bewegte sich. Er polterte den Hügel hinunter. Max feuerte ihn mit merkwürdigen Lauten an. Auch George rief ihm aufmunternde Worte zu. So kroch der Stein wie eine riesige Schnekke schwerfällig ins Tal hinunter.
Dann – und das war von allem das merkwürdigste – spürte George einen kalten Luftschwall und ein Schwirren hinter sich. George und Max rissen gleichzeitig den Kopf herum, um zu sehen, was das war. Nichts, gar nichts war zu sehen. Von gedämpftem Lachen und leiser Musik begleitet, schwirrte etwas Unsichtbares höher und immer höher in den Himmel hinauf. Auch Jerry hörte es. Er drehte sich um und rief: „Was war das? Ich könnte schwören, daß aus dem Hügel irgend etwas in die Luft aufgestiegen ist!"
George war genauso ratlos wie Max. „Keine Ahnung", sagte er, „Es hört sich an wie etwas, das froh ist, frei zu sein."
Jerry fuhr weiter. Der Stein polterte und kroch über das Feld und fast ohne Widerstand den anderen Hügel hinauf. Einen kurzen, kritischen Augenblick lang, als der Traktor schon halb oben und der Stein noch halb unten war, fand ein Kräftemessen statt. Aber George und Max stemmten sich gemeinsam mit dem Rücken gegen den Stein. Ein letzter Ruck, und er war oben.
Während George sich mit den Ketten abplagte, mußte der Austausch stattgefunden haben. Jerry gab Max das Schwert zurück und erhielt dafür von Max den goldenen Ring. Aber das war nur eine Vermutung, ganz sicher war George nicht. Überhaupt kam ihm das Ganze hinterher äußerst unwirklich vor. Keiner von beiden wußte, wie sie heimgekommen waren und was sie mit dem Traktor gemacht hatten.

Auf der Hochzeitsfeier gab es einen ordentlichen Krach. George und Jerry wußten keine andere Erklärung, als daß sie schrecklich betrunken gewesen waren. Sie hätten geschworen, das Ganze sei ein Traum gewesen, wäre da nicht die Schleifspur quer über das Feld und den niedrigen Hügel hinauf bis zu dem Stein, der jetzt ein bißchen verwackelt und windschief da oben saß.

„Na", sagte Mr. Claybury, „was haltet ihr davon?"
Mr. Masterfield, der von allen am herzlichsten über die Geschichte gelacht hatte, wandte sich grinsend an Ayna.
„Wem gehört denn nun dieser strittige Halsring?" fragte er.
Auf diese direkte Frage mußte Aynas Gabe antworten. Niemand und nichts hätte sie aufhalten können. „Der Ring gehört keinem der beiden", sagte sie. „Er kehrt dorthin zurück, von wo er gekommen ist, damit der Fluch von ihm genommen werde."
Mr. Claybury starrte sie verblüfft an. „Du meinst das ernst, nicht wahr?" sagte er. Einen Augenblick lang hatte Ayna das Gefühl, als stelle er eine Verbindung zwischen ihr und dem kleinen Mann in seiner Geschichte her. Doch er sagte nichts. Ceri war so müde, daß er nur den einen Wunsch hatte, ins Bett zu gehen. Wann fingen die anderen endlich an, mit Mr. Claybury über das Moor zu reden? Niemand hatte bisher die Sache mit einem Wort erwähnt.
Lächerlich, dachte Ceri. Mr. Claybury muß doch wissen, warum er eingeladen worden ist. „Mr. Claybury", platzte er heraus, „wir wollen nicht, daß das Moor überschwemmt wird. Das kann ... Das darf einfach nicht geschehen!"
Mr. Masterfield warf Ceri einen finster zurückweisenden Blick zu. Mr. Claybury jedoch atmete erleichtert auf.

„Ich bin froh, daß der Knirps die Frage angeschnitten hat, Jerry", sagte er. „Das gibt mir Gelegenheit, meinen Standpunkt klar und unmißverständlich darzulegen. Ich werde keine Handbreit davon abrücken, und wenn wir die ganze Nacht darüber diskutieren!"

„Also?" sagte Mr. Masterfield zähneknirschend.

„Ich weiß doch", begann Mr. Claybury, „was ihr alle, jeder auf seine Art, mir sagen wollt: Mach dieses Moor nicht zu einem Reservoir, weil hier Leute leben. Stimmt's?"

„Genau so ist es!" rief Ceri aufgeregt. „Sogar noch viel mehr Leute, als Ihr denkt."

Mr. Claybury sah ihn nachdenklich an. „Nun ja", sagte er, „aber jetzt überleg mal, wie viele Leute *nicht* hier leben. Nämlich über fünfzig Millionen."

Ceri und Gair rissen die Augen auf. Unvorstellbar, daß es so viele Riesen geben sollte. Mehr als Sterne am Himmel!

„Und diese Zahl nimmt mit jedem Jahr zu", fuhr Mr. Claybury fort. „Eines Tages werden die natürlichen Flüsse und Seen nicht mehr ausreichen, um den Wasserbedarf zu decken. Bedenkt mal, daß der durchschnittliche Wasserverbrauch pro Kopf für Trinken, Waschen, Kochen und so weiter vierzig Liter täglich beträgt – und das ist die Mindestmenge, der tatsächliche Verbrauch liegt bedeutend höher! Das Wasser muß ja irgendwo herkommen. Also mußte sich mein Ministerium nach einem Gebiet nicht zu weit von London entfernt umsehen, wo wir einen Wasservorrat von einigen Millionen Hektoliter anlegen können. Es muß ein Landschaftsgebiet sein, das sich leicht in einen See verwandeln läßt. Das Moor ist besonders geeignet, weil es von einer Hügelkette umgeben und weniger dicht besiedelt ist als andere Gegenden. Wir haben ganz Südengland wie mit einem Läusekamm durchkämmt und sind zu dem Schluß gekommen, daß das Moor die *einzige* Möglichkeit ist."

Gair müßte jetzt von seinem Volk und den Tümplern erzählen. Mr. Claybury und Mr. Masterfield hatten Gest getroffen. Sie würden Gair bestimmt glauben. Doch dann müßte er ihnen auch reinen Wein bezüglich des Ringes einschenken. Er müßte eingestehen, daß sein Vater – vielleicht sogar wissentlich – zwei harmlosen Riesen ein schrecklich böses, unheilvolles Ding gegeben hatte.

„Aber warum sollen ein paar Leute ein so großes Opfer bringen", sagte er vorsichtig, „damit viele Leute überhaupt kein Opfer bringen müssen?"

„Alle Leute sollten ein bißchen weniger Wasser verbrauchen", schlug Ayna vor.

Mr. Claybury schüttelte lächelnd den Kopf. „Das ist der letzte Ausweg. Es ist ein sehr alter Grundsatz: größtmögliches Glück für eine größtmögliche Anzahl von Leuten. Denkt einmal darüber nach. Es läuft immer darauf hinaus, daß eine Minderheit für die große Mehrheit Opfer bringen muß."

„Der Junge hat recht", sagte Mr. Masterfield heftig. „So leicht darf man sich die Sache nicht machen."

„Ich weiß", lenkte Mr. Claybury ein. „Glaub mir, ich liebe das Moor. Ich habe eine schöne Zeit hier verbracht. Das ist einer der Gründe, warum ich heute gekommen bin. Ich wollte es noch einmal sehen, bevor es für immer verschwindet. Aber ich weiß keine andere Lösung. Was soll ich also tun, Jerry?"

Die beiden Riesen sahen sich an. Gair beobachtete sie. Nur der verfluchte Ring konnte daran schuld sein, daß ein Freund des anderen Land überschwemmen wollte. Eigentlich müßten sie einander hassen. Aber irgendwie hatte Mr. Claybury mit seiner Geschichte das Eis gebrochen und den pulsierenden Fluch ausgeschaltet. Die beiden mochten sich noch immer.

Mr. Masterfield sagte: „Kannst du wirklich keine andere Wasserquelle erschließen?"

„Wenn ich das könnte", sagte Mr. Claybury, „würde ich es tun. Wenn heute oder morgen – oder in einer Woche – jemand zu mir kommt und mir eine andere Lösung anbietet, würde ich keine Sekunde zögern. Ohne mit der Wimper zu zucken, würde ich alle Pläne rückgängig machen. Das ist ein Versprechen, Jerry. Aber es gibt keine andere Lösung. Ich weiß es. Du müßtest schon ein Fisch oder so etwas sein, um von Wasser mehr zu verstehen als ich."

Gerald riß den Kopf hoch. „Mr. Claybury, ist das Ihr Ernst? Wenn ich Ihnen sage, wie Sie anderswo Wasser herbekommen können – würden Sie die Pläne rückgängig machen?"

„Sofort", sagte Mr. Claybury. „Vorausgesetzt, du hättest recht."

„Geh jetzt ins Bett, Gerald", sagte Mr. Masterfield gereizt. „Und nimm deine Freunde mit."

Gerald gehorchte. Er sagte gute Nacht und zog sich mit Brenda und den drei Geschwistern in die Küche zurück. Ein unheimlich lauter Zauberkasten spülte das Geschirr und verbrauchte kostbares Wasser, wie Brenda bitter bemerkte. Ayna, Gair und Ceri waren müde und niedergeschlagen. Ayna hatte das Gefühl, ihre besten Kräfte nutzlos vergeudet zu haben.

Gerald versuchte, sie zu trösten und ihnen Mut zu machen. Er versprach, dafür zu sorgen, daß sein Vater sie am Morgen zu Gest brachte. Ceri mußte nur sagen, wohin. „Aber versprecht mir, daß ihr mir auch helft", sagte er. „Ich habe eine Idee, und ich brauche eure Hil-

auch helft", sagte er. „Ich habe eine Idee, und ich brauche eure Hilfe." Sie versprachen es. Brenda wollte gleich in der Früh wiederkommen.

„Nun seht euch das an! Es regnet!" sagte Brenda, als sie die Hintertür öffnete. „Der viele Regen in diesem Land verwandelt uns noch alle in Tümpler. Wohin soll das noch führen?"

12. Kapitel

Sie schliefen lange in den weichen Riesenbetten und erwachten am hellen, regengesprenkelten Vormittag. Über Nacht waren ihre Kleider getrocknet und etwas eingelaufen, vor allem die Schuhe. Dennoch schlüpften sie erleichtert hinein, froh, wieder sie selbst zu sein. Dann gingen sie die Treppe hinunter. Ayna kam es so vor, als ob Mr. Claybury sie durchdringend musterte. Aber er und Mr. Masterfield hatten es eilig. Sie wollten zu einer Fahrt über das Moor aufbrechen. Sie schienen die besten Freunde zu sein. Auch Tante Mary fuhr weg, in die Kirche, wie sie sagte. So kam es, daß sie allein beim Frühstück saßen, als Brenda kam.

Gair hatte den Kopf voll wirrer Gedanken. Er war froh, daß er Gest noch nicht sehen mußte. Gleichzeitig hatte er deshalb ein schlechtes Gewissen. Es ging ihm nicht aus dem Sinn, wie Mr. Claybury dem Fluch entgegengewirkt hatte. Gair fand, daß die Riesen seinen eigenen Leuten da etwas voraus hatten. „Was macht ihr Riesen“, fragte er, „damit ihr keine Feinde mehr seid?“

Sie verstanden ihn nicht sofort. „Wir reden“, sagte Gerald schließlich. „Friedenskonferenzen, Gipfelkonferenzen, Vermittlungsgespräche, Gespräche unter vier Augen … Reden und wieder reden.“

„Und nützt das auch etwas?" fragte Ceri.
„Ich glaube, es verhindert manchmal große Kriege", antwortete Gerald nach kurzem Zögern.
„Die ganze Rederei mit dem alten Claybury war aber für die Katz", behauptete Brenda.
„Genau", sagte Gerald. „Wie wäre es, wenn wir mit dieser anderen Sippschaft reden, die will, daß das Moor überschwemmt wird?"
„Den Tümplern?" fragte Brenda. „Wozu?"
Gerald sagte, zu Gair gewandt: „Hast du mir nicht erzählt, die Tümpler hätten es geschafft, dieses – wie heißt es noch – Otmound zu überfluten? Bedeutet das nicht, daß sie irgendwo einen Wasservorrat haben müssen?" Gair nickte. „Wenn wir mit ihnen reden", fuhr Gerald fort, „lösen wir vielleicht das Wasserproblem und verhindern damit einen Krieg. Wir müssen es nur richtig anfangen. Im Graben draußen sind mindestens neun Tümpler, die auf euch lauern. Fällt dir etwas ein, wie wir sie rauslocken könnten, um mit ihnen zu reden?"
„Ich glaube, da machst du dir falsche Hoffnungen", warf Brenda ein. „Die Tümpler sind ihre Todfeinde. Und vergiß nicht, daß du einen von ihnen angeschossen hast."
Gerald machte ein trotziges Gesicht. Aber Gair strahlte plötzlich. Er hatte eine tolle Idee. „Ich kann einen Tümpler fangen", sagte er. „Ich muß nichts weiter tun, als mich auf die Brücke setzen und warten, daß mich einer schnappt. Ihr andern könnt euch hinter der Hecke verstecken und den schnappen, der mich schnappt."
„Und dann mit ihm reden!" Gerald nickte begeistert. „Bravo, Gair!"
Natürlich war es gefährlich. Der Tümpler könnte Gair ja wirklich

schnappen. Und was wäre, wenn er die Gestalt wechselte, sobald er merkte, daß sie ihn reinlegen wollten? Sie überlegten hin und her und versuchten, Ceri zu überreden, dem Tümpler im entscheidenden Augenblick einen Gedanken zu schicken.

„Es ist wirklich nicht schlimm, wenn du dieses eine Mal dein Versprechen brichst", sagte Ayna. „Aber darum geht's dir ja gar nicht. Du hast bloß Angst."

„Stimmt", gab Ceri freimütig zu.

„Heute ist SONNTAG. Du mußt keine Angst haben", sagte Ayna.

„Was hat der Sonntag damit zu tun?" fragte Gerald.

„Das ist unser Tag", erklärte Ceri unwillig. „Die Sonne ist auf unserer Seite. Also gut. Ich tu es. Aber ich hab trotzdem Angst."

Auch Gair hatte Angst, als er auf die Brücke hinausging. Angst, obwohl SONNTAG war. Und trotz der Wäscheleine, die er sich um den Bauch gebunden hatte. Das andere Ende hielt Gerald, hinter der Hecke verborgen, fest. Aus dem Augenwinkel sah er, wie Gerald die Leine um den Torpfosten wickelte. Er fühlte sich nicht richtig sicher. Er konnte nicht schwimmen, und wenn er ins Wasser fiel, war alles aus. Niemand von seinen Leuten konnte schwimmen. Vorsichtig setzte er sich auf den Brückenrand. Seine Füße mit den eingeschrumpften Stiefeln baumelten knapp über dem blauen Geflimmer und den torfigbraunen Schatten des Wassergrabens.

Gair guckte sich um, als bewunderte er den schönen, frischen Morgen. Er sah weit und breit nichts Tümplerisches.

„Sie sind nicht mehr da!" hörte er Brenda laut flüstern.

„Pst! Sei still!" zischte Gerald.

Nichts geschah.

Gair schaute ins Wasser hinunter. Es war tief, dunkel und undurchdringlich, so unheimlich wie die Tümpler selbst. Was es einmal in seiner Gewalt hatte, gab es nicht wieder her.

Er riß seinen Blick los und schaute an der dunklen Mauer des Hauses hoch. Der Ring fiel ihm wieder ein, der Grund allen Übels, der Grund, weswegen er hier saß. Er spürte ihn dort drinnen liegen. Und ausgerechnet diesem bösen Ding verdankte er es, daß seine Gabe ans Licht gekommen war. Eigentlich, überlegte er weiter, eigentlich hatte sich dadurch nichts geändert. Er hatte sie schon immer gehabt, ohne es zu wissen ...

Etwas schnellte aus dem Wasser.

Gair fuhr herum und sah gerade noch an den verschwimmenden Kreisen, ein paar Armlängen von der Brücke entfernt, daß dort etwas in die Tiefe tauchte. Er wartete, gespannt wie eine Katze. Auch die anderen hatten es gesehen. Er hörte Brendas aufgeregtes Schnaufen. Der Fisch sprang wieder – wenn es ein Fisch war. Und diesmal war er näher.

Die Kreise verliefen sich. Die Oberfläche lag wieder glatt und unbewegt da. Lange Zeit geschah nichts mehr. Gair mußte seine Augen reiben, weil sie vom angestrengten Starren schmerzten. Während er sie rieb, kam Bewegung in das Wasser unter ihm. Es sprudelte und türmte sich zu einem kleinen Hügel. Ein grauer Schatten war zu erkennen. Eine lange dünne Hand reckte sich und schloß sich um Gairs Knöchel.

Um ein Haar hätte es der Tümpler geschafft, ihn ins Wasser zu ziehen. Immer noch hielt er Gairs Bein gepackt. Schon drang kaltes Wasser oben in die Stiefel. Da wachte Gair aus seiner Benommenheit auf. Er schrie. Gleichzeitig spürte er einen Ruck an der Leine. Er rollte seitwärts auf die Brücke und griff mit einer Hand ins Wasser.

Seine Finger bekamen etwas Glitschiges zu fassen. Er zerrte und zog mit aller Kraft. Das Wasser brodelte und schäumte. Aber er hielt eisern fest, was er gepackt hatte. Am Zittern der Brücke merkte er, daß Brenda im Anmarsch war. Doch ehe sie bei ihm ankam, hatte er den grauen Körper schon mit einer Hand halb aus dem Wasser gezerrt. Wie schwach Tümpler doch waren! Brenda hatte ihn im Nu auf der Brücke oben. In der nächsten Sekunde war es kein Tümpler mehr, sondern ein meterlanger grüner Hecht, der schnappte und sich wand und ihnen fast wieder entglitt. Brenda warf sich über ihn.
„Ceri!" brüllte Gair.
Ceri stand schon bereit, weiß vor Konzentration.
Der Hecht stieß einen durchdringenden Schrei aus und verwandelte sich augenblicklich in den Tümpler zurück, ohne die üblichen Auflösungserscheinungen. Eine Welle kalter Luft brandete zwischen ihm und Ceri, und der Tümpler schrie wieder. Vielleicht tat es weh, wenn man sich so schlagartig verwandelt, schoß es Gair durch den Kopf. Aber niemand hatte Zeit, sich darüber Gedanken zu machen. Der Tümpler, obwohl nicht viel größer als Ayna und leichter als Ceri, kämpfte wie ein Tiger und schrie verzweifelt um Hilfe.
„Hafny! Hilfe!" schrie er. „Sie halten mich fest!"
Brenda und Ayna konnten ihn auf der nassen und schlüpfrigen Brükke kaum noch bändigen. Schließlich kam ihnen Gerald zu Hilfe. „Mach die Leine los!" schrie er Gair zu. „Sonst landen wir noch alle miteinander im Wasser!" Dann kniete er sich über den Tümpler und hielt ihm die Arme fest, damit er nicht mehr um sich schlagen konnte.
„Schafft ihn ins Haus, bevor noch mehr kommen", sagte Gair, der gehorsam die Wäscheleine ablegte.

Zu spät. Wieder wallte das Wasser auf, diesmal in Ufernähe. Glitzernde graue Hände tasteten nach den Steinen an der Böschung, und ein zweiter dünner, silbriger Leib glitt ans Ufer. Er hockte am Rand des Grabens und starrte zur Brücke herüber, während das Wasser in kleinen Bächen von ihm ablief.
„Sitz nicht bloß da!" rief der gefangene Tümpler, der sich unter Geralds Händen wand. „Tu schon was!"
„Was soll ich denn tun?" fragte der andere Tümpler nicht gerade hilfsbereit.
Der Gefangene heulte vor Zorn. „Schwachkopf! Geh und sag's jemandem. Schnell! Bevor sie dich auch noch festhalten!"
„Ceri!" sagte Ayna.
„Ich hab's schon getan", sagte Ceri.
„Ich kann nicht", rief der Tümpler vom Ufer.
„Tu, was ich dir sage!" brüllte der Tümpler auf der Brücke und versuchte Gerald zu beißen.
„Aber ich krieg Prügel, wenn ich sage, was wir gemacht haben", zeterte der andere. „Du weißt, daß sie uns streng verboten haben, in diesen Graben zu gehen."
„Wechsle die Gestalt, du Schwachkopf!"
„Ich kann nicht! Sie halten mich fest."
„Dann spring in den Graben!"
„Jetzt noch nicht, das hat keinen Zweck."
„Spring ruhig! Ich kann nämlich *auch* schwimmen, weißt du", sagte Gerald freundlich.
„Ja, ich weiß – wie ein Fisch auf dem Trockenen. Ich hab dich gesehen", höhnte der kleine Tümpler, ohne Brenda aus den Augen zu lassen. Brenda pirschte sich von der Seite heran, nicht sehr geschickt,

aber sie kam näher. Der Tümpler sah mit seinen gelben Augen wachsam zwischen ihr und der Brücke hin und her. „Was habt ihr vor?" fragte er. „Wenn ihr uns tötet, wird unser Volk euch töten."
„Wir wollen euch nicht töten", sagte Gair.
„Wir wollen mit euch reden", sagte Gerald.
„Worüber?" fragte der kleine Tümpler rückwärtsgehend.
„Über die Überschwemmung des Moors", antwortete Gair.
„Damit haben wir nichts zu tun. Genausowenig wie ihr", sagte der größere Tümpler. Er leistete jetzt keinen Widerstand mehr, und Gerald lockerte seinen Griff. „Ihr ..."
„Halt den Mund, Halla!" rief der kleine. Er war nun dicht genug am Wasser, um sich hineinplumpsen zu lassen. „Angenommen, ich bin bereit, mit euch zu reden. Was dann?"
„Kommt mit uns ins Haus. Dort können wir alles in Ruhe besprechen", sagte Gerald.
Die beiden Tümpler wechselten einen Blick.
„Wenn wir uns dazu bereit erklären", sagte der kleinere, „seid *ihr* dann bereit, den Gedanken von uns zu nehmen, damit wir wieder die Gestalt wechseln können?"
„Nein!" kam es fünffach zurück. Gair fügte hinzu: „Aber wir versprechen euch, daß wir es tun, wenn wir mit euch geredet haben."
„Versprecht ihr's bei den DREI MÄCHTEN?" fragte der größere Tümpler. „Und bei SONNE und MOND und den seltsamen Göttern der Riesen?"
„Ja", sagten sie im Chor. Und Gerald fragte: „Ist das alles?"
Der kleine Tümpler ließ nicht locker. „Aber wenn wir mit euch gehen, bedeutet das, daß wir euch wehrlos ausgeliefert sind. Versprecht ihr, auf Zauberei zu verzichten?"

„Wir können gar nicht zaubern", sagte Gair, und Gerald ergänzte: „Und *wir* erst recht nicht."

„Natürlich könnt ihr zaubern", widersprach der kleine Tümpler. „Trickser gebrauchen Worte und Gedanken und Riesen übernatürliche Kräfte und Sachen, die ganz von selbst was tun. Wenn ihr damit ankommt, ist das unfair."

Gair und Gerald schauten sich an. Gerald zuckte die Schultern. „Das meiste hat nichts mit Zauberei zu tun. Aber wenn ihr wollt, verzichten wir darauf. Kommt ihr jetzt mit?"

Zur allgemeinen Überraschung sagte der kleine Tümpler: „Ja. Einverstanden."

„Hoffentlich weißt du, was du tust, Hafny", sagte der größere. „Also gut. Ich komme auch mit. Jetzt laß mich endlich los."

Gerald ließ ihn los, und sie marschierten ins Haus. Gerald führte sie ins Eßzimmer.

In dem großen Raum wirkten die zwei Tümpler noch kleiner und dünner als vorher. Sie standen dicht nebeneinander, die Augen vor Staunen weit aufgerissen. Gair stellte überrascht fest, daß die silbergraue Schicht, die ihren Körper bedeckte, jetzt vollkommen trokken schien. Und sie war an den Gelenken ein bißchen ausgebeult und zerknittert.

„Wie mein Tauchanzug", stellte Gerald fest. „Bloß daß der aus Gummi ist."

„Gummi taugt nichts", sagte Hafny. „Er macht nicht mit, wenn man von einer Gestalt in die andere schlüpft."

„Riesen können auch nicht von einer Gestalt in die andere schlüpfen, du Dummrian", sagte Halla.

Hafny war beschämt. Eine blasse Röte färbte sein weißes Gesicht.

„Sollen wir uns mit Namen vorstellen?“ fragte Ayna förmlich.
„Unsere kennt ihr ja schon“, sagte Halla.
„Und ich kenne die Namen der Riesen“, setzte Hafny hinzu. „Brenda und Gerald. Und“, er deutete auf Gair, „deinen kenne ich auch.“
Ayna stellte sich schützend vor Gair und fragte scharf: „Wie hast du seinen Namen erfahren? Wehe, du wagst es, ihn zu mißbrauchen!“
„Ich kenne seinen Namen seit Wochen“, sagte Hafny. „Aber habt ihr ihn etwa schon aus meinem Mund gehört?“
Brenda und Gerald begriffen überhaupt nicht, wovon sie redeten. „Was habt ihr bloß mit den Namen? Er kennt unsere, und wir kennen eure. Was soll das Ganze?“
„Ihr Riesen seid unglaublich dumm“, entfuhr es Ayna, „so mit euren Namen rumzuschmeißen.“
„Man darf seinen Namen nicht dem Feind preisgeben“, erklärte Ceri. „Stellt euch vor, der Feind verwünscht ihn. Das können sogar die Tümpler.“
„Sogar die *Tümpler*!“ empörte sich Halla. „Untersteht euch, uns so zu nennen, ihr elenden kleinen Trickser.“
„*Trickser*!“ sagte Ayna. „Hör zu ...“
Gerald brach in schallendes Gelächter aus. „Diese Unterhaltung kommt mir doch sehr bekannt vor!“
„Genau“, sagte Brenda.
Auch Gair fand, daß sie keine Zeit zu streiten hatten, und sagte deshalb energisch: „So geht das nicht. Wir haben euch reingeholt, um mit euch zu reden.“
„Ihr wolltet das, nicht wir“, sagte Halla kühl.
„Aber wir haben zugestimmt“, lenkte Hafny ein.
„Und wie ihr mich gefangen habt? Wie war das?“ fauchte Halla.

„Das war einzig und allein deine eigene Schuld. Was hast du dir dabei gedacht, am SONNTAG einen Trickser ertränken zu wollen", gab Hafny zurück. „Ich hab dich gewarnt. Und ich hab dir gesagt, daß einer von denen", er zeigte auf Gair, „verdammt schlau ist. Er ist gestern entkommen und hat dich heute glatt überlistet. Wie du siehst, hatte ich recht." Hafny schaute Gair an. Man merkte, wie er es vermied, Gairs Namen auszusprechen.

Gair wollte seinen guten Willen zeigen. „Mein Name ist Gair", sagte er förmlich. „Ich hab mich als Köder auf die Brücke gesetzt."

Halla verzog beleidigt den Mund. Hafny dagegen lachte sein dünnes, zischendes Tümplerlachen. „Was hab ich gesagt!" Dann deutete er etwas ratlos auf den Eßtisch. „Wollt ihr, daß wir uns da hinsetzen und reden?"

„So war es gedacht", sagte Gerald.

Etwas unsicher ging Hafny auf einen Stuhl zu. Aber bevor er sich niedersetzte, faßte er sich mit beiden Händen an den Nacken, öffnete einen Schließhaken und zog seine silbergraue Kopfbedeckung ab, nicht viel anders als eine Badekappe. Darunter kam sein Haar zum Vorschein – es hatte die Farbe von dunklem Honig und war gelockt wie Ceris Haar –, und seine Ohren waren nur ein klein wenig spitzer als Gairs Ohren. Trotz seiner eigenartigen goldgelben Augen wirkte er mit einemmal nicht mehr so fremd. Als nächstes trennte er das Oberteil seines silbergrauen Anzugs auseinander. Unter der offenen Jacke schaute ein lederartiges Hemd hervor. Und jetzt sahen sie auch, daß Hafny einen blitzenden goldenen Ring um den Hals trug. Er war aus Grüngold und so herrlich gearbeitet, daß sie wie gebannt darauf starrten.

Halla folgte murrend Hafnys Beispiel. Ayna hielt die Luft an, und Brenda stieß einen tiefen Seufzer der Bewunderung aus. Unter

Hallas Kappe fiel eine Fülle silberblonden Haars herab, so hell, daß Aynas Haare dagegen fast braun wirkten. Halla entpuppte sich als ein bildhübsches Mädchen. Über einer goldbestickten Bluse trug sie einen ebenso kostbaren Halsring wie Hafny. Gair kam sich ein bißchen dumm vor. Seit er denken konnte, waren Tümpler in seiner Vorstellung ausschließlich männliche – oder vielmehr geschlechtslose – Wesen. Bis zu diesem Augenblick war ihm nie in den Sinn gekommen, daß es auch Tümplerfrauen und Tümplermädchen geben mußte. Daß die beiden Kinder waren, überraschte ihn weniger. Schon seit einer Weile ahnte er, daß Halla und Hafny nicht sehr alt waren. Jetzt konnte man erkennen, daß Hafny etwa in seinem Alter und Halla ungefähr so alt wie Ayna war. Sie waren nur unglaublich lang und dünn und – so groß wie die Riesen! Nur eins war Gair ein Rätsel. Wie kamen diese beiden in den Graben? Wo waren die neun erwachsenen Tümpler, die ihnen am Vortag gefolgt waren?
„Das sind ja bloß Kinder!" flüsterte Gerald Gair enttäuscht ins Ohr.
„Sie müssen bedeutende Eltern haben", flüsterte Gair zurück. „Schau dir die Ringe an."
„Du mußt es ja wissen", sagte Gerald zweifelnd und ging hinaus. Er brachte eine kleine Dose mit Keksen.
Alle setzten sich hin, und nach einigem Zögern nannten auch Ayna und Ceri ihre Namen. Brenda stopfte sich schnell einen Keks in den Mund, bevor sie sie den Tümplern anbot. Hafny lehnte ab. Halla nahm einen und kostete vorsichtig.
„Hafny!" sagte sie. „Es ist *süß*!"
Gleichzeitig mit Ceri streckte Hafny die Hand aus. „Darf ich?"
„Heißt das, daß ihr keine Süßigkeiten essen dürft?" fragte Brenda mit großen Augen.

„Nur an Festtagen“, sagte Hafny. Er knabberte genüßlich.
„Unter Wasser wächst nichts Süßes“, erklärte Halla.
Gerald wollte den Augenblick der Eintracht nutzen. „Hört zu“, sagte er. „Wir und unsere Freunde wollen verhindern, daß das Moor überschwemmt wird. Eure Leute wollen, daß es überschwemmt wird. Könntet ihr euch vorstellen, daß ...“
„Ihr Riesen macht doch die Überschwemmung“, platzte Halla heraus. „Ich habe euch schon gesagt, daß wir nichts damit zu tun haben.“
„Nicht alle Riesen“, stellte Gerald richtig.
„Die, die hier auf dem Moor wohnen“, sagte Gair, „wollen nicht, daß ihre Häuser und ihr Land überschwemmt werden, genausowenig, wie wir das für unsere Hügel wollen.“
Halla zuckte die Schultern. Schulterzucken schien eine besondere Eigenart der Tümpler zu sein. „Dann redet doch mit den anderen Riesen.“
„Das haben wir schon getan“, sagte Ayna. „Aber es gibt so schrecklich viele Riesen, die brauchen das Wasser zum Trinken. Der Riesenhäuptling hat uns erklärt, daß das Moor die letzte Rettung ist. Aber er hat gesagt, *wenn* es anderswo Wasser gibt, dann will er das Moor verschonen.“
„Zum Glück wird er keins finden“, sagte Halla. „Für uns ist es wichtig, daß das Moor überschwemmt wird, weil wir dringend mehr Lebensraum brauchen.“
„Könnt ihr denn nicht woanders leben?“ fragte Gair verzagt.
„Könnt *ihr* das nicht?“ gab Halla zurück.
„Nicht so leicht“, sagte Gair. Mühsam unterdrückte er seinen Ärger.
„Wir auch nicht“, sagte Halla.

„Und wir auch nicht“, sagte Gerald. „Warum braucht ihr soviel Platz?“
„Warum braucht *ihr* soviel Platz?“
Gerald seufzte. Ayna sagte ärgerlich: „Das führt zu nichts.“ Gair warf Hafny, der ungerührt Kekse knabberte und Halla reden ließ, einen fragenden Blick zu. Hafny zuckte die Schultern.
„Unser Volk lebt auf sehr engem Raum“, sagte er ruhig, „solange ich denken kann.“
„Drum ist das, was die Riesen vorhaben, ganz in unserem Sinn“, bekräftigte Halla. „Als wir davon hörten, haben wir beschlossen, die Trickser zu vertreiben. Die schlechten Brunnen in Garholt sind unser einziges Problem, aber sonst haben wir dort jetzt alles zur allgemeinen Zufriedenheit geregelt.“
„Zur allgemeinen Zufriedenheit!“ rief Ayna.
Gerald schüttelte den Kopf. „Weißt du, wie sich das anhört, was du sagst, Halla? Wie Zeitungspropaganda! Gleich wirst du behaupten, ihr hättet Garholt und Otmound nur besetzt, um dort nach dem Rechten zu sehen oder irgend so was.“
„Nun ja, ohne Trickser wäre es dort friedlicher“, fuhr Halla fort, ohne Gerald zu beachten. „Und daß wir Otmound überschwemmt haben, war reine Rache. Die Otmounder haben vor fünfzehn Jahren Flüchtlinge aus den Hallen der Könige überfallen, während sie friedlich übers Moor gezogen sind. Viele wurden damals getötet.“
„Aber wie ist das mit Garholt?“ fragte Ayna. „Wir haben euch nicht überfallen.“
„*Wie* habt ihr Otmound überschwemmt?“ wollte Gair wissen.
„Mit Pumpen“, antwortete Halla. „Es war schon seit Jahren geplant.“

„Woher habt ihr das Wasser genommen?“ fragte Gerald gespannt.
„Es war Sumpfwasser, das wir ohnehin immer aus unseren Hallen pumpen müssen“, erklärte Hafny. „Wir haben es zu den Brunnen von Otmound geleitet und in den Hügel gepumpt.“
„Aus euren Hallen gepumpt?“ fragte Gerald langsam. Die Sache war irgendwie enttäuschend und gleichzeitig verwirrend.
„Wartet mal!“ rief Brenda. „Ich hab geglaubt, ihr lebt im Wasser?“
„Nicht *im* Wasser. *Unter* Wasser“, sagte Hafny. „Wir atmen Luft“, fügte er hinzu. Natürlich. Sie konnten es ja selbst sehen, daß sie atmeten. Sie hatten eine Nase. Ihre Brust hob und senkte sich. Keine Spur von Kiemen oder sonst irgend etwas Fischähnlichem. „Wir müssen das Wasser aus den Hallen pumpen und Luft zum Atmen hereinlassen“, sagte Hafny abschließend. „Versteht ihr?“
Gair glaubte, daß er es verstand. Wenn das so war, dann hausten die Tümpler ähnlich wie sein eigenes Volk in den Hügeln, nur eben unter dem Mooresgrund. Er hätte sich gern mit Hafny darüber unterhalten, aber sie fingen schon wieder an zu streiten. Gerald sagte: „Wenn das so ist, dann müßt ihr ja gar nicht unter Wasser leben! Ihr könntet das Moor verlassen und irgendwoanders leben.“
„Nein, das können wir nicht!“ fuhr ihn Halla an. „Mein Volk wird sich nie von den Riesen herumkommandieren lassen. Ihr Riesen seid nichts anderes als schäbige, gewissenlose Räuber. Ihr stammt von Bären ab!“
„Unsinn!“ brummte Gerald.
„Und ihr von Fröschen!“ giftete Brenda.
Das reizte Halla noch mehr. Blasse Röte stieg ihr ins Gesicht, und ihre gelben Augen flackerten. „Unerhört! Das wagst du zu sagen, nachdem ihr uns das Land gestohlen habt! Erst verschmutzt ihr

unsere Seen und Flüsse, und dann erwartet ihr von uns, daß wir das Moor verlassen. Das würde euch so passen! Ich sage euch, wir haben ein Recht, hier zu leben. Wir waren die ersten Bewohner hier."

„Nein, das stimmt nicht", sagte Ceri. „Wir waren die ersten."

„Die Riesen haben *uns* das Land weggenommen!" trumpfte Ayna auf. „Aber wir sind trotzdem Freunde geworden."

Halla ließ sich nicht irremachen. „Typisch Trickser!" sagte sie. „Wenn ihr euch mit euren Feinden verbündet, so ist das eure Sache. Aber das ändert nichts daran, daß *wir* vor euch allen hier waren. Ihr seid gekommen und habt uns ins Wasser getrieben. Als dann die Riesen kamen und euch unter die Erde trieben, haben wir uns diebisch gefreut!"

„Wir haben euch nicht ins Wasser getrieben", sagte Ceri. „Ihr habt schon immer dort gelebt."

„Nein, du irrst dich", widersprach Hafny ernst. „Wir haben einmal zu Lande gelebt wie die Riesen."

Seine unerschütterliche Ruhe reizte Gerald. „Was soll ich deiner Meinung nach jetzt tun – etwa um Verzeihung bitten?" fragte er schnippisch. „Das alles liegt doch Jahrtausende zurück. Wir leben heute und jetzt. Wir alle haben ein Recht, auf dem Moor zu leben."

Gairs Ohren dröhnten. Er sah in lauter haßerfüllte Gesichter und bekam es mit der Angst zu tun. Gerald starrte Hafny an, Brenda und Ayna starrten Halla an. Und es spielte keine Rolle, daß Brendas Gesicht rund und rosig und Aynas Gesicht schmal und blaß war oder daß Halla gelbe und Ayna blaue Augen hatte. Das eine war ebenso ein Gesicht wie das andere.

„Habt ihr eigentlich schon bemerkt", sagte Gair, „daß wir alle gleichartige Geschöpfe sind? Ich meine, daß wir einander viel mehr

gleichen als – nun, sagen wir Hunde und Spinnen?" Sie betrachteten einander nachdenklich.
„Ich weiß, was du meinst", sagte Gerald.
„Wir haben alle fünf Finger", sagte Ceri. „Die der Riesen sind dicker und die der Tümpler länger, aber jeder hat fünf Finger an der Hand. Du meinst, im Grunde sind wir alle gleich?"
„Seid ihr Warmblüter?" fragte Gerald, zu Hafny gewandt.
„Natürlich", sagte Hafny.
„Aber daß sie in eine andere Gestalt schlüpfen können – wie ist das damit?" fragte Brenda. „Ich kann das nicht."
„Das habe ich mich auch schon gefragt", sagte Gair. „Macht ihr es durch Konzentration? Oder wie?"
Hafny und Halla schauten sich unschlüssig an. „Ich ... Ich glaube schon", sagte Hafny. „Es ist ein bißchen so wie – wie wenn man einen Arm oder ein Bein bewegt, mehr ist das nicht, wirklich."
„Nur schwerer", ergänzte Halla. „Man wird müde, wenn man lange in einer anderen Gestalt bleibt."
„Besonders, wenn man sich in etwas verwandelt, was größer ist als man selbst", sagte Hafny. „Ja, wahrscheinlich ist es so, man denkt konzentriert an etwas, und es geschieht."
„Wie ich bei der Gedankenübertragung", sagte Ceri.
„Genau das meine ich", sagte Gair. „Ceri, ich wette, du könntest deine Gestalt wechseln, wenn du die Gedanken auf dich selbst richtest."
Ceri starrte ihn mit offenem Mund an. „Das würde ich mich nie trauen."
„Du darfst nicht einmal mit dem Gedanken spielen!" rief Ayna. „Stell dir vor, du bleibst drin stecken!"

„Normalerweise bleibt man nicht stecken", beruhigte Hafny sie.
„Er ist eben doch anders als du", entgegnete Ayna ärgerlich.
„Aber ja – irgendwie schon", sagte Gerald. „Das ist es doch, worauf Gair hinauswill. Es gibt Geschichten von Menschen – Riesen, die sich zum Beispiel in – äh – Werwölfe verwandeln können. Und es heißt, einige – Riesen können in die Zukunft sehen, ein bißchen wenigstens ..."
Hafny schnitt Gerald das Wort ab. „Tut mir leid", sagte er, „wichtiger als die Gemeinsamkeiten sind die Unterschiede zwischen uns." Nicht unfreundlich, aber bestimmt fuhr er fort: „Riesen, Trickser und wir – wir alle sind ganz verschieden und wollen verschiedene Sachen. Versucht doch mal, uns zu verstehen. Vor ungefähr fünfzehn Jahren haben sich Gebiete im Westen, Hallen der Könige genannt, mit Wasser gefüllt. Wo Luft hätte eindringen sollen, drang Wasser ein, und niemand konnte es hinauspumpen. Also mußten alle, die dort wohnten, wegziehen. Zu Tausenden kamen sie hierher."
„Wie groß sind diese Hallen?" unterbrach ihn Gerald.
„Ich bin nie dort gewesen", sagte Hafny vorsichtig, „aber ich glaube, sie sind riesig."
„Und wo sind sie?"
„Unter Kreidekalkhügeln", sagte Hafny. „Dadurch hat sich das Wasser gebildet – durch irgend etwas im Kalk. Soviel ich weiß, nennen die Riesen das Gebiet die Downs."
„Welche Downs? Berkshire oder Sussex?" fragte Gerald aufgeregt. „Und meinst du, daß dort viel Wasser ist?"
„Sehr viel", antwortete Hafny traurig. „Viele sind damals ertrunken." Dann wandte er sich an Gair. „Jetzt zu den Tricksern!"

„Wir hatten nichts mit dem Überfall auf die Flüchtlinge zu tun“, warf Ayna rasch ein.
„Das habe ich auch nicht behauptet“, sagte Hafny.
„Jetzt hör aber langsam auf“, warnte Halla ihren Bruder. Gair war inzwischen überzeugt, daß Halla und Hafny Geschwister waren.
„Laß mich“, sagte Hafny ärgerlich, „ich weiß schon, was ich zu tun habe. Ich muß ihnen die Wahrheit sagen. Das bin ich ihnen schuldig. Und du wirst mich nicht daran hindern.“
Er wandte sich an die Garholter. „Die verdorbenen Brunnen sind nur ein Vorwand, glaube ich. Mein Vater hat geschworen, keinen Trickser auf dem Moor am Leben zu lassen. Wenn ihr am Leben hängt, verlaßt das Moor lieber heute als morgen. Wenn nicht, werdet ihr getötet, noch ehe die Flut kommt. Sucht euren Vater und sagt ihm das.“
„Was ist *euer* Vater?“ fragte Brenda. „Häuptling oder was?“
Halla hob stolz das Kinn. „Er ist der König.“
„Ich bin platt!“ sagte Brenda.
„Halla“, sagte Hafny, „das hättest du ihnen lieber nicht verraten sollen.“
„Warum nicht?“
„Die lecken sich doch die Finger nach so wertvollen Geiseln!“
„Nichts da“, sagte Gerald ärgerlich. „Wir haben versprochen, euch gehen zu lassen.“
Gair betrachtete die Tümpler mit heimlichem Bedauern. Wirklich zwei prachtvolle Geiseln für ihn und sein Volk! Daß sie Königskinder waren, erklärte eine Menge. Es erklärte Hallas Hochnäsigkeit und Hafnys erstaunliche Selbstsicherheit. Und es erklärte ihre kostbaren Halsringe.

Aber eins erklärte es nicht – warum Hafny glaubte, daß er es ihnen schuldig sei, sie zu warnen.
„Warum sagst du uns das alles?" fragte Gair.
Hafny lächelte verlegen. „Ich bin eurem Vater Dank schuldig", sagte er. „Euer Vater hat mir einmal das Leben gerettet. Bei der Gelegenheit hab ich auch deinen Namen erfahren. Vielleicht erinnert ihr euch nicht mehr daran. Es war an dem Tag, als wir Otmound überschwemmt haben. Ihr wart auf der Jagd, und ich – na ja, ich hatte was ausgefressen und bin weggelaufen."
„Das macht er dauernd", sagte Halla, typisch ältere Schwester.
„Na und? Ich bin auch schon mal ausgerissen", sagte Gerald.
„Ich war fast die ganze Nacht auf den Beinen", fuhr Hafny fort, „und im Morgengrauen stieß ich auf eure Jäger und mußte mich im Teich verstecken. Ich blieb drin, solange ich den Atem anhalten konnte. Als ich wieder auftauchte, hoffte ich, daß die Luft rein sei, aber da sah ich euch beide – bis an die Zähne bewaffnet."
Gair und Ceri bekamen einen roten Kopf. „Das warst *du*?" platzte Ceri heraus. „Wir sind fast gestorben vor Schreck."
Hafny lachte. „Ich auch", sagte er. „Ich konnte keinen vernünftigen Gedanken fassen. Ohne zu überlegen, bin ich in die Gestalt eines Hirsches geschlüpft. Ich hatte solche Angst, daß mir im ersten Augenblick nichts Besseres einfiel. Ich dehnte mich aus, weiter und immer noch weiter, bis ich schließlich so hauchdünn war, daß ich mich nicht vom Fleck rühren konnte. Und noch immer seid ihr nicht weggerannt, im Gegenteil, ihr wolltet mich erlegen. Also verwandelte ich mich in einen Krieger. Aber ich war noch ganz schwach auf den Beinen. Ich brachte keinen Ton heraus – es ist sehr schwierig, etwas zu sagen, wenn man so übermäßig ausgedehnt ist. Deshalb ging ich

nur auf euch zu und betete zu den MÄCHTEN, daß ihr euch endlich aus dem Staub macht. Aber ihr dachtet gar nicht daran. Ihr wart einfach nervenzerfetzend schneidig. Und eh ich mich versah, war ich von euren Jägern umstellt. Ich glaubte schon, meine letzte Stunde hätte geschlagen. Es waren die schrecklichsten Sekunden meines Lebens. Und dann sagte euer Vater zu mir, ich sollte gehen. Ich kann nicht beschreiben, wie erleichtert und dankbar ich war! Damals hab ich mir geschworen, meine Dankbarkeit zu beweisen, wenn ich kann."

„Und seither bist du Gair auf Schritt und Tritt gefolgt, nehme ich an", sagte Halla.

„Nicht immer und überall", protestierte Hafny und schaute Gair verlegen an. „Hauptsächlich hier in der Nähe der Riesen. – Euch beobachten wir auch ein bißchen", fügte er, an Gerald und Brenda gewandt, hinzu.

Gair erinnerte sich, daß er sich die ganze Zeit beobachtet gefühlt hatte. Das Eichhörnchen fiel ihm ein, das er damals im Wald gesehen hatte.

„Wie Katz und Maus", sagte Gerald. „Warum zum Teufel konnten wir nicht schon früher miteinander reden?"

„Meinst du, es hätte was genützt?" fragte Hafny.

Nach einer nachdenklichen Pause sagte Ayna: „Wir haben überhaupt noch nicht über den Ring gesprochen."

13. Kapitel

„Was für ein Ring?" fragte Halla.

„Es ist ein Tümplerring", sagte Ceri. „Das steht fest. Es ist die gleiche Arbeit, und er hat ebenfalls Vogelköpfe an den Enden, genau wie eure Ringe." Und dann erklärte er, daß ein Fluch auf ihm lag und daß Gest ihn allem Anschein nach vor Jahren Geralds Vater gegeben hatte.

Die Tümpler sahen sich ratlos an. „Ich habe nie etwas von einem Fluch gehört", sagte Halla.

„Wo ist der Ring?" fragte Hafny.

„Hier im Haus!" antwortete Brenda schnell.

„Ich zeige ihn euch, wenn ihr wollt", fügte Gerald mit gespielter Gelassenheit hinzu.

„Also gut, zeig mal", sagte Hafny.

Sie folgten Gerald ins Arbeitszimmer. Halla und Hafny schauten sich genauso neugierig darin um wie Ayna und Ceri es gestern getan hatten. Der Frosthauch des Bösen, der von dem Ring ausging, kroch Gair in alle Glieder. Als Gerald die Schublade herauszog, mußte Gair sich an einer Sessellehne festhalten und die Zähne zusammenbeißen.

„Oh!“ rief Brenda, überwältigt von der Schönheit des Rings, seinem grünen Feuer und seiner handwerklichen Vollkommenheit. Sie streckte die Hand danach aus.
„Faß ihn nicht an!“ riefen die anderen wie aus einem Mund.
Brenda zog die Hand zurück. „Aber warum nicht?“ fragte sie verdutzt.
„Der Fluch würde über dich kommen“, sagte Halla. Auf sie und Hafny übte der Ring fast die gleiche Wirkung aus wie auf Gair. Beide hatten die Gesichter abgewandt, als könnten sie den Anblick des Rings nicht ertragen.
„Ja, er *ist* verflucht“, sagte Hafny, „und wie!“
Aus den Augenwinkeln schielten Hafny und Halla nach dem Ring.
„Hafny“, sagte Halla, „Eulen sind ein Wahrzeichen unserer Familie. Wem könnte der Ring gehört haben?“
„Keine Ahnung“, antwortete Hafny. Er war totenbleich geworden. „Ich glaube, es ist keine sehr alte Arbeit. Halla, hast du es noch nicht bemerkt? Dieser Raum muß genau über unseren Hallen sein.“
Halla schluckte. „Bei den MÄCHTEN! Dann ist er wohl auch an unserem Unglück schuld! Wo war er vorher?“
„In Otmound, glauben wir“, antwortete Ayna.
„Vater haßt Otmound“, sagte Halla nachdenklich.
„Wißt ihr, wie man ihn von dem Fluch befreien kann?“ fragte Gerald. „Ihr seid nämlich nicht die einzigen, denen er Unglück bringt.“
Die beiden Tümpler sahen sich ratlos an. „Ich weiß nur, daß man etwas, das fluchbeladen ist, nicht vernichten kann“, sagte Halla. „Man muß zuerst den Fluch bannen. Wie man das macht, ist eins der Geheimnisse, die nur unsere Sänger kennen. Wir könnten den Ring zu ihnen bringen ...“

„Nein!" sagte Hafny. „Weg damit. Mach zu. Gehn wir."
Gerald schubste die Lade zu. Auch er war blaß geworden. Fluchtartig verließen sie das Zimmer. „Ihr wollt jetzt sicher gehen?" fragte Gair auf dem Flur.
„Ja, bitte", sagte Halla. „Wenn ihr die Güte hättet, den Gedanken fortzunehmen."
Ceri konzentrierte sich, und Halla und Hafny wurden von einem Strudel kalter Luft verschluckt. Die anderen sahen sich verdattert um. Brenda trat beinah auf eine Maus, sprang mit einem Aufschrei zurück, da war eine zweite Maus ...
„Ihr werdet noch zertrampelt, ihr Dummköpfe!" rief Ayna.
Im nächsten Augenblick formten sich die Mäuse zu grauen Nebelsäulen. Gair stockte fast das Herz, und er dachte, daß er sich nie daran gewöhnen könnte, und wenn er den Rest seines Lebens unter Tümplern zubringen mußte. Die Nebelsäulen nahmen feste Form an. Hafny und Halla kristallisierten sich heraus – und lachten.
„Komisch, daß ihr Riesen euch immer so vor Mäusen grault", sagte Hafny.
„Du würdest nicht mehr darüber lachen, wenn ich auf dich getreten wäre", gab Brenda ärgerlich zurück.
Inzwischen hatte Gair gründlich nachgedacht.
„Hafny", sagte er, „meinst du, ich könnte mit deinem Vater reden? Würdest du mich zu ihm bringen?"
Einen Augenblick lang waren alle sprachlos. Dann redeten alle gleichzeitig auf ihn ein. Alle – außer Hafny. Hafny machte große erschrockene Augen, aber im Gegensatz zu den anderen schien er die Idee nicht verrückt zu finden.
„Es ist zu gefährlich für dich", sagte er. „Ich glaube, du würdest

besser daran tun, deinen Vater zu suchen. Was willst du ihm – ich meine *meinem* Vater – denn sagen?"

„Hafny, du wirst das nicht zulassen!" rief Halla.

„Gair, das kommt überhaupt nicht in Frage!" sagte Ayna. „Wir hätten schon vor Stunden gehen und Vater suchen sollen."

„Das müßt ihr ohne mich tun", sagte Gair. „Ceri, du weißt, daß du die Verantwortung hast. Du bist der einzige, der Vater finden kann." Dann beantwortete er Hafnys Frage. „Ich möchte deinen Vater, den König, bitten, Frieden zu schließen. Im Notfall stelle ich mich als Geisel zur Verfügung."

„Nein. Du kommst als Unterhändler", widersprach Hafny. „Unterhändlern wird freies Geleit gewährt."

„Gut", sagte Gair. „Würde es dir etwas ausmachen, wenn ich den Ring mitnehme und eure Sänger frage, wie man den Fluch bannen kann?"

Hafny schüttelte sich, doch dann nahm er sich zusammen und nickte. „Wenn du ihn gut verpackst."

Gair schaute Gerald an. „Ich könnte auch nach den Hallen der Könige fragen."

Gerald erwiderte seinen Blick. Er hatte einen Entschluß gefaßt. „Ich komme mit."

„Ja, also dann", sagte Hafny. „Hoffentlich könnt ihr die Luft lange genug anhalten. Es ist ganz schön weit dort hinunter."

Gerald war zuversichtlich. Gair hatte auch schon oft ausprobiert, wie lange er den Atem anhalten konnte. Er schaffte es, langsam gezählt, bis hundert. Er hatte keine Ahnung, ob das reichte, aber er dachte, es werde schon gehen. Niemand sollte merken, wie mulmig ihm zumute war.

Die anderen versuchten es gar nicht erst, Gair und Gerald von ihrem Vorhaben abzuhalten. Sie hatten erkannt, daß es zwecklos war. Brenda ging, ohne mit der Wimper zu zucken, in die Küche und kam wenig später mit einem Packen Papiertüten und einer Tasche aus einem dünnen, aber festen durchsichtigen Material wieder.

Die Tasche hatte es Halla angetan. Sie strich mit den Fingern über die glatte Oberfläche, dehnte sie und betrachtete durch den wasserklaren Stoff ihre Hand. „So etwas Feines haben wir nicht", sagte sie.

„Es ist bloß Plastik", sagte Gerald. Er holte eine Zange und ging noch einmal in das unheimliche Zimmer. Mit der Zange nahm er den Ring aus der Schublade und legte ihn in die Plastiktüte. Sorgfältig schlug er die Enden ein, steckte das Paket in die Papiertüten und wickelte das Ganze schließlich in ein Geschirrtuch. „So. Soll ich es tragen, Gair – oder willst du's?"

Gair hätte das Bündel am liebsten überhaupt nicht angefaßt. Aber sein Gefühl sagte ihm, daß dies seine Sache war. Immerhin war es Gest gewesen, der den Ring Geralds Vater gegeben hatte. „Ich nehme ihn", sagte er mit belegter Stimme und steckte ihn vorn in seine Jacke.

Gerald kritzelte hastig eine Nachricht für Tante Mary. Hafny und Halla streiften Kappe und Handschuhe über, schlossen ihre Jacken und waren wieder silberköpfige Tümpler. Alle sieben verließen das Haus und gingen auf die Brücke hinaus. Die beiden Tümpler ließen sich mir nichts, dir nichts in den Graben gleiten. Das Wasser schien so sehr ihr natürliches Element zu sein, daß die anderen ein bißchen neidisch wurden.

„Mach's gut, Gerald!" sagte Brenda mit zitternder Stimme.

Ayna hatte Tränen in den Augen. „Leb wohl, Gair", sagte sie. „Ich werde zur SONNE beten."

„Kommt, rutscht rein", sagte Halla ungerührt. „Wenn ich *jetzt* sage, holt ihr so tief Luft, wie ihr nur könnt, und dann taucht ihr unter."
Gehorsam setzten sich Gerald und Gair auf den Brückenrand. Gair spürte, wie Hafnys dünne, kräftige Hand sein Handgelenk packte. Plötzlich, für einen kurzen Augenblick, durchschoß ihn ein schrecklicher Argwohn. Dann kniff er die Augen zu und ließ sich in das kalte Wasser plumpsen.
„*Jetzt!*" sagte Halla.
Gair füllte seine Lungen bis zum Zerbersten mit Luft. Dann war er unter Wasser. Der Schock war gewaltig. Er starrte in das Graugrün rundum und auf den silbrigen Wirbel, der Hafny war und der ihn abwärts zog. Gerald war schon weiter unten und nur noch undeutlich als dunkle Masse zu erkennen.
Tiefer und immer tiefer ging es hinab. Auf einmal wurde es ringsum dunkelgrün, als befänden sie sich jetzt unter dem Haus. Dann spürte Gair, daß es mit der Luft in seinen Lungen zu Ende ging. Er mußte sich eisern zusammennehmen, um sich nicht von Hafny loszureißen, der sein Handgelenk fest umklammert hielt. Er sagte sich, daß SONNTAG war. Nein, Hafny wollte ihn bestimmt nicht ertränken. Hafny träumte ja selbst davon, ungehindert an der frischen Luft zu leben. Es muß schrecklich sein, ein Tümpler zu sein, dachte Gair.
Verzweifelt versuchte er, sich von dem allesbeherrschenden Gedanken *Luft!* loszureißen. Aber es half nichts.
Gairs Brust schmerzte. Hinter seiner Stirn zuckten trügerische Lichter. Sonne! dachte Gair. Sein Gehirn formte Worte, die er an SONNE und MOND richtete, Worte an das Wasser, es möge ihm kein Leid antun. Worte, Worte, Worte. Hafnys Griff um sein Hand-

gelenk tat ihm weh. Ringsum war es dunkel. Alles in ihm schrie: atmen – atmen!
Gair wußte, daß sie irgendwo tief unten auf kleinem Raum eingeschlossen waren, und er war sicher, daß er sterben müsse. Doch plötzlich strömte Licht in diesen engen dunklen Raum. Eine mächtige Woge schien ihn zurückzuwerfen. Gair spürte, wie Hafny ihn auffing. Aber was da gegen ihn prallte, war Luft – ganz bestimmt war das Luft! Gair öffnete den Mund – aber es war Wasser.
Kurze Zeit später kam er hustend und spuckend zu sich. Er lag auf einem glatten Steinboden, umgeben von Licht und Luft. In der Nähe hustete und prustete Gerald. Über sich hörte er Halla sagen: „Ach was, reg dich nicht auf! Den beiden fehlt gar nichts. Die Luft ist ihnen ausgegangen. Das passiert kleinen Kindern beim ersten Mal doch auch."
Gair fühlte sich noch sehr schwach und blieb liegen, wo er lag. Er merkte, wie sich Gerald hochrappelte. „Das scheint eine Art Luftschleuse zu sein", sagte Gerald. Seine Stimme hallte dumpf von den engen Wänden wider.
„Wir nennen das Schleusenkammer", sagte Halla. „Ich hätte nicht gedacht, daß es bei euch Riesen so etwas gibt."
„Doch, auf U-Booten und Raumschiffen", antwortete Gerald. „Wie funktioniert es bei euch?"
„Das ist eins unserer Geheimnisse", sagte Halla mit Nachdruck. Gair war überzeugt, daß sie keine Ahnung davon hatte – so wenig, wie er wußte, warum sich Garholts Tore öffneten, wenn man die richtigen Worte sagte.
„Und woher kommt das Licht?" fragte Gerald.
„Von den Wänden", sagte Halla.

Gair hatte bereits gesehen, daß es das gleiche Licht war wie in Garholt. Er setzte sich auf und sagte: „Wir haben Worte, denen es gehorcht. Ihr auch?"
„Ja. – Geht's dir besser?" Hafnys gelbe Augen sahen ihn besorgt an. Wie ein Blitz durchzuckte Gair die Erkenntnis, daß Hafny sich wirklich etwas aus ihm machte. Hafny hatte Todesängste ausgestanden, daß er ihn ertränkt haben könnte. Auch Gerald, der mit seinen triefenden Haaren und enganliegenden Kleidern auf einmal viel kleiner wirkte, schaute Gair ängstlich besorgt an. Das kann auch nur mir passieren! dachte Gair. Seine zwei besten Freunde – das wurde ihm in diesem Augenblick klar – waren ein Riese und ein Tümpler.
Halla, mit der er sich nicht so sehr anfreunden konnte, sagte: „Ihr seht aus wie gebadete Mäuse. Soll ich die Tür öffnen?"
„Mach schon", sagte Hafny.
Halla streckte die Hand nach einem mächtigen Hebel aus und zog daran. Die Stirnseite des Raumes öffnete sich wie eine große, dickwandige Tür. Sie betraten einen beleuchteten Gang, durch den warme Luft strömte.
Der Gang war trocken und warm, so daß Gerald und Gair trotz ihrer nassen Kleider und Haare nun nicht mehr froren. Sie kamen in einen breiteren und höheren Gang mit einer Reihe arkadenartiger Öffnungen zu beiden Seiten. Halla erklärte ihnen, daß diese Torbogen in die verschiedenen Wohn- und Arbeitsbezirke führten. Durch einen der Rundbogen erspähte Gair eine Anzahl luftiger Gestelle, an denen Hunderte und Aberhunderte von Fischhäuten, lose baumelnd oder sorgfältig gespannt, zum Trocknen hingen. Von ihnen kam der starke Fischgeruch. Durch einen anderen war eine Schmiede zu erkennen, in der sich Gerald gern näher umgesehen hätte.

Überall herrschte Gedränge. Die Tümpler, Männer, Frauen und Kinder, hatten lange, lose Gewänder in leuchtenden Farben an. Diese fließenden Gewänder verstärkten noch den Eindruck, als ob sich alle gleitend und schwebend fortbewegten. Das bemerkenswerteste aber war, daß die Kleider nicht gewebt, sondern aus gegerbten Fischhäuten gearbeitet waren. Kein Wunder, daß die Tümpler mit den Webstühlen in Garholt nichts anzufangen wußten; so wenig wie mit den Fenstern, da sie ihr ganzes Leben unter der Erde verbringen mußten.

Die Tümpler starrten die Fremden neugierig oder auch empört an.

„Es sind Unterhändler", sagte Hafny gebieterisch. „Sie wollen zu meinem Vater."

Gair hörte, wie sich vor ihnen und hinter ihnen zischendes Geflüster wie ein Lauffeuer ausbreitete.

Die Luft war dumpf und feucht. Gair und Gerald rann der Schweiß über den Körper. Sie durchquerten riesige Hallen, in denen das Gedränge immer dichter, immer beklemmender wurde.

„Wie ihr seht", sagte Hafny, „hoffnungslos überfüllt!"

„Das kann man wohl sagen!" entfuhr es Gerald.

Gair sagte nichts. Er dachte daran, wie eng und unbequem es in Garholt geworden war, seit die Otmounder eingezogen waren. Aber das hier war zehnmal schlimmer. Ihm wurde klar, daß seine Leute die Gefahr, die von den Tümplern drohte, völlig falsch einschätzten. Eben erst hatte er erfahren, daß die Zahl der Riesen in die Millionen ging. Jetzt sah er, daß die Tümpler zahlenmäßig gleich hinter den Riesen kamen. Sein eigenes Volk war im Vergleich dazu winzig. Wenn nicht etwas geschah, würde es bald ganz verschwinden, zermalmt von den Bedürfnissen der Riesen und Tümpler. Gair erkannte, daß sein Volk gedankenlos dahinlebte. Es schien zu glauben, alles würde immer so weitergehen. Und das war gefährlich.

Jetzt kamen sie durch eine Halle, die enger und höher, vielleicht auch älter als die anderen, jedoch nicht weniger überfüllt war. Viele der Tümpler hier trugen goldene Halsringe. Sie machten einen vornehmen und zurückhaltenden Eindruck und taten, als sähen sie die zwei Fremden nicht – ob aus Höflichkeit oder Geringschätzung, war nicht eindeutig festzustellen.

Im Torbogen am Ende dieser Halle hatte sich eine geschlossene Reihe von Tümplern in voller Silberrüstung aufgepflanzt.

„Kann ich zu meinem Vater?" fragte Hafny. „Es ist wichtig."

„Tretet ein", antwortete einer der Krieger. „Der König erwartet euch schon."

Die Silbernen wichen etwas auseinander, um Hafny, gefolgt von Gair und Gerald, durchzulassen. Halla mußte draußen bleiben, ihr wurde gesagt, daß sie unverzüglich zu ihrer Mutter kommen sollte.

Die anderen kamen in einen Raum, in dem sich sechs vornehm gekleidete und mit Halsringen geschmückte Tümpler befanden. Zwei von ihnen waren weißhaarige, ehrwürdige alte Herren. Die anderen vier schienen jung zu sein. Tümpler sahen immer entweder sehr jung oder uralt aus. Drei der jungen waren Sänger. Ihre Leiern hatten eigenartige weiße Saiten, genau wie die eine Saite an Banots Leier, die nie riß. Der vierte junge Mann saß in einem tiefen Sessel; eins seiner Beine war bandagiert und auf einen niedrigen Schemel gebettet. Wäre das bandagierte Bein nicht gewesen und eine schwach gerötete Schwellung am linken Auge, hätten sie ihn vielleicht gar nicht erkannt. Gerald wurde dunkelrot, als ihm klar wurde, daß er dem König höchstpersönlich ein Loch ins Bein geschossen hatte.

„Ich verlange eine Erklärung, Hafny", sagte der König. Seine Stimme klang ruhig und beherrscht, doch das konnte nicht darüber hinwegtäuschen, daß er vor Wut außer sich war. Zu spät erkannte Gair, daß es Wahnsinn gewesen war hierherzukommen. Der König würde ihm und Gerald nie und nimmer verzeihen. Gair brauchte keine besondere Gabe, um zu wissen, warum. Gerald hatte den König lächerlich gemacht, und Gair hatte die ganze Sache eingefädelt.
Mit der gleichen Klarheit erkannte Hafny, daß es Wahnsinn gewesen war, Gair und Gerald hierherzubringen. Seine Selbstsicherheit hatte sich in Nichts aufgelöst. „Die beiden sind Unterhändler", sagte er. „Sie wollen dir etwas sagen."
„Und wie hast du ihre Bekanntschaft gemacht?" fragte der König.
„Oben auf der Erde", sagte Hafny mit gespielter Munterkeit.
„Zu deinem Pech weiß ich genau, wo", sagte der König. „Ihr seid wieder in dem Graben gewesen, stimmt's?" Hafny versuchte es erst gar nicht zu leugnen. „Du machst mit Riesen und Tricksern gemeinsame Sache", fuhr der König fort. „Und du hast auch noch die Stirn, die beiden hierherzubringen. Was hast du dazu zu sagen?"
Hafny hatte nichts dazu zu sagen. Er war ganz klein und zerknirscht. Gerald ließ beschämt den Kopf hängen. Gair nahm sich ein Herz und sagte: „Wir haben Hafny gebeten, uns mitzunehmen, weil wir mit Euch reden wollten."
Doch damit machte er die Sache nur noch schlimmer. „Tatsächlich?" sagte der König. „Und mein Sohn erkennt nicht, wenn er einen Spion vor sich hat?"
„Wir sind keine Spione!" riefen Gerald und Gair zugleich.
„Schweigt", sagte der König. „Hafny, hast du ihnen irgend etwas versprochen?"

Hafny erschrak. „Ich habe versprochen, sie hierherzubringen."
„Und weiter?"
Blasse Röte überzog Hafnys Gesicht. „Ich habe die Kappe abgenommen", sagte er.
„Das sehe ich", bemerkte der König mit einem Blick auf Hafnys Lokkenkopf eisig. „Was hast du dir dabei eigentlich gedacht?" Plötzlich schien ihm die Geduld zu reißen. „Hinaus", sagte er, „verschwinde."
Gair und Gerald brachten es nicht fertig, Hafny anzusehen. „Du darfst ihnen nichts antun", sagte er leise. „Sie sind in gutem Glauben gekommen."
„Hinaus!" zischte der König. Sie hörten, wie sich Hafnys Schritte entfernten. Sie standen ganz still unter dem Blick des Königs. „Was habt ihr mit Hafny angestellt, um ihn für euer Vorhaben zu gewinnen?" fragte er.
„Nichts", sagte Gerald.
„Wir haben geredet", sagte Gair.
„Wie habt ihr meinen Sohn dazu überredet, zum Verräter zu werden?"
Das war eine peinliche Frage. In diesem Licht hatten sie Hafnys Verhalten bisher nicht gesehen. „Es war Gedankenübertragung", sagte Gair. „Wir haben ihn in seiner Gestalt festgehalten, so daß er sich nicht verwandeln konnte. Es war nicht seine Schuld."
„Typisch Trickser!" höhnte der König.
Gerald konnte die Frage, die ihm am wichtigsten war, nicht länger zurückhalten. „Ich wollte Sie fragen, wo sich die Hallen der Könige befinden, Sir", platzte er heraus. „Falls dort genügend Wasser ist ..."
Er brach ab, als er merkte, daß seine Worte keinen Eindruck auf den

König machten. Aber er riß sich zusammen. „Meine Leute könnten es hinauspumpen. Sie brauchen das Wasser, und Ihre Leute könnten wieder dorthin zurück. Dann müßte das Moor ..."
„Schweig, Riese!" sagte einer der beiden alten Männer.
„Nun, und was haben *Sie* mir zu sagen – *Sir*?" Der König wandte sich spöttisch an Gair.
Da die Sache sowieso schon verfahren war, hatte Gair nichts mehr zu verlieren. Er konnte ebensogut Geralds Beispiel folgen und die Wahrheit sagen. „Ich bin gekommen, um Euch zu bitten, mit meinem Volk Frieden zu schließen."
„Sonst noch was?" knirschte der König.
„Ja", antwortete Gair. Er zog das eiskalte Bündel mit dem Ring aus der Jacke. Er tat es, ohne es eigentlich zu wollen. Das Verhängnis des Fluchs hatte auch ihn erfaßt. Er wollte sich nicht mehr von dem verfluchten Ding trennen. Nur seine Gabe kämpfte verzweifelt dagegen an. Unwillkürlich hielt er das Bündel den drei Sängern hin. „Bitte nehmt Euch dieser Sache an. Es liegt ein Fluch darauf, und es ist möglich, daß er auch auf Euch liegt."
„Was ist das?" fragte der erste Sänger.
„Ein Halsring – er sieht aus wie eure Halsringe", erklärte Gair. „Mein Vater gab ihn vor vielen Jahren" – er wollte Geralds Namen nicht nennen – „dem Vater meines Freundes, um den Stein vom Gipfel des Haunted Mound zu versetzen."
Der König kam dem Sänger zuvor und streckte blitzartig seine lange blasse Hand aus. „Zeig her!"
Gair legte das Bündel widerstrebend in seine Hand. Der König nahm es schaudernd entgegen und sah Gair ganz merkwürdig an. Gair hielt dem Blick stand. Ihm fiel auf, daß der König – im Vergleich zu allen

anderen hier – nur einen glatten, kunstlosen Goldreif am Hals trug.
„Wo ist dein eigener Halsring?" fragte der König. „Gestern hattest du einen."
„Den hab ich meinem Freund gegeben", sagte Gair mit einer Kopfbewegung zu Gerald hin.
Der König zuckte die Schultern und schnürte das nasse Bündel auf. Die Papiertüten unter dem Geschirrtuch waren aufgeweicht. Der König schälte sie mit weißen Fingern ab. Und da lag der Ring, ein herrlicher, giftiger Glanz unter dem Plastik. Das Gesicht des Königs verfärbte sich aschgrau.
„Sprich, was hat das zu bedeuten?" fragte er den ersten Sänger.
Der Sänger wurde blaß. „Lieber nicht", flüsterte er.
„Dann hört es aus meinem Mund", sagte der König. „Ein furchtbarer Todesfluch liegt auf diesem Ring. Alle drei MÄCHTE waren Zeugen dieses Fluchs." Die fünf Höflinge stießen einen Schreckenslaut aus. „Doch der Fluch ist nun schwächer, als er ursprünglich war", fuhr der König fort. „Dies ist das Verdienst jener, die – vor fünfzehn Jahren – den Stein vom Hügel der Tränen entfernt haben. Dadurch wurden die toten Seelen, die darin eingeschlossen waren, befreit und die ALTE MACHT versöhnt. Da diese nun nicht mehr mit im Spiel ist, könnte der Fluch gebannt werden." Durch den Dunstkreis des Bösen hindurch sah Gair verschwommen, wie ihn der König mit seinem Blick durchbohrte. „Was würdet Ihr dafür geben, daß dieser Fluch gebannt wird?" fragte er.
Gair wußte nicht, was er antworten sollte. Aus einer irren Mischung von Hoffnung und Verzweiflung sagte er: „Ich würde sehr viel dafür geben. Alles."
„Ich auch", sagte Gerald.

Der König richtete sich mit einem Ruck kerzengerade auf und wikkelte den Ring wieder ein. „Ihr alle habt es gehört", sagte er. „So wisset: Jede der beiden verbliebenen MÄCHTE fordert ein Opfer. Da stehen sie. Führt sie ab und trefft die nötigen Vorkehrungen für die Opferung."

14. Kapitel

Sobald sich der Wasserspiegel des Grabens geglättet hatte, brachen Ceri und Ayna auf, um ihren Vater zu suchen. Brenda war traurig, daß sie gingen, doch was half's. Die beiden winkten noch einmal, ehe sie hinter den Bäumen verschwanden.

Gest und die Jäger waren nicht so weit weg, wie Ayna befürchtet hatte. Ceri steuerte einen Wald mit dichtem Unterholz an, der sich am Rand des Sumpfgebietes hinzog. Und dort kam ihnen schwanzwedelnd ein Hund entgegen. Mit einemmal sah Ayna überall, wohin sie auch schaute, die Umrisse Schlafender. Alle hatten Decken über sich gebreitet, deren Farben mit Gras und Erde verschmolzen.

„Vater!" rief Ceri.

Als Gest sich verschlafen aufrichtete und ein paar welke Blätter aus seinem Bart wischte, wirkte er einen Augenblick lang ungewohnt klein. Er blinzelte sie mit hellen blauen Augen an, überrascht und ein wenig ärgerlich, nach einer anstrengenden nächtlichen Jagd mitten am Tag geweckt zu werden. Ayna wurde es warm ums Herz. Nie zuvor hatte sie so deutlich gespürt, wie sehr sie ihren Vater liebte. Sie warf sich an seine Brust und brach in Tränen aus.

„O Vater! Schreckliche Dinge sind geschehen!"

Ayna und Ceri redeten aufgeregt durcheinander. Auch die anderen wurden nach und nach murrend wach. Ondos Zähne klapperten. Orban sagte ein ums andere Mal: „Bei Ban! Das darf doch nicht wahr sein!"
„Aber wo ist Gair?" fragte Gest verwirrt.
„Ich wette, er hat sich irgendwo hinter einem Riesen versteckt", spöttelte Ondo.
Ayna und Ceri erzählten, daß Gair und Gerald zu den Hallen der Tümpler hinabgetaucht waren und den Ring mitgenommen hatten.
„Und Gair hat die allerseltenste Gabe, die *selbständige* Sehergabe, er kann Dinge voraussehen, ohne gefragt zu werden, Vater. Er hat gewußt, daß der Ring verflucht ist!"
Gest war mit einem Satz auf den Füßen. „Ich weiß", sagte er gereizt. „Er hat mich gewarnt. Warum habt ihr ihn nicht zurückgehalten? Das war das Unvorsichtigste, was er überhaupt tun konnte."
Orban sagte: „Ich sag's ja, nur ein toter Tümpler ist ein guter Tümpler. Aber ich habe mir schon immer gedacht, daß der Bursche nicht ganz bei Trost ist, Gest."
„*Du* schweig gefälligst!" brüllte Gest. „All das wäre nicht geschehen, wenn du nicht den Bruder des Königs ermordet hättest."
Erschrockenes, zorniges Gemurmel breitete sich unter den Otmoundern aus.
„Um eines verfluchten Ringes willen", fügte Gest hinzu.
Das Gemurmel verstummte. Orbans Gesicht wurde käsebleich. „Wer hat dir das gesagt?" fragte er. „Adara hat geschworen ..."
„Adara hat Wort gehalten. Der König selbst hat es mir gesagt", antwortete Gest. „Packt ein. Brecht das Lager ab, und laßt die Beute hier." Er faltete hastig seine Decke zusammen. „Beeilt euch. Wir

müssen so schnell wie möglich nach Garholt." Und noch lauter, damit ihn ganz bestimmt alle hörten: „Wenn einer von euch die Hand gegen einen Tümpler erhebt, verpasse ich ihm Worte, die ihn bis übers Grab hinaus verfolgen werden."

Tante Mary saß in der Küche und las zum viertenmal Geralds Nachricht, als Brenda den Kopf zur Tür hereinsteckte.
„Ist Gerald schon zurück, Miss Masterfield?"
„Nein, ist er nicht! Aber auch *du* solltest längst daheim sein", schnauzte Tante Mary sie an.
Brenda schloß wortlos die Tür und verdrückte sich. Im selben Augenblick klopfte es am Haupttor. Seufzend erhob sich Tante Mary, um zu öffnen.
Das dünnste Kind, das Tante Mary je gesehen hatte, stand in einer Wasserlache auf der Schwelle. Es hatte eine Art Taucheranzug an, wie ein Froschmann. Tante Mary wußte nicht, ob es ein Mädchen oder ein Junge war. Wie so oft heutzutage, dachte sie. Forschend sah sie dem Kind ins Gesicht. Es war erschreckend blaß, und die Augen waren von einem tiefen Bernsteingelb – wie die Augen einer Ziege, dachte Tante Mary. „Allmächtiger!" sagte sie schwach.
„Könnte ich bitte mit Brenda sprechen?" fragte das fremde Kind furchtsam. Es hatte eine merkwürdige Lispelstimme.
„Brenda wohnt nicht hier", sagte Tante Mary.
Das Kind schien schrecklich enttäuscht, so daß Tante Mary fast froh war, als jetzt Brenda um die Ecke gefegt kam und rief: „Halla! Was ist? Wo ist Gerald?"
Tante Mary war keine besonders feinfühlige Riesin, aber etwas im Verhalten der beiden machte sie stutzig. „Stimmt was nicht?"

Das fremde Kind sah sie treuherzig an. „Nein, nein. Ich bin nur gekommen, um Brenda etwas zu fragen." Und Brenda zwang sich zu einem Grinsen und fügte hinzu: „Es ist alles okay."
Tante Mary schloß das Tor. Sie war ein wenig beunruhigt, aber nur ein wenig. Da sie zu der Sorte von Riesen gehörte, denen nichts von dem passiert, was anderen passiert, wunderte sie sich nur, daß es im Haus auf einmal so friedlich war.
Halla und Brenda entfernten sich so weit vom Haus, daß man sie nicht hören konnte. „Also was ist?"
„Mit Hafny stimmt was nicht", sagte Halla unglücklich. „Ich hab ihn mitgebracht. Ich trau mich nicht, Mutter was zu sagen, geschweige denn Vater. Du mußt mir helfen."
Halla öffnete ihre silberne Jacke und holte ein pelziges Etwas heraus. Mit beiden Händen streckte sie es Brenda hin. „Da." Es hatte Ähnlichkeit mit einem Frettchen. Aber falls es Augen hatte, so waren sie fest geschlossen, und es waren weder Ohren noch Beine zu erkennen. Brenda schüttelte sich.
„Das ist nie im Leben Hafny."
„Doch, das ist er." In Hallas gelben Augen standen Tränen. „Ich war dabei, als er es gemacht hat. Ich dachte, er spielt nur verrückt. Er hat unentwegt davon geredet, daß er ein Verräter sei und daß er Gair und Gerald im Stich gelassen habe."
„Er ist kein Verräter", meinte Brenda. „Oder doch?"
„Vater behauptet das Gegenteil", sagte Halla. „Und deswegen haben sie Gair und Gerald eingesperrt und ihnen das Haar abgeschnitten und verbrannt ..."
„Ihr Haar verbrannt?"
„So werden bei uns Opfer geweiht."

„*Opfer*!?" rief Brenda außer sich.
„Sie spüren nichts dabei", sagte Halla gleichmütig. „Die beiden sind seit vielen Jahren die ersten, und es ist eine Ehre ..."
„Wann soll diese ... die Opferung stattfinden?"
Halla zuckte mit den Schultern. Brenda juckte es in den Fingern, sie an diesen Schultern zu packen und zu schütteln, daß ihr Hören und Sehen verging.
„Vielleicht zum Fest der Sonnenwende, vielleicht auch früher", sagte Halla. „Ich weiß es nicht. Aber jetzt mußt du mir helfen! Verstehst du nicht, ich hab vor euch die Kappe abgenommen, das ist der höchste Beweis des Vertrauens. Du mußt mir helfen, Hafny zurückzuverwandeln, bevor Vater davon erfährt."
Wieder streckte sie Brenda das pelzige Etwas entgegen. Sie weinte. Sie weinte wegen Hafny. Brenda war es unbegreiflich, wie Halla so gefühllos gegen das grausame Schicksal der beiden unschuldigen Opfer sein konnte.
„Was kann ich dabei helfen?" fragte Brenda kühl.
„Das weiß ich nicht", sagte Halla. „Ich weiß nur, daß es bald geschehen muß, oder er stirbt."
„Aber wie soll ich es wissen, wenn du es nicht weißt?"
„Du könntest ihn zu Adara bringen, nicht wahr?" flehte Halla.
„Adara? Du meinst Gairs Mutter?"
Halla nickte. „Alle sagen, daß sie die weiseste Frau ist, die jemals gelebt hat. Da." Sie legte das pelzige Etwas in Brendas Hände.
Brenda zuckte zusammen. Aber das Pelzknäuel fühlte sich ganz freundlich an. So weich und warm und rührend wie ein krankes Kaninchen.
„Also gut", sagte Brenda.

„Danke." Halla lächelte. Und ehe Brenda wußte, was geschah, war Halla im Wassergraben verschwunden.
Da stand sie nun, das warme, pelzige Ding in Händen. Einen Augenblick überlegte sie, ob sie Tante Mary ins Vertrauen ziehen sollte. Nein. Vielleicht, wenn Mr. Masterfield dagewesen wäre ... Aber nein, Gairs Leute waren die einzigen, die helfen konnten. Außerdem war sie neugierig, Adara näher kennenzulernen. Das Pelzknäuel an die Brust gepreßt, machte sie sich auf den Weg. Zuerst ging sie nach Hause, um ein Fahrrad zu holen, ein großes, altmodisches Vehikel. Das hintere Schutzblech war mit einer Schnur umwickelt. Auf dem Gepäckträger klemmte ein Korb, der vorzüglich für Hafny geeignet war. Brenda legte ihn hinein und schlich ins Haus, um ein Kissen zu holen, damit er es weicher hatte.
„Brenda, das Mittagessen ist fertig!" rief ihre Mutter.
„Ich esse nichts, ich will abnehmen!" rief Brenda zurück, schon wieder auf dem Weg in den Hof. Die hoch stehende Sonne blendete sie, und zugleich bemerkte sie, daß knapp über den Bäumen auch die weiße Mondscheibe zu sehen war.
Nachdem sie Hafny behutsam auf das Kissen gebettet hatte, strampelte sie los, den Zufahrtsweg hinauf und dann weiter auf der Landstraße, die durchs Dorf führte.
Hinter dem Dorf ging es steil bergauf, so daß Brenda absteigen und das Fahrrad schieben mußte. Unterdessen redete sie tröstend auf Hafny ein. „Das hättest du nicht tun sollen, Hafny. Laß dir nicht weismachen, daß du ein Verräter bist ... Oh, dieser Berg! Nur Mut, Hafny! Diesen Tricksern wird schon was einfallen, da bin ich ganz sicher. Wenn wir bloß erst dort wären ..."
Hafny rührte sich nicht. Als Brenda keuchend den höchsten Punkt

der Straße erreicht hatte, sah sie den Wald. Sie lehnte das Fahrrad an die Böschung. In diesem Augenblick kam ihr ein Landrover entgegen.

Ach du Schreck! dachte Brenda. Mr. Masterfield und Mr. Claybury! Die fuhren jetzt zum Mittagessen nach Hause.

Der Landrover hielt an, und Mr. Masterfield fragte freundlich: „Was ist los? Hat dein Fahrrad einen Platten?"

„Nein", sagte Brenda. „Etwas Schreckliches ist passiert. Gerald ... Aber jetzt hab ich keine Zeit. Ich erzähle es Ihnen später." Sie hob Hafny vorsichtig aus dem Korb und rannte los, auf den Wald zu.

„Was ist passiert? Wo ist Gerald?" rief Mr. Masterfield ihr nach.

„Die Tümpler haben ihn!" Brenda rannte weiter, ohne sich umzusehen. Sie durchquerte den Wald, und dann lag das Moor vor ihr. „Ayna! Ceri!" rief sie immer wieder, während sie den Hügel hinunterrutschte. Sie meinte, am Fuß des Hügels eine Bewegung zu erkennen, aber als sie unten ankam, war alles regungslos. Kein Laut zu hören.

„Ceri?" fragte Brenda verzagt.

Leises Rascheln im Gebüsch. Und wirklich, Ceri schlüpfte heraus und lief auf sie zu. „Brenda! Was ist los?"

Im nächsten Augenblick tauchte auch Ayna auf.

„Die Tümpler wollen Gerald und Gair opfern!" sagte Brenda atemlos.

„Was?" Das war eine fremde Stimme.

Brenda erschrak. Plötzlich sah sie sich von allen Seiten umringt. Es waren kriegerische Gestalten, nicht so dünn und glatt wie die Tümpler. Ihr Haare waren zottig. Die meisten der Männer hatten Bärte. Sie trugen Schaffelle und Kleider aus moorfarbenem Tweed, dazu Messer und Speere aus einem Metall, das nicht Eisen zu sein schien. Trickser, wie hier auf einen Haufen versammelt, so zart sie auch waren und kaum größer als Brenda, waren furchterregend. Dutzende lebhafter Augenpaare schauten sie an – blaue, graue, grünliche Augen, groß und mandelförmig geschnitten. Als jemand aus der Menge fragte: „Woher weißt du das?", preßte sie Hafny schützend an sich und antwortete laut und deutlich, daß alle es hören konnten: „Halla hat es mir gesagt. Aber ihre einzige Sorge war, daß sie selbst wegen Hafny Ärger kriegen könnte."

„Zum Kuckuck mit Halla! Sie ist dumm", sagte Ceri. „Was ist mit Gair?"

Brenda berichtete, was sie wußte. Einer der Männer mit goldenem Halsring, ein blonder Mann mit blauen Augen, sagte trocken: „Genau das habe ich befürchtet."

Ein anderer, ein junger Mann, dem Bienen übers Gesicht und die Kleider krabbelten, fragte: „Und wo ist dieser Tümpler – der Sohn des Königs?"

„Hier", sagte Brenda und streckte ihre Hände aus, in denen das pelzige Etwas lag.

Alle starrten auf den kleinen mißgebildeten Körper. Ein dritter Mann mit einem goldenen Halsring – er hatte ein schmales, kluges Gesicht – drängte sich nach vorn und sagte: „Darf ich sehen?"

Brenda spürte, daß sie ihm vertrauen konnte. Sie ließ es zu, daß er Hafny nahm. Er ging behutsam mit dem seltsamen Geschöpf um, drehte und wendete es und betrachtete es aufmerksam. Schließlich legte er es ins Gras und hockte sich davor nieder. Die anderen umringten ihn neugierig. „Vorsicht, Banot", sagte jemand. „Es könnte eine Falle sein."

Banot schüttelte den Kopf. „Angehörige des Mondvolkes versetzen sich manchmal in diese Gestalt", sagte er. „Es ist ein Ausdruck der

Verzweiflung." Er sah Brenda an. „Es bedarf sehr vieler Worte, mehr, als Adara und ich wissen, um den hier zurückzuverwandeln."
„Oje!" rief Brenda. „Er war zehnmal netter als seine Schwester."
Da drängte sich ein vierter Mann mit goldenem Halsring nach vorn, gefolgt von einem Jungen. Brenda mochte sie beide nicht. Der Mann hatte schütteres rötliches Haar und machte sich schrecklich wichtig. Der Junge hatte abstehende Ohren und sah mickerig aus.
„Das ist bloß Zeitverschwendung", sagte der Mann. „Erlöst das Ding von seinem Elend!" Der Junge hob seinen Speer ...
Brenda stürzte sich wütend auf ihn.
„Wehe, du wagst es!" rief sie. „Wehe, einer von euch wagt es, ihm etwas anzutun."
Der Junge verschwand blitzschnell hinter einem Krieger, und auch der Mann wich einen Schritt zurück. „Ich hab's nicht ernst gemeint", sagte er, verlegen lachend.
Wie lange hatten Ayna und Ceri sich auf diesen Augenblick gefreut, mit anzusehen, wie eine zornbebende Riesin Orban und Ondo in die Flucht schlug. Aber dafür war jetzt keine Zeit. Ceri trat in den Kreis vor und sagte mit fester Stimme: „Ich kann ihm seine natürliche Gestalt wiedergeben. Vater, darf ich ihm einen Gedanken schicken?"
„Ja, tu das", sagte Gest.
Ceri holte tief Luft und konzentrierte sich. Augenblicklich löste sich der haarige Körper in Dunst auf, verdichtete sich zu einer kleinen grauen Wolke, die wirbelte und wogte und schließlich feste Gestalt annahm. Ein Häuflein Elend, so hockte Hafny zusammengekauert im Gras. Er hatte keine Kappe auf, so daß sie als erstes seine Locken sahen. Dann hob er den Kopf und wandte ihnen das aschfahle

Gesicht mit den gelben, traurigen Augen zu. Er machte wirklich einen verzweifelten, unglücklichen Eindruck.
Ceri wußte nur zu gut, daß er ihm noch gar keinen Gedanken geschickt hatte, und auch Brenda und Ayna ließen sich nicht täuschen. Sie erinnerten sich, daß Halla sich keineswegs mit Ceris Hilfe in Dunst aufgelöst hatte. Sie war unmittelbar von einer Gestalt in die andere, ihre eigene, geschlüpft und hatte dabei geschrien, als ob es ihr weh getan hätte. Hafny sah, was sie dachten, und flehte sie stumm an, es für sich zu behalten.
Die anderen staunten. „*Das* ist ein Tümpler?" fragte jemand.
„Schaut euch seinen Halsring an!" sagte Ondo, der unauffällig wieder herbeigeschlichen war.
Banot wollte Hafny auf die Füße ziehen. Hafny taumelte stöhnend zurück. Brenda dachte: Wahrscheinlich hat er einen Krampf, weil er so lange in dieser komischen Gestalt gesteckt hat. Banot und Gest waren besorgt.
„Was ist los?" fragte Gest freundlich und beugte sich zu Hafny hinunter.
Hafny blickte jammervoll zu ihm auf. „Ich bin schuld, daß sie Gair und den Riesen opfern werden", sagte er. „Ich habe sie in unsere Hallen hinuntergebracht, und ich habe sie und mein eigenes Volk verraten. Werdet Ihr nun mich als Opfer annehmen?"
„Wir bringen keine Opfer", sagte Gest.
„Aber Ihr müßt!" rief Hafny. Tränen liefen über sein weißes Gesicht. „Sagt meinem Vater, daß Ihr mich opfern wollt, dann läßt er die beiden frei."
„Ausgezeichnete Idee!" sagte Orban. „Wir könnten keine bessere Geisel haben."

„Unsinn“, sagte Gest. „Komm, Kleiner. Geh lieber heim zu deinen Leuten.“

„Nein!“ rief Hafny. „Begreift Ihr denn nicht. Ich ...“

„Komm schon“, sagte Gest und hob Hafny auf. Hafny wehrte sich. Aber es half ihm nichts.

Da plötzlich bebte Garholt von schweren Schritten. Eine laute Stimme sagte: „Ich weiß nicht, wo sie geblieben ist. Jedenfalls hat man einen herrlichen Blick von hier. Direkt auf den Richtblock da drüben. Schau dir das an!“

Oben auf dem Hügel tauchte Mr. Masterfield auf, gefolgt von Mr. Claybury. Im selben Augenblick war Brenda allein mit Ayna, Ceri und Gest, der den strampelnden Hafny in seinen Armen hielt. Alle anderen schienen sich in Luft aufgelöst zu haben.

Mr. Claybury erspähte Gest. Er rückte seine Brille zurecht und blinzelte. „Max!“ sagte er. „Max!“

Gest ließ Hafny zu Boden gleiten. Hafny konnte noch immer nicht ordentlich stehen, aber Gest hielt ihn fest, während er, den Kopf in den Nacken gelegt, zu den zwei Riesen hinaufschaute. „Schön, daß ihr da seid“, rief er. „Kommt herunter. Wir sind in der Klemme.“

Die beiden Riesen machten sich schwerfällig an den Abstieg.

„Hat das irgendwie mit Gerald zu tun?“ fragte Mr. Masterfield Brenda, als sie unten angekommen waren.

„Ja“, sagte Brenda.

Neugierig betrachteten die beiden Riesen Hafny. Der war von ihrer Riesenhaftigkeit überwältigt, machte aber keinen Versuch, in eine andere Gestalt zu schlüpfen. Dann wandte sich Mr. Claybury an Gest und fragte scherzhaft: „Keinen goldenen Halsring mehr zu vergeben, was?“

Gest schüttelte den Kopf. „Es tut mir schrecklich leid, daß ich euch ausgerechnet den geschenkt habe", sagte er. „Ich wußte nicht, daß es der verfluchte Ring war. Kasta hat ihn mir damals gegeben, und in der Dunkelheit hielt ich ihn für einen anderen, ganz ähnlichen Ring."

„Das hätten wir uns denken können, daß es Tante Kasta war", flüsterte Ayna Ceri ins Ohr.

„Aber in was für einer Klemme seid ihr jetzt?" fragte Mr. Masterfield.

Die Kinder tauschten heimliche Blicke. Hafny deutete mit dem Kinn auf Garholt. „Soll ich?" fragte Ceri. Ayna nickte.

Ceri konzentrierte sich. Rumpelnd öffnete sich das Tor. Es enthüllte ein Gewimmel silbriger Tümpler, Lärm, Gerüche und ein unbeschreibliches Durcheinander. Die Tümpler waren bewaffnet und kampfbereit, das Geschrei im Hintergrund ließ auf einen Ausbruchsversuch, geleitet von Miri, schließen, Schafe blökten, und über all dem quakte eine Stimme: „Ich bestehe darauf ..."

Der Tumult steigerte sich noch, als die Tümpler die beiden Riesen und Hafny erblickten. Sie mußten annehmen, daß Hafny sich in der Gewalt der Feinde befand.

Wie ein Donnerschlag erdröhnte Mr. Masterfields Stimme. „*Ruhe*!" Totenstille breitete sich aus. Sogar Kasta verschlug es die Sprache. Mr. Masterfield nickte Gest zu.

„Danke", sagte Gest und lächelte sein breitestes, fröhlichstes Lächeln. „Dieses Bürschchen ist kein Gefangener", sagte er zu den Tümplern. „Nehmt ihn – aber es wäre gut, wenn Adara sich um ihn kümmerte. Mir scheint, er ist ein bißchen wacklig auf den Beinen."

Mit einem Schubs beförderte er Hafny zu seinen Leuten. „Und wir sind nicht gekommen, um zu kämpfen", fuhr Gest fort. „Wir führen nur Jagdspeere mit uns. Vielmehr bitten wir euch, uns so schnell wie möglich zu eurem König zu bringen."

Die Silbernen drängten sich aufgeregt zusammen. „Das können wir nicht!" sagte der Anführer. „Der König wird euch nicht empfangen. Trickser und Riesen haben keinen Zutritt."

„Er wird uns empfangen", sagte Gest. „Bringt uns zu ihm, und zwar auf dem kürzesten Weg."

Die Tümpler sahen sich ratlos an, nickten, schüttelten die Köpfe.

Da meldete sich Hafny.

„Tut, was er sagt. Mein Vater wird sie empfangen. Er weiß, warum."

15. Kapitel

Gair und Gerald saßen sich in ihrem Gefängnis gegenüber. Die Wände waren glatt und schlüpfrig wie Seife, und das Licht, das von ihnen ausging, war hart und grell. Das schrecklichste war jedoch die feuchtschwüle Wärme. Ihre Kleider wollten nicht trocknen. Der Fischgeruch, der ständig in der Luft lag, verursachte ihnen Übelkeit.
Sie vermieden es, sich anzuschauen. Büschelweise hatte man ihnen die Haare abgeschnitten, und das sah gar zu traurig aus.
Gerald fing an, Gairs Halsring zu putzen und für den eigenen Hals zurechtzubiegen. Diese Beschäftigung schien ihn etwas zu trösten. Immer wieder legte er sich den Ring um den Hals, stellte fest, daß er noch nicht paßte, und nahm ihn wieder ab. „Du", sagte er nach einer Weile mitten aus seinen trüben Gedanken heraus, „wie ist das eigentlich bei dir. Verstehst du dich mit deinem Vater?"
„Nein", sagte Gair. Nachdenklich sah er Gerald an. Hatte er denselben Kummer? Und Hafny vielleicht auch? War es das, was sie alle drei verband?
Und mit einemmal sah er alles ganz klar. Plötzlich wußte er, warum es dem Ring gelungen war, ihn sozusagen in seine Gewalt zu bringen. Solange er denken konnte, hatte er geglaubt, als einziger in der

Familie ohne besondere Begabung zu sein und daß Gest deswegen von ihm enttäuscht sei. Gair hatte Gest zuerst für einen Helden, dann für einen Schwindler und Betrüger gehalten. Und jetzt, nach allem, was er inzwischen erlebt hatte, kam er zu dem Schluß, daß Gest wohl doch ein Held war. Nur ein Held konnte all diese Abenteuer heil überstehen. Gest selbst hatte überhaupt nichts Großartiges dabei gefunden, weil er seine eigene Person nicht wichtig nahm. Ganz anders Gair. Er hatte sich nur als Köder auf die Brücke gesetzt, um eine glänzende Heldentat zu vollbringen. Er wollte seinen Vater beeindrucken. Gest sollte ihm lobend auf die Schulter klopfen, das war es, was er wollte. Der Ring hatte sich seine Eitelkeit und Schwäche zunutze gemacht, um seinen bösen Einfluß auf ihn auszuüben.
So einfach war das, wenn man es erst einmal durchschaut hatte. Gair mußte lachen. Gerald sah ihn überrascht an. „Was ist daran so komisch?"
Gleich darauf verging ihnen das Lachen. Sie hörten Schritte und sprangen auf. Gerald legte sich den Ring um den Hals, damit er die Hände frei hatte. Die Tür öffnete sich, Wachen drängten herein. Sechs Mann warfen sich auf Gerald, ehe er einen Finger rühren konnte, und zwei packten Gair. Im Laufschritt wurden sie durch die hellerleuchteten Gänge geschleppt und weiter in eine prächtige Halle, die sie bisher noch nicht gesehen hatten. Sie war voll von Tümplern in fließenden Gewändern. Auch die über drei Seiten laufende Galerie war mit Zuschauern dicht besetzt. Gair entdeckte Halla in der Menge. Er nahm an, daß auch Hafny da oben war.
Gair und Gerald wurden vor den König gezerrt. Er stand auf den anscheinend jüngsten Sänger gestützt, umgeben von Würdenträgern und den anderen Hofsängern. Vor dem König erhob sich ein

flacher, mit dunklen Flecken gesprenkelter Stein. Daneben waren in säuberlicher Anordnung etliche runde Gefäße aufgestellt. Als Gair das glänzende, gekrümmte Messer in der Hand eines der Sänger sah, gaben seine Knie nach; zum Glück hielten ihn die Wachen. Geralds Mund begann zu zittern.

Der fluchbeladene Ring lag in einer seltsamen sternförmigen Vertiefung vor dem Steintisch. Noch ehe er ihn sah, spürte Gair die pulsierenden Schwingungen, die er aussandte. Irgend etwas war daran anders – die Schwingungen schienen einerseits schwächer, andererseits noch giftiger zu sein. Gair sah ihn genauer an und bemerkte, daß eine Veränderung mit ihm vorgegangen war. Die kunstvoll verschlungenen Muster waren alle leicht geschwärzt. Nur die Eulenköpfe an beiden Enden glänzten noch rein und hell. Daran erkannte Gair, daß die MÄCHTE das Opfer angenommen hatten.

„Den Becher mit den Losen", sagte der König.

Ein Zischeln lief durch die überfüllte Halle. Der erste Sänger reichte Gerald feierlich einen ledernen Becher.

„Was soll das?" fragte Gerald mit zuckenden Lippen.

„Ihr müßt losen, wer von euch beiden jetzt sterben und wer das Fest der Sonnenwende abwarten soll", sagte der Sänger.

„Können wir nicht gemeinsam sterben?" rief Gerald verzweifelt. Wie gelähmt starrte er auf den Becher. Der Sänger wartete geduldig. Die Menge begann unruhig zu werden. Gerald rührte sich nicht. Das Gemurmel im Saal wurde lauter. Es steigerte sich zu tosendem Gebrüll. Der König und seine Begleiter blickten ärgerlich in die Richtung, aus der der Lärm kam. Auch der Sänger mit dem Becher in der Hand drehte sich um. Auf seinem Gesicht malte sich ein Ausdruck der Überraschung – ja, der Erleichterung!

Gair folgte seinem Blick und sah eine Schar silberner Krieger, in ihrer Mitte Banot, triefend naß. Das Gesicht des Sängers verriet deutlich, daß Banot kein Fremder für ihn war.

Hinter Banot tauchte Geralds Vater auf, groß und gerade wie ein Spazierstock, gefolgt von Mr. Claybury, atemlos, mit hängenden Schultern, der wie wild an seiner Brille herumputzte. Als nächstes kamen Adara, Ayna und, zu Gairs Verblüffung, Hafny, inmitten einer Schar Jäger aus Garholt. Ein Stück dahinter Ceri und Brenda, keuchend und prustend.

Als letzter kam Gest, mit seinem vor Nässe glatten und dunklen Haar und Bart schien er Gair am allerfremdesten. Der Sänger blickte schnell von Gair zu Gest, und Gair dachte: Er kennt Gest ebenfalls. Auch der König kannte Gest, wie man deutlich von seinem Gesicht ablesen konnte. In den Blick des Erkennens mischte sich Ratlosigkeit und Überraschung.

Banot trat mit einer Verbeugung vor den König hin. „Die Abgesandten des Sonnenvolkes, in Begleitung zweier Häuptlinge des Erdenvolkes, sind gekommen, um mit dem Mondvolk Rede zu führen", sagte er so feierlich, wie sonst nur in Geschichten gesprochen wurde.

Der König machte ein verwirrtes und leicht belustigtes Gesicht, so als hätte auch er dergleichen zuletzt in einer Geschichte gehört. Aber er gab die geziemende Antwort. „Das Mondvolk entbietet den Abgesandten des Sonnenvolkes und den Häuptlingen des Erdenvolkes seinen Gruß und fragt nach ihrem Begehr."

Darauf Banot: „Der erste Punkt der Verhandlung betrifft die Opferung der Söhne zweier Häuptlinge jener Völker beziehungsweise die Rückkehr des Sohnes des Königs des Mondvolkes im Austausch gegen ..."

„Was?“ fragte der König. „Wer ...?“
Aber Banot, sichtlich ganz in seinem Element, fuhr unbeirrt fort. „Der zweite Punkt der Verhandlung betrifft das Überfluten des Moors sowie eine Prophezeiung aus dem Munde der Tochter des Häuptlings von Garholt, die für ihre Sehergabe weithin bekannt ist. Und der dritte Verhandlungspunkt betrifft den Krieg zwischen dem Mondvolk und dem Sonnenvolk, worin sich die Häuptlinge des Erdenvolkes als Schiedsrichter angeboten haben.“ Das hörte sich großartig an. „Ist der König willens, sich zu diesen Verhandlungspunkten zu äußern?“ schloß Banot.
Der König sah ihn an und zuckte die Schultern. Seine Augen wanderten suchend umher, bis sein Blick auf Hafny fiel, der zwischen Ayna und Adara stand. Er schien erleichtert, als er ihn entdeckte. „Wie habt ihr euch seiner bemächtigt?“ fragte er.
Brenda räusperte sich, das Wasser kratzte sie noch immer in der Kehle. „Ich. Halla hat ihn mir gegeben, und ich habe ihn denen gegeben.“ Sie zeigte auf die Garholter.
Erstauntes Zischeln ging durch die Reihen der Tümpler. Der König schaute zur Galerie hinauf. Von dort oben kam Hallas Stimme: „Nein, ich ...“
„Doch!“ rief ihr Hafny zu. „Du weißt, daß du's getan hast.“
Das Gesicht des Königs war wutverzerrt. „Du!“ sagte er zu Gest. „Du hattest kein Recht, ihn gefangenzunehmen!“
„Das habe ich auch nicht getan“, antwortete Gest. „Ich habe ihn deinen Leuten in Garholt zurückgegeben. Du kannst deinen Hauptmann da fragen, wenn du mir nicht glaubst. Und weil wir schon dabei sind – du hattest kein Recht, Adara gefangenzunehmen, und ganz gewiß hast du kein Recht, meinen Sohn zu opfern.“ Er deutete auf

Gair, der geschoren und blaß zwischen den silbrig schimmernden Wachen stand.

Der König war verblüfft.

„Dann hast du mich angelogen", sagte er zu Gair. „Du hast behauptet, dein Vater hätte den Ring den Riesen gegeben."

„Das habe ich geglaubt", verteidigte sich Gair.

„Und so war es auch", sagte Gest.

Der König konnte es nicht fassen. „Dieser Ring", sagte er, „gehörte Orban von Otmound, der um seinetwillen meinen Bruder getötet hat. Wie ist er in deinen Besitz gelangt? Hast du versucht, den Fluch zu bannen?"

Gest schüttelte den Kopf. „Ich habe nie gelernt, einen Fluch zu bannen. Ich bin kein Sänger. Die Wahrheit ist, daß ich dringend einen Halsring brauchte, und als mir Orbans Frau diesen hier gab, hielt ich ihn für den deinen. Mir ist unklar, wie Gair das wissen konnte, aber jedenfalls hat er nicht gelogen."

„Dann tut es mir herzlich leid", sagte der König mit aufrichtigem Bedauern, „daß ich das nicht vorher gewußt habe – ich meine, bevor sein Haar verbrannt wurde. Dein Sohn sieht seinen beiden Geschwistern so wenig ähnlich, daß ich ihn für Orbans Sohn gehalten habe."

Gair war entsetzt. Daß man ihn mit Ondo verwechselte, hatte er denn doch nicht verdient. Er war nicht der einzige, der sich darüber aufregte. Ceri schnaubte entrüstet. Aynas Augen schossen Blitze. Und Gest war außer sich vor Zorn. „Orbans Sohn! Dieser elende Feigling mit Schafsohren! Bitte, schau ihn dir doch nur an. Ich sage dir, er hat in seinem kleinen Finger mehr Grips als alle anderen Jungen in Garholt zusammen. Er ist schon jetzt ein Ausbund an Weisheit. Solltest du an seinem Mut zweifeln, dann denk daran, wie er und der Riese allein hierhergekommen sind. Und er hat die *selbständige* Sehergabe."

Gair überrieselte es heiß vor Freude. Natürlich wußte er, daß Gests Worte darauf abgezielt waren, Eindruck zu machen – und tatsächlich verfehlten sie ihre Wirkung nicht. Trotzdem kannte Gair seinen Vater gut genug, um zu wissen, daß er so etwas nur sagte, wenn es ihm damit ernst war.

Gests Zorn war verraucht, und in fast vertraulichem Ton fuhr er fort: „Einstmals war ich mit meinem Freund, einem Dichter und Sänger, auf der alten Straße nach Otmound unterwegs. Da wollte es der Zufall, daß wir auf einen streitsüchtigen Prinzen und drei seiner Hofsänger stießen, die Leuten aus Otmound auflauerten. Ich erinnere mich, daß es zu einer kleinen Auseinandersetzung kam. Während wir rauften, daß die Fetzen flogen, griffen mein Freund, der Dichter und Sänger, und einer der Hofsänger ungerührt in die Saiten. Zufällig stimmten sie dieselbe Melodie an, und beide schworen Stein und Bein, daß es von alters her üblich sei, sich zu Musik die Köpfe einzuschlagen. Da mußten wir lachen, und hinterher schien es nicht mehr der Mühe wert, noch mal von vorn anzufangen. Also setzten mein Freund, der Dichter und Sänger, und ich unseren Weg nach Otmound fort. Daß er, als er später allein zurückging, einen ganzen Tag bei dem Prinzen und seinen Sängern hängenblieb, geht wohl niemanden etwas an. Als ich am nächsten Tag in höchster Not dort vorbeikam, war nur der Prinz ansprechbar. Ich erklärte ihm, daß ich unbedingt einen goldenen Ring vom Hals eines Tümplers haben müsse. Und sosehr er sich auch über mich lustig machte, willigte er doch ein, den Ring mit mir zu tauschen. Er wußte so gut wie ich, was

das bedeutete. Ich habe es nicht vergessen. Und du auch nicht. Ich kann von hier aus meinen Ring an deinem Hals erkennen, Hathil."
Ein unterdrückter Aufschrei ging durch die Menge, als Gest den Namen des Königs aussprach. Der König zuckte die Schultern, halb belustigt und halb verlegen; so ähnlich, wie Mr. Masterfield reagiert hatte, als Mr. Claybury seine Geschichte erzählte. „Aber", sagte der König, „ich habe die Kappe nicht vor dir abgenommen, Gest. Und ich habe keine Worte über meinen Ring gesprochen."
„Ich weiß. Du hast gedacht, Og bekäme den Ring. Ich kann dir's nicht verübeln" , sagte Gest. „Aber *ich* habe Worte über meinen Ring gesprochen, und du trägst ihn. Und wenn mich nicht alles täuscht, so stehst du jetzt auch barhäuptig vor mir, ob dir das paßt oder nicht. Wenn das etwas zu besagen hat, dann hast du kein Recht, Gair zu töten, so wenig, wie ich ein Recht habe, Hafny ein Leid anzutun. Und ich habe gehört, daß Gair mit dem Riesen, der neben ihm steht, den Ring getauscht hat, womit auch er unter unserem Schutz steht."
Der König zuckte bedauernd die Schultern. „Ich habe es dir schon gesagt. Ihre Haare wurden verbrannt. Die MÄCHTE haben das Opfer angenommen. Da." Er zeigte auf den Ring mit den geschwärzten Rändern. „Es gibt wirklich nichts, gar nichts, was ich noch tun könnte", sagte Hathil.
Banot kam Gest zuvor. „Lassen wir nun diesen ersten Punkt und wenden wir uns dem zweiten zu", sagte er. „Es handelt sich um die Überschwemmung des Moors, und dazu wird jetzt der Häuptling des Erdenvolkes das Wort ergreifen." Er winkte Mr. Claybury nach vorn.
„Werden sie uns nun gehen lassen?" flüsterte Gerald Gair zu.
Gair vertraute auf Banot.
Mr. Claybury ebenfalls. Zuversichtlich setzte er zu einer Rede an.

Obwohl er das Wort in erster Linie an den König richtete, blickte er von Zeit zu Zeit liebenswürdig in die Runde, um zu zeigen, daß er zu jedermann hier in der Halle sprach. Noch einmal erzählte er, was er gestern abend erzählt hatte. Gair hörte nur mit halbem Ohr zu.

„... ganz Südengland wie mit einem Läusekamm durchkämmt und sind zu dem Schluß gekommen, daß das Moor die *einzige* Möglichkeit ist. – Und nun zu Ihnen." Mr. Clayburys Augengläser zwinkerten den versammelten Tümplern zu. „Ich habe verstanden, daß das Wasser für Sie eine Notwendigkeit ist, um in Sicherheit zu leben. Gehe ich recht in der Annahme, daß Sie beabsichtigen, am Grund des Moors Wohnhallen zu errichten, sobald das Wasser aufgestaut ist?"

„Stimmt", sagte der König.

„Dann decken sich offensichtlich unsere Interessen", fuhr Mr. Claybury fort. „Obgleich ich – nur so nebenbei – gern wüßte, wie Sie von unseren Plänen erfahren haben ..."

Der König zog belustigt die Brauen hoch. „Das verdanken wir unserem Vorteil, die Gestalt wechseln zu können."

„Ah, ich verstehe", sagte Mr. Claybury. „Wie dumm von mir – aber es fällt mir eben schwer, mich daran zu gewöhnen. Sie wollen also diese Hallen bauen, ungeachtet der Mühe, die das kostet?"

„Wir müssen", sagte ein weißhaariger Tümpler hinter dem König. „Unsere Hallen hier platzen aus allen Nähten."

„Das habe ich bei meiner Ankunft gesehen", bestätigte Mr. Claybury. „Sie haben mein aufrichtiges Mitgefühl. Ich habe selten eine so erschreckende Übervölkerung gesehen. Aber man erwartet wohl von mir, daß ich Ihnen eine adere Lösung anbiete. Wären Sie daran interessiert?"

„Es kommt darauf an", sagte der König vorsichtig.

„Also gut. In diesem Zusammenhang", fuhr Mr. Claybury fort, „habe ich mich mit dem Bürschchen hier – Ceri, stimmt's? – unterhalten, der eine Art Wasserfachmann zu sein scheint."
„Man nennt das Findegabe", warf Ceri ein.
„Genau." Mr. Claybury nickte. „Er hat mir gesagt, daß es anderswo Wasser gibt, massenhaft Wasser. Und wir brauchen Wasser. Nach seiner Beschreibung irgendwo in der Gegend, die wir die Downs von Berkshire nennen. Daraufhin hatte ich einen Plausch mit dem anderen Bürschchen da – Hafny, ist das richtig? Er nimmt an, daß jenes Wasser einen Raum füllt, wo viele von Ihnen früher gelebt haben. Hallen der Könige nannte er den Ort. Wissen Sie, wovon ich rede?"
Das wußten sie allerdings. Der König und seine Vertrauten begannen aufgeregt durcheinanderzureden. „Ja, aber der Felsen hat nicht standgehalten ... Es ist zu tief für unsere Pumpen ... Die Schleusen konnten das Wasser nicht aufhalten ..."
Mr. Claybury hob die Hand. „Moment. Darf ich Sie daran erinnern, daß wir – äh – das Erdenvolk Pumpen hat, die möglicherweise mehr ausrichten können als die Ihren. Wir brauchen Wasser. Sie brauchen Lebensraum. Wenn Sie mir also die genaue Lage dieser Hallen beschreiben könnten, wird mein Ministerium sofort die nötigen Schritte unternehmen, um Nachforschungen anzustellen."
Der König schaute zweifelnd drein. „Aber angenommen, Eure Pumpen richten doch nicht mehr aus als unsere?"
Mr. Claybury grinste. „Nun, diese junge Dame hier ist anderer Ansicht. Sie scheint wirklich in die Zukunft sehen zu können. Warum fragen Sie sie nicht selbst?" Er winkte Ayna. „Komm her, mein Schatz."
Ayna trat bis an die sternförmige Vertiefung heran, in der der Ring

lag. Dort blieb sie stehen und wandte sich kühn an den König. „Ihr müßt mir die richtige Frage stellen."
„Ich verstehe", sagte Hathil und überlegte ruhig, was er sie fragen sollte. Ayna wartete gelassen. Hathils Frage lautete: „Wird das Erdenvolk vor Ablauf eines Jahres das Wasser aus den Hallen der Könige gepumpt haben?"
„Nein", antwortete Ayna.
Enttäuschtes Gemurmel breitete sich aus.
„In drei Jahren?" fragte der König.
„In drei Jahren", sagte Ayna, „wird die kleine Halle ganz oben leergepumpt sein."
„In zehn?" fragte der König.
„In zehn Jahren werden die Neuen Hallen trockengelegt sein."
„Und in zwanzig Jahren?"
„Genauso."
„Sehen Sie?" sagte Mr. Claybury. „Es muß eine beträchtliche Wassermenge sein, die uns helfen würde. Dann brauchen wir das Moor überhaupt nicht mehr ..."
„Erwartet Ihr, daß ich deshalb einen Freudentanz veranstalte?" fragte der König. „Die Neuen Hallen sind kleiner als diese hier. Wenn sie erst in zehn Jahren trockengelegt sind, hilft uns das wenig."
„Sie wollen uns also nicht sagen, wo sie sind?" sagte Mr. Claybury. „Nun, ich wage zu behaupten, daß wir sie auch ohne Ihre Hilfe finden werden."
„Oh, ich zeige sie Euch", sagte der König. „Wir liegen ja nicht im Streit mit den Riesen. Aber das Sonnenvolk muß verschwinden, ob das Moor nun überschwemmt wird oder nicht. Wir brauchen es für uns, und wir haben die älteren Rechte."

Bevor Mr. Claybury antworten konnte, mischte Banot sich ein. „Somit kommen wir zum dritten Punkt", sagte er, „dem Krieg zwischen dem Sonnenvolk und dem Mondvolk. Dazu möchte ich einleitend etwas sagen, weil ich beide einigermaßen gut kenne und über ihr Wesen und ihre Sitten und Gebräuche Bescheid weiß. Das Sonnenvolk ist von Natur aus ein kriegerisches Volk, hält jedoch nichts von sinnlosem Blutvergießen. Das Mondvolk ist anders. Es ist nicht zimperlich im Blutvergießen, im Grund seines Wesens ist es jedoch ein sanftes, friedliebendes Volk. Oder stimmt das vielleicht nicht?"

Diese Beschreibung schien den Tümplern zu gefallen. Beifälliges Gemurmel breitete sich im Saal und auf den Rängen aus. Gair dachte an den beinah unblutigen Überfall auf Garholt. Undenkbar, daß seine Leute sich so verhalten hätten. Sie suchten immer den offenen Kampf. Der einzige Tümpler, der mit Banots Schilderung nicht einverstanden zu sein schien, war der König.

Gest lachte, als er das Gesicht des Königs sah. „Auf Hathil trifft das natürlich nicht zu", sagte er. „Er ist der geborene Raufbold – leider im falschen Lager. Und sogar er greift lieber zu einer List als zu Gewalt. Schau doch nur, Hathil, was du in Garholt angerichtet hast, ein einziges Durcheinander. Du hast zwar gewartet, bis ich weg war, aber du hattest kein Recht, Garholt zu überfallen. Du hast geschworen, Adara nichts anzutun. Mich darfst du nicht angreifen. Und du weißt, daß ich dich nicht angreifen darf. Aber ihr habt einige von meinen Leuten getötet, und ihr habt meine Kinder über das Moor gejagt. Warum?"

Der König sah Gest hochmütig an. Eine blasse Röte färbte sein Gesicht. Gair sah im Geist ein Bild vor sich: Hathil in der Gestalt eines Hirsches, gejagt, von der Herde getrennt und in die Enge getrieben, bis er nicht mehr entkommen kann. Gair war sicher, daß er das Bild richtig deutete. Seine eigenen Leute waren Jäger. Die Tümpler glichen dem gejagten Wild.

„Es war eine Finte, wenn du so willst", gab der König zu. „Ich wollte erreichen, daß die Worte von euren Brunnen genommen werden, und ich wollte euch zwingen, das Moor zu verlassen. Ich beschloß, deine Kinder als Geiseln zu nehmen und Orbans Sohn den MÄCHTEN zu opfern. Immerhin war mein Bruder noch ein Kind, als er von Orban getötet wurde."

„Orban auch", sagte Gest ruhig. „Und mir scheint, daß dein Bruder sich über seinen Tod hinaus genug gerächt hat, sowohl an uns als auch an den Riesen, die ihm überhaupt nichts getan haben. Wir sind gekommen, um Frieden zu schließen, Hathil."

Der König versuchte einen Haken zu schlagen. „Dann seid ihr bereit, das Moor friedlich zu verlassen?" fragte er.

Banot gab Mr. Masterfield ein Zeichen zu antworten. „Ich bezweifle, daß sie das Moor unbeschadet verlassen könnten. Sie würden meinen Leuten in die Quere kommen", sagte Mr. Masterfield.

Damit hatte er dem König den Fluchtweg abgeschnitten. Auch Riesen verstanden offensichtlich etwas von der Jagd.

„Ich sehe, was hier gespielt wird", sagte der König. „Banot zupft eine Melodie auf lebenden Saiten, und soeben hat er seinen tiefsten Ton angeschlagen. Seid Ihr gekommen, um mir zu sagen, daß dieser Ring Euch gehört? Oder wußtet Ihr, daß mich Euer Sohn gestern ins Bein geschossen hat?"

Einen Augenblick lang schien es, als hätte sich die Jagd aufgelöst. Mr. Masterfield drehte sich zu Gerald um. Gerald schluckte.

„Er hat richtig gehandelt!" platzte Brenda dazwischen. „Sie sollten

sich schämen, Mr. King! Neun erwachsene Männer gegen drei Kinder. Sie haben uns zu Hilfe gerufen. Gerald hat nur deshalb auf Sie geschossen, weil Sie uns weiter verfolgt haben. Er hat Sie gewarnt."
Mr. Masterfield schaute Gerald an. Gerald nickte, rot bis über die Ohren. Mr. Masterfield wandte sich an den König. „Ich zahle Ihnen, was immer Sie als Entschädigung verlangen, Sir."
Der Sänger, auf den sich der König stützte, sagte warnend: „Nach unserem Ermessen ist das ein sehr hoher Preis."
„Wäre es ein angemessener Preis, Ihnen neuen Lebensraum zu schaffen – zur Überbrückung, bis die Hallen der Könige wieder bewohnbar sind?" fragte Mr. Masterfield.
Die Tümpler spitzten die Ohren. „Wo?" fragte der König.
„Ein ansehnlicher Teil des Landes hier gehört immer noch mir", sagte Mr. Masterfield. „Nach unserem Gesetz ist auch das, was darunter liegt, mein. Banot und Gest haben mir erzählt, daß es auf meinem Grund und Boden eine Reihe leerer Hügel gibt. Die könnte ich Ihnen als Wohnraum zur Verfügung stellen. Ich würde auch dafür sorgen, daß Sie dort unbehelligt bleiben."
Der König zuckte die Schultern. „Sehr freundlich. Aber ich habe nie von irgendwelchen leeren Hügeln gehört."
„Es gibt Hunderte", sagte Gest, und das überraschte nicht nur die Tümpler, sondern auch einige Garholter. Gest erklärte: „Die meisten der Hügel rund ums Moor sind hohl. Banot und ich haben sie als Kinder erforscht. Mein Volk hat früher einmal darin gewohnt, vor vielen Jahren, als es noch größer war. All diese Hügel sind durch Worte verschlossen, aber ich kann sie mühelos öffnen."
„Alle?"
„Alle", sagte Gest.

Der König schlug einen letzten Haken, um zu entkommen. „Auch Otmound?" fragte er ungläubig.
„Auch Otmound", antwortete Gest.
„Aber eins muß klar sein: Wir wollen leben und leben lassen. Du kümmerst dich um dein Volk, ich mich um das meine, und das Volk der Erde wacht darüber, daß Frieden gehalten wird."
„Aber wehe, wenn ihr Gerald tötet", sagte Mr. Masterfield. „Sonst könnte ich mich daran erinnern, daß diese Hallen eigentlich mir gehören. Es gibt genug Leute meines Volkes, die nichts lieber täten, als sie zu erforschen."
„Sehr richtig", sagte Mr. Claybury.
Damit ist die Sache entschieden, dachte Gair. Der König war in eine Ecke gedrängt, aus der es kein Entrinnen gab, weil seine eigenen Leute es nicht zulassen würden. Die Tümpler brauchten die leeren Hügel.
„Tut mir leid", sagte der König. „Die beiden sind bereits so gut wie tot. Ihr hättet eher kommen müssen. Jetzt haben die MÄCHTE das Opfer angenommen. Wenn ich sie freilasse, werden die MÄCHTE die Kraft des Fluches verdoppeln und unsere Vereinbarungen ins Gegenteil verkehren."
Alle blickten auf den Ring. Gair war nicht der einzige, der schnell wieder wegschaute. Mr. Claybury nahm die Brille ab, um sie zu putzen. Hafny wurde aschgrau, und Gerald überlief es eiskalt. Nur Banot ließ den Blick lange und nachdenklich darauf ruhen.
„Damit kehren wir also zu Punkt eins zurück", stellte er fest. „Ein Fluch gehorcht denselben Gesetzen wie alles andere auf dieser Welt, also auch dem Gesetz der Vergänglichkeit. Wenn ich den Ring so betrachte, will mir scheinen, daß er dem eigenen Untergang ebenso

rasch zustrebt wie dem seiner Besitzer. Ich glaube, er hat gegen sich selbst gewirkt, seit der Stein vom Haunted Mound entfernt wurde. Dadurch wurde die ALTE MACHT versöhnt, habe ich recht? Wäre es nicht denkbar, daß die zwei verbliebenen MÄCHTE sich mit weniger begnügen als mit je einem Leben? Könntet ihr nicht die Probe aufs Exempel machen, ob sie statt dessen mit je einem Tropfen Blut zufriedenzustellen sind?"

Die Hofsänger, einer wie der andere, schüttelten die Köpfe. Der erste Sänger sagte: „Nein, Banot. Hier geht es um einen gewaltigen Todesfluch. Niemand darf es wagen, die MÄCHTE zu überlisten. Nicht, nachdem der Ring so schwarz geworden ist."

„Wann ist er schwarz geworden?"

„Ungefähr eine Stunde, nachdem wir die Haare verbrannt haben", antwortete der Sänger.

„Darf ich jetzt ein paar Worte dazu sagen?" bat Adara. Sie trat dicht an die sternförmige Vertiefung heran. Ehrfürchtige Stille breitete sich aus, und Gair war sehr stolz. „Viele Jahre meines Lebens habe ich studiert, um das Geheimnis der MÄCHTE zu ergründen", begann sie. „Und in den letzten Jahren habe ich ein klein wenig darüber herausgefunden. Ihr Sänger, unterbrecht mich, wenn ich irre. Aber soviel scheint mir sicher: So, wie MOND, SONNE und ERDE die drei Völker beherrschen, die sich hier in dieser Halle zusammengefunden haben, genauso werden jene wiederum von den DREI MÄCHTEN beherrscht." Adara blickte in die Runde, um zu sehen, ob einer der Sänger ihr widersprach, aber keiner rührte sich. Also fuhr sie fort: „Die ALTE MACHT liegt hinter dem MOND, sie ist die Macht des Todes, der Dunkelheit und des geheimen Wissens. Dazu gehören Leid und altes Unrecht, und darum wurde sie durch Versetzen des Steins, der auf einem alten Grab erschlagener Männer lag, versöhnt; dennoch blieb sie weiterhin mit dem Fluch verbunden. Wäre sie ganz daraus gebannt worden, hätte sich der Ring ein wenig geschwärzt – so, wie ihr ihn jetzt vor euch seht. Nun weiß ich, daß sie wirklich gebannt ist, allerdings nicht durch das Verbrennen der Haare. Ich glaube, Hafny hat sie gebannt, indem er sich aus freien Stükken in unsere Hand gegeben hat."

„Aus freien Stücken in Eure Hand gegeben?" sagte der König. „Ich dachte, Halla habe ihn Euch gegeben."

Adara zwinkerte Hafny zu. Hafny wurde ein bißchen rot. Verlegen machte er Adara Zeichen, ihn nicht zu verraten. „Aber warum denn nicht?" fragte Adara. „Es war eine sehr kluge – und mutige – List. Wie nennt man das – Selbstopfer?"

Der König konnte sich das Lächeln nicht verkneifen. „Selbstopfer? Hafny – niemals!"

„Halla hat mir geglaubt", sagte Hafny kleinlaut. Aber ihm fiel ein Stein vom Herzen, daß sein Vater ihm offenbar verzieh.

„Nun zur MITTLEREN MACHT", fuhr Adara fort. „Sie liegt hinter der SONNE und ist daher die Macht, die ich am besten verstehe. Es ist eine grausame Macht – die Macht des Lichts und des Lebens und der Gegenwart. Es ist die Macht, die das meiste Blut fordert, weil jedes Lebewesen töten muß, um sich zu ernähren. Dennoch ist sie nicht unversöhnlich. Sie ist das LEBEN, und ich glaube nicht, daß dieses den Tod fordert. – Was die NEUE MACHT angeht, die hinter der ERDE liegt, so ist sie die geheimnisvollste. Ich weiß, daß sie die Macht der Geburt, des Wachsens und der Zukunft ist, und ich glaube, daß das Opfer, das sie verlangt, sich von dem der anderen seinem Wesen nach unterscheidet."

„Neues entspringt aus Tod und Verwesung", sagte der erste Sänger. „Sie fordert Leben."

„Erlauben Sie, Madam", sagte Mr. Claybury. Sein Gesicht hatte sich aufgehellt, und nun setzte er die Brille wieder auf. „Als ein Vertreter der – des Erdenvolks glaube ich diese sogenannte NEUE MACHT ein wenig zu verstehen. Es mag eine sehr gewalttätige Macht sein, doch ist sie andererseits milder, als Sie vielleicht denken. Sie könnte durchaus Gnade fordern."

Hathil schaute zwischen ihm und Adara hin und her. „Ihr zwei spielt mit Worten", sagte er. „Ich dachte, das tun nur Trickser."

„Versteht Ihr denn nicht?" fragte Adara.

„O doch", antwortete Hathil bitter.

Ja, dachte Gair. Jetzt haben sie ihn. Die Jäger haben das Wild gestellt. Gair schämte sich, daß Adara die Jagd anführte. Es war klar, daß Hathil nichts anderes übrigblieb, als den Fluch auf sich zu nehmen und damit auf sein Volk. Und das war weder recht noch gerecht. Die Tümpler hatten seinen Leuten Unrecht zugefügt, das stimmte. Aber es war auf beiden Seiten Unrecht geschehen. Gair wußte nun, warum ihm seine Gabe so deutlich zu verstehen gegeben hatte, daß er ein Opfer sein würde.

Er entschlüpfte den Wachen und trat an den Rand der sternförmigen Vertiefung. „Wenn die MÄCHTE ein Leben fordern", sagte er zu Hathil, „nehmt meines hin."

Gair schaute auf den Ring zu seinen Füßen und sah, wie er vollends schwarz wurde und gleichzeitig schrumpelte und schrumpfte. Unter seinen Augen zerfielen die verschlungenen Muster in nichts, bis nur noch ein dünnes goldenes Band aus drei Worten übrigblieb, das zwei hellglänzende Eulenköpfe aneinanderknüpfte. Einen Augenblick

lang hoffte Gair, der Reif würde ebenfalls zusammenschrumpfen. Aber den Gefallen tat er ihm nicht. Und nun wußte Gair, daß er es bis zum bitteren Ende durchstehen mußte.
„Warum hast du das getan?" fragte der König.
Gair überlegte, wie er es erklären sollte. Es war schwierig. Er deutete auf den Ring, der für sich selbst sprach. Die MITTLERE MACHT war nun auch gebannt. „Meine Leute sind Jäger", sagte er. „Und es hat mir leid getan."
Er sah, daß Hathil verstand. Der König schaute Gerald an, der, weiß wie die Wand, einen Schritt hinter Gair stand. Und zum erstenmal lag echtes Mitleid in seinem Blick. „Das ist verrückt!" sagte er. „Die MÄCHTE mögen tun, was sie wollen. Ich werde keinen von euch anrühren!"
Da schrumpfte auch der dünne goldene Reif zu seinen Füßen zusammen und zerfiel, sich krümmend wie ein Wurm, zu dunkler Asche. Nichts blieb davon übrig als ein hufeisenförmiger, schattenhafter Umriß.
Gair fühlte das Glück wie eine heiße Welle über sich hinwegrollen. Jeder im Saal spürte es. Die Halle war plötzlich voll lachender Gesichter. Der König lächelte Gair an. Halla beugte sich winkend von der Galerie herunter. Banot und die Hofsänger bildeten eine Gruppe, und die Sänger aus Garholt stellten sich dazu. Mr. Claybury küßte Adara die Hand. Brenda hatte sich zu Adara durchgekämpft.
„Sie erfüllen Wünsche, nicht wahr?" fragte sie hoffnungsvoll.
Adara, glücklich, wie sie war, wollte Brenda nicht enttäuschen. Aber es blieb ihr nichts anderes übrig, als den Kopf zu schütteln.
„Ooooch ..." machte Brenda.
Man mußte kein Hellseher sein, um zu wissen, was sich Brenda

wünschte. „Kannst du mir sagen, wie deine Eltern aussehen?“ fragte Adara freundlich.
„Dünn wie Bohnenstangen, alle beide“, sagte Brenda. „Warum muß bloß ich so dick sein?“
Adara lachte. „Ich bin sicher, in ein paar Jahren wirst du genau so dünn sein. Und sehr hübsch. Möchtest du, daß ich Ayna frage?“
„Nein.“ Brenda strahlte. „Wenn Sie es sagen, muß es ja stimmen.“
Damit stürmte sie davon zu Hafny, Gerald, Ceri und Gair. Sie standen in einem fröhlichen Knäuel beisammen, von allen Seiten drängten lachende Tümpler hinzu. Gair fing an, sich an den Gedanken zu gewöhnen, daß er noch am Leben war. Und er fragte sich, wieso die Glückseligkeit überhaupt kein Ende nahm. Das wurde ihm klar, als er Ceri ansah. Ceri machte als einziger in der ganzen Halle ein ernstes, konzentriertes Gesicht. Gair wollte zu einer Strafpredigt ansetzen, was Ceri einfiele, seinem älteren Bruder einen Gedanken zu schicken. Ceri zwinkerte ihm zu und schüttelte warnend den Kopf. Und Gair überlegte es sich anders. Schließlich war es ein sehr schöner Gedanke gewesen.

Was weiter geschah, war in den Zeitungen der Riesen nachzulesen, jedenfalls das, was das Moor betraf. Es sollte nicht überschwemmt werden – oder wenigstens noch nicht.
Wenn man weiß, wo man suchen muß, findet man in Berkshire Mr. Clayburys Pumpen und Rohrleitungen. Aber wer kommt schon darauf, daß sie Wasser aus den Hallen der Könige pumpen. Die leeren Hügel auf dem Moor stehen nun offen, und immer mehr Tümpler ziehen von Tag zu Tag dort ein. Orban und seine Leute kehrten nach Otmound zurück, aber Orban konnte sich nicht damit abfinden, mit-

ten unter Tümplern zu leben. Und Kasta quakte ihm die Ohren voll, wie schädlich dieser Einfluß für Ondo sei. Das Ende vom Lied war, daß Orban mit seinem ganzen Stamm, samt Schafen, Gold und allem auszog und das Moor verließ.
Gair ist berühmt. Jeder auf dem Moor kennt ihn und seinen prächtigen dreifach gewundenen Halsring von feinster Tümplerarbeit, der die Worte Weisheit, Weitblick und Mut in sich trägt. Riesen, die das Moor besuchen, werden ihn jedoch kaum zu Gesicht bekommen, und auch die Tümpler sieht man nicht. Besser, man versucht es gar nicht erst. Mr. Masterfield hat unbefugtes Schnüffeln verboten – dies ist Teil seines Vertrags mit den Tümplern. Und sollte jemand zufällig über Garholt stolpern, wird er sehr unliebsam mit den Bienen Bekanntschaft machen.

Phantastische Bücher von Edith Nesbit, der Wegbereiterin dieser Literatur, im Cecilie Dressler Verlag

Psammy sorgt für Abenteuer

Fünf Kinder finden in einer Sandgrube einen Sandelf, ein sagenhaftes Tier aus der Urzeit. Es hat die fabelhafte Gabe, Wünsche zu erfüllen und ist also ein ganz wunderbarer Fund. Die Kinder nennen es Psammy. Für sie kommt eine herrliche Zeit: Jeden Tag erfüllt Psammy ihnen einen Wunsch. Sie erleben die erstaunlichsten Abenteuer, können plötzlich fliegen, schlagen sich mit echten Rothäuten herum – kurzum, es werden Ferien, in denen sie keinen Augenblick Langeweile haben.

Geheimnisvolle Reisen mit Psammy

Weil das Psammy ihnen im letzten Sommer so viele verrückte Wünsche erfüllt hat, mußten sie ihm beim Abschied versprechen, sich nichts mehr von ihm zu wünschen, und weil es obendrein auch noch verschwunden ist, erwarten die Kinder nichts von diesen Ferien in London. Aber in einer Tierhandlung entdecken sie das Psammy wieder, und aus ist es mit der Langeweile. Er verhilft ihnen zu einem Amulett, mit dessen Zauberkraft sie die abenteuerlichen Reisen in die Vergangenheit unternehmen, und schließlich erleben sie sogar den Untergang von Atlantis.

Das verzauberte Schloß

Eigentlich wollten Kathy, Jerry und Jimmy nur ein verzaubertes Schloß finden – daß sie obendrein auf eine verzauberte Königstochter stoßen, übertrifft alle Erwartungen. Die Königstochter besitzt einen Ring, von dem sie behauptet, er mache unsichtbar. Als sie wirklich unsichtbar wird, ist niemand überraschter als sie selbst. Damit sind die langweiligen Ferien gerettet, denn jetzt wird es erst richtig spannend.

Die Kinder von Arden

Wie behandelte man Kinder zu Zeiten Napoleons? Wie reiste man um 1707, und was trug man um 1548? Das Wissen kann sich jeder aus Geschichtsbüchern holen, aber wer möchte es nicht einmal *erleben*? Edred und Elfrida Arden gehen leibhaftig über das Kopfsteinpflaster vergangener Jahrhunderte. Auf der Suche nach dem Schatz der Ardens, einem alten englischen Geschlecht, erleben sie mit Hilfe des Wappentiers der Familie ein Abenteuer nach dem anderen. Am Ende finden sie zwar nicht den Schatz, aber sie finden etwas, das mehr wert ist als alle Schätze der Welt.

Der Traum von Arden

„Zuweilen werden Kinder geboren, die nicht wie gewöhnliche Sterbliche an die Zeit gefesselt sind. Und wenn diesen Kindern zur rechten Stunde der rechte Zauber in die Hände gerät, dann haben sie die Macht, in der Zeit so hin und her, vorwärts und rückwärts zu gehen wie andere Kinder im Raum von einem Zimmer ins andere." Das hat die alte Amme erzählt. Dickie ist so ein Kind. Was er mit dem Landstreicher Beale und auf seinen Reisen zwischen den Zeiten erlebt und warum er schließlich auf ein Schloß und den Schatz von Arden verzichtet, erzählt Edith Nesbit mit unverwechselbarem Charme und einer Phantasie, die ihren eigenen Gesetzen gehorcht.

Cecilie Dressler Verlag · Hamburg